북한반환
청구소송

강재민 법정소설

북한반환 청구소송

바다출판사

차 례

프롤로그

2009년 5월 23일 경남 양산 부산대병원 장례식장.

한 남자가 참배객들을 유심히 살펴보고 있다. 노무현 대통령의 서거 소식을 듣고 몰려든 사람들을 체크하고 있는 것이다. 흰 와이셔츠에 검정 슈트를 차려입은 모습이 영락없는 경호원 차림이다.

오후 5시 40분, 노 대통령 시신이 봉하마을로 향하자 남자가 즉시 전화를 건다.

"찾았나?"

"못 찾았습니다."

"빠짐없이 다 찾아본 건가?"

"온 집안을 샅샅이 뒤졌지만 아무것도 없습니다."

"쉽지 않겠지? 시신이 마을로 출발했다. 나도 곧 출발할 테니 다시 한 번 꼼꼼히 찾아보도록. 분명 어디 깊숙한 곳에 숨겨져 있을 것이다. 누가 낌새를 채지는 않았겠지?"

"그건 걱정하지 마십시오. 모두들 유서를 찾느라 의심하는 사람은 없습니다."

"그래도 각별히 조심하도록. 만약 집에 없다면 측근 중 누군가에게 맡겨 두었을 거다. 빈소 주변을 잘 지켜보면 분명 누군지 감이 올 것이다."

이들은 노 대통령이 퇴임한 2008년 2월 25일부터 노 대통령을 감시하며 무언가를 찾고 있었다. 당초 많은 어려움이 예상되었지만 퇴임한 대통령을 보기 위해 봉하마을을 찾는 많은 사람 덕분에 일이 수월해졌다.

특히 노 대통령과 측근들에 대한 비리 조사가 시작되고 많은 기자가 봉하마을에 상주하게 되면서 작업이 훨씬 쉬워졌다. 신문기자로 위장하고 특수 망원렌즈 등 첨단 장비를 이용해도 전혀 의심받지 않았다.

봉하마을 사저를 감시하는 것 말고도 가능한 모든 방법이 동원되었다. 국가기록원 대통령기록관 자료까지 샅샅이 뒤졌지만 그들이 찾는 것은 없었다. 마침 대통령이 대통령 기록 사본을 봉하마을로 가지고 간 사실이 드러났고 공작을 통해 기록을 반환하게 만들었지만 역시 없었다.

상부의 명령은 집요했다. 수단 방법을 가리지 말고 반드시 찾아내라는 것이다. 공작비는 얼마가 들어도 상관없다고 했다.

다시 여러 가지 방법이 모색되었다. 그중 하나가 대통령 사저를 압수·수색 하는 것이었다. 하지만 최고 예우가 주어지는 전직 대통령의 사저를 무슨 수로 압수·수색 한단 말인가?

작전명령서에는 압수·수색을 위해 대통령의 개인 비리를 문제 삼으라고 되어 있었다. 하지만 이게 가당키나 한 말인가? 노 대통령은 재임 기간 중 도덕성을 무척 강조했다. 측근이라면 몰라도 본인이 비리를 저지르지는 않았을 것이다. 실현 가능성이 없는 계획이었다.

하지만 명령은 명령인지라 작전은 진행시켜야 했다. 뜻밖에 일은 쉽게 풀려 나갔다. 퇴임 이후에도 많은 인기를 누리고 있는 노 대통령을 눈엣가시로 여기는 사람이 많았던 것이다. 일은 일사천리로 진행되었다. 물꼬를

프롤로그

터 주니 나머지는 저절로 이루어졌다.

그리고 이제 불가능할 것 같았던 압수·수색이 현실화될 시점이었다. 그런데 그만 노 대통령이 부엉이 바위에서 투신해 버린 것이다.

대통령 사저에 없다면 측근 중 누군가에게 맡겨 두었을 것이다. 그는 분명 빈소에서 남다른 행동을 보일 것이다.

이것이 그들의 예상이었다. 하지만 그들의 예상은 이번에도 빗나가고 말았다. 노 대통령 시신이 봉하마을로 옮겨지고 빈소가 마련되면서 수십만 명의 사람이 봉하마을로 몰려들기 시작했다. 측근이라고 할 만한 사람이 너무 많았고 그들 모두 극심한 충격으로 평소와 다른 행동을 보이고 있었다.

그 많은 사람 중에 누군지 도저히 알아낼 도리가 없었다. 하는 수 없이 측근들의 집을 모두 뒤져야 했다. 그나마 다행인 점은 장례식이 봉하마을에서 7일장으로 치러지고 있다는 것이었다.

측근들은 대부분 큰 충격을 받은 채 봉하마을로 내려와 있었고 대통령의 가족 또한 정신 없기는 마찬가지였다.

그들은 전문가 중의 전문가들이었다. 흔적 하나 남기지 않고 최측근 100명의 집을 샅샅이 뒤졌다. 충격에 빠져 하루하루가 어떻게 흘러가는지 헤아리지 못하던 측근들은 자신들의 집이 송두리째 수색당한 사실을 전혀 눈치채지 못했다.

제1부

작전계획 5029

소 장

원고   대한민국
피고   중화인민공화국

청 구 취 지

"피고 중화인민공화국은 조선민주주의인민공화국이 통치하던 지역에서 모든 병력을 철수하고 이를 원고 대한민국에게 반환하라"는 판결을 구합니다.

청 구 원 인

1. 지난 3월 17일 피고 중화인민공화국(이하 '중국'이라고도 함)은 조선민주주의인민공화국(이하 '북한'이라고도 함)에 내란이 발생한

것을 기화로 육·해·공군 병력을 투입하여 북한 전역을 무력 점령하였습니다.

2. 조선민주주의인민공화국이 통치하던 지역은 대한민국 영토로서 대한민국의 주권이 미치는 지역입니다.

대한민국 헌법
제3조 대한민국의 영토는 한반도와 그 부속도서로 한다.

3. UN 헌장은 UN 회원국이 다른 나라의 영토를 무력 침입하는 것을 금하고 있습니다.

제2조 ④ 모든 회원국은 국제관계에 있어서 다른 국가의 영토 보전이나 정치적 독립에 대하여 UN의 목적과 양립하지 아니하는 어떠한 방식으로도 무력으로 위협하거나 이를 행사하여서는 아니 된다.

4. 피고 중화인민공화국이 원고 대한민국의 영토인 북한 지역을 무력 점령한 것은 다른 나라의 영토를 침범하는 위법 행위가 분명합니다. 따라서 피고는 당장 북한 지역에서 모든 병력을 철수시키고 이를 원고에게 반환하여야 합니다. 이에 이 사건 소송을 제기하오니 속히 청구취지와 같은 판결을 내려 국제 정의가 살아 있음을 보여 주시기 바랍니다.

증 거

1. 갑제1호증   대한민국 헌법
1. 갑제2호증   UN 헌장

2018. 6. 25.

원고 대한민국
소송대리인 김명찬

대한민국은 부랴부랴 국제사법재판소에 소장을 접수시켰다. 대한민국 소송팀이 소집된 지 불과 열흘 만의 일이었고, 북한에 내란이 일어난 지 110일째 되던 날이었다.

소송에서 이기기 위해서는 사전에 주어진 사실과 적용 가능한 모든 법리를 철저히 검토하고 소 제기 이후 소송이 어떻게 진행될 것인지 다각도로 예측해 보고 다양한 소송 전략을 수립해 두어야 한다.

김명찬 변호사는 누구보다 이러한 원칙에 충실한 사람이었다. 하지만 이번에는 그럴 수 없었다. 외교부장관의 말처럼 상황이 너무도 급박했기 때문이다.

"이대로 가다가는 북한을 뺏기고 말 겁니다. 뭔가 특단의 대책을 강구해야만 합니다."

아무리 눈 뜨고 코 베이는 세상이라지만 정말 말도 안 되는 상황이 벌어지고 있었다.

한미연합사령부는 북한에 내란이 일어날 경우에 대비하여 만반의 대책을 수립해 두고 있었다. 그런데 정작 내란이 일어나자 아무것도 하지 못한 채 발만 동동거릴 뿐이었다.

"UN(United Nations, 국제연합)도 전혀 도움이 되지 않습니다. 중국이 선수를 치는 바람에 미국도 꼼짝 못하고 지켜만 보고 있는 상황입니다. 만에 하나 소송으로 해결해야 할 경우도 대비해야 할 것 같습니다."

"소송이라고요?"

김 변호사가 외교부장관에게 되물었다.

"모든 채널을 동원해 방법을 강구하고 있지만 그런 방법들이 통하지 않을 경우도 대비해야지요."

"어떤 소송을 말씀하시는 건지?"

"일테면 중국이 북한에서 즉시 철수하고 대한민국에 북한을 반환하라 뭐 그런 소송 말입니다."

"아, 예."

시간은 빠르게 흘러갔다. 자료들을 확인하고 법리를 검토하며 소송 전략을 수립하는 밤샘 회의가 거듭되었다. 그러던 중 마침내 대통령으로부터 소송을 제기하라는 명령이 내려왔다. 정치외교적인 노력들은 별 성과 없이 지지부진한 상태였다.

"다른 방법들은 언제 결말이 날지 알 수 없고 그 결론 또한 장담할 수 없는 상황입니다. 계속 이렇게 질질 끌려가다가는 아무것도 안 될 것 같습니다. 일단 소송이라도 제기해 두고 상황 변화를 지켜보는 것이 현재로서는 최선의 방법입니다."

2017년 10월.

가을 햇살이 눈부시게 나른한 오후, 누군가 김명찬 변호사의 집무실을 두드린다.

똑똑.

"네."

독도반환 청구소송 기록을 살펴보고 있던 김 변호사의 무심한 대답 소리와 함께 문이 열리고 누군가 들어서지만 복도 창문을 통해 들어오는 햇살 때문에 얼굴을 알아볼 수 없다. 김 변호사가 시력을 돋구려는 듯 이마를 찡그리다 황급히 일어선다.

"아니, 장관님."

"바쁘실 텐데 불쑥 찾아와 미안합니다."

외교부장관이 손을 내밀며 악수를 청하자 김 변호사가 재빨리 마주 잡고 자리를 권한다.

"이쪽으로 앉으시지요."

장관이 소파에 앉자 김 변호사도 맞은편 소파에 걸터앉는다.

"소송은 잘 진행되고 있죠. 이미주 사무관을 통해 진행 상황을 보고 받고 있습니다. 변호사님께서 혼신의 노력을 다하고 계신다고요."

"해야 할 일을 하고 있을 뿐입니다. 차 한잔 드릴까요?"

"아닙니다. 잠깐 들른 거라 얼른 일어나야 합니다. 김 변호사님 모레 일정이 어떠십니까? 괜찮으시면 저와 함께 어디 좀 가시지요."

김 변호사가 한쪽 벽에 걸려 있는 일정표를 바라본다. 일정표에는 독도반환 청구소송과 관련된 일정만 표시되어 있을 뿐 다른 것은 전혀 표시되어 있지 않다. 독도반환 청구소송을 맡은 이후 김 변호사는 재판 이외의 일정은 전혀 잡지 않고 있었다.

"특별한 일정은 없습니다. 그런데, 무슨 일인지 여쭤 봐도 되겠습니까?"

"한미안보협의회의가 있습니다. 국방부에서 외교부 참여를 요청했는데 김 변호사님께서 동행해 주셨으면 합니다. 법률가의 의견이 필요할 것 같아서요. 여기 기본적인 자료가 들어 있습니다. 보시면 대략 파악되실 겁니다."

장관이 봉투를 내밀고 자리에서 일어선다.

"자, 그럼 모레 뵙겠습니다. 이미주 사무관이 안내해 드릴 겁니다."

외교부장관이 문을 열고 나가자 김 변호사가 배웅한다.

이틀 뒤.

김 변호사가 이미주 사무관과 함께 제49차 한미안보협의회의에 참석하고 있다. 한미안보협의회의는 매년 1회 개최되는 회의로 한국과 미국에서 번갈아 열리는데 올해는 한국에서 열리고 있다.

김 변호사는 빠지지 않고 모든 일정에 참석했다. 국방부에서도 특별히 사무관 한 명을 배정해 주었는데, 수일간 진행된 회의에서 많은 사실을 알게 되었다.

국방부 한도현 사무관의 이야기를 듣고 있는 사이 슬라이드 상영이 시작되었고 김 변호사는 영상에 집중했다. 작전계획 5029와 관련된 영상들이다. 중간중간 정지화면 상태에서 목소리만 흘러나오는 경우도 있었다.

2005년 국방부 앞.

'평화와 통일을 여는 사람들' 소속 회원들이 국방부 앞에서 시위를 벌이고 있다. 그들의 손에는 '작전계획 5029 폐기하라'고 적힌 피켓이 들려 있다. 기자가 한 남성에게 이유를 묻자 그가 흥분한 목소리로 대답한다.

"작전계획 5029는 대한민국의 주권을 침해하는 것이고, 한반도를 전쟁 상황으로 몰고 갈 위험성이 매우 크기 때문에 폐기되어야 합니다."

2007년 10월 3일 평양 백화원 영빈관.

대한민국 제16대 노무현 대통령과 조선민주주의인민공화국 김정일 국방위원장이 정상회담을 하고 있다. 노무현 대통령이 김정일 국방위원장에게 작전계획 5029에 대해 설명하고 있다.

"미국이 한반도에서 군대를 움직일 때에는 반드시 대한민국 정부의 승인을 받기로 합의했습니다. 미국이 작전계획 5029라는 것을 만들었는데 우리가 반대하고 개념계획 수준으로 타협해서 없어진 것이나 다름없습니다. 그리고 2012년에는 작전통제권을 우리가 단독으로 행사하게 됩니다."

슬라이드 상영이 끝나자 김 변호사가 메모지를 보며 질문하기 시작한다.

"작전계획 5029라는 것이 뭔가요?"

한도현 사무관이 수도 없이 들었던 질문이라는 듯 막힘없이 대답한다.

"미국은 전 세계를 5개 구역으로 나누고 각 구역별로 작전사령부를 두고 있습니다. 중부사령부, 유럽사령부, 북부사령부, 남부사령부, 태평양사령부가 있는데, 각 사령부는 관할 구역 내에서 전쟁이나 유사사태가 일어날 경우에 대비하여 다양한 작전계획을 수립해 두고 있습니다. 작전계획에는 사령부별로 식별코드가 부여되는데, 태평양사령부가 수립하는 작전계획에는 코드 50이 붙습니다. 작전계획 5029는 바로 태평양사령부의 작전계획 중 하나를 가리키는 것입니다."

"그럼 일본과 관련된 작전계획에도 코드 50이 부여되겠네요?"

"그렇습니다. 예를 들면 한반도 유사시에 주일미군의 참전과 자위대의 후방 지원을 다루는 미일 공동작전계획이 있는데 작전계획 5055라고 부릅니다."

한도현 사무관이 김 변호사가 메모하는 것을 지켜보며 잠시 말을 끊는다.

"작계 5029는 1999년 게리 럭(Gary Luck) 한미연합사 사령관 시절에 북한의 급변사태에 대비하여 수립된 계획입니다."

"급변사태요?"

"네. 북한군이 쿠데타를 일으키거나 북한 주민들이 봉기하는 경우 또는 백두산 화산 폭발 같은 대규모 재해가 발생하는 경우 등 군사적 상황은 아니지만 북한이나 한반도 나아가 동아시아 전체에 영향을 미칠 수 있는 급박한 사태가 발생한 경우에 대비한 작전계획입니다."

"그런 상황에서 뭘 어떻게 한다는 건가요?"

"동티모르에서 문제가 발생했을 때 호주군이 개입했듯이 북한에 급변사태가 벌어지면 한미연합사령부가 개입하여 무너진 치안을 회복하고 북한 주민들에게 의식주를 제공하는 등 사회를 안정시키는 활동을 하게 됩니다. 군사 용어로 평정임무라고 합니다."

"그렇군요. 이후에는 어떻게 되었나요?"

"어떻게 되다니요?"

"노무현 대통령 퇴임 이후 작전계획 5029가 다시 부활하지 않았느냐는 말입니다. 이명박 대통령 재임 기간에 5029가 다시 수립되었잖아요?"

'일급비밀인데 어떻게 알고 있지? 알고 있었구나. 어쩐지 빠삭하더라니.'

"아, 예. 2008년 김정일 국방위원장의 건강이상설이 대두되면서 개념계획으로 묶여 있던 한미연합사의 5029를 작전계획으로 격상시켜야 한다는 주장이 대두되었습니다. 이후 국가정보원장의 요구로 작계 5029가 재수립되었습니다. 북한에 내란이 일어나기만 하면 언제든지 개입할 수 있는 로드맵이 마련된 것입니다."

한 사무관은 자신이 군사기밀을 누설한 사실을 전혀 알지 못했다. 김 변호사의 넘겨짚기에 당하고 만 것이다.

"작전계획 5029 외에 또 뭐가 있죠?"

질문이 이어졌다.

"가장 기본적인 것은 1974년에 만들어진 작전계획 5027입니다."

한 사무관의 설명이 자세해진다. 상대방이 기본적인 내용들은 이미 알고 있다고 생각했기 때문이다.

1969년 닉슨 독트린이 발표되면서 미군 7보병사단이 한국에서 철수하고 육군 1기병사단이 2보병사단으로 교체된다. 주한미군 작전부대 감축으로 유사시 한국으로 보내는 증원군의 가치가 중요해졌는데, 이러한 상황에 대비하여 수립된 계획이 바로 5027이다.

"1978년 한미연합사령부가 만들어지면서 태평양사령부가 작전계획 5027의 유지와 발전 임무를 한미연합사에 넘기는데, 이때 비로소 우리 한국군이 작계 5027을 열람하게 됩니다."

"시간이 흐르고 상황이 변하면 작전계획도 변경될 것 같은데요?"

"그렇습니다. 상황 변화에 따라 작전계획이 업그레이드되는데 업그레이드된 연도를 달아 식별하고 있습니다. 1994년 한반도에 1차 핵위기가 발생했습니다. 북한이 핵폭탄이 있는 것처럼 위협을 가한 것인데, 이때 작계 5027의 개정 작업이 이루어져 작계 5027-94가 만들어졌습니다."

작계 5027-94는 북한군이 남침할 경우, 한미연합군이 북한군의 진격을 억제하고 있는 사이 미국 본토에서 증원군이 도착하고 즉시 반격을 개시하여 북한군을 휴전선 이북으로 패퇴시킨다는 내용이다.

"이후 2년마다 개정하기로 하였는데, 개정 작업이 반복되면서 점차 한국화하기 시작했습니다. 5027-96에는 신미일안보조약에 의하여 구축된 한미일 3국 동맹 체제를 반영하여 유사시 일본을 후방기지로 활용하는 내용이 포함되었고, 5027-98에는 북한군을 휴전선 이북으로 패퇴시키는 것뿐만 아니라 북한군 지도부를 완전히 제거하는 것으로 작전 목표가 변경되었습니다. 5027-04에는 2002년 2차 북핵 위기를 계기로 유사시 주한미군을 한반도 이외 지역에 투입하는 내용이 새로 포함되었습니다."

북한의 대규모 기계화부대가 휴전선 3대 축선을 통해 남하하는 경우 7시간 이내에 예비사단을 전선에 투입하고 72시간 이내에 서부전선군단의 사단 편성을 두 배로 늘려 응전하게 된다. 증강된 지상군이 휴전선 20-30킬로미터 선에서 북한군을 저지하고 있는 사이 미국의 전시증원군이 도착해 북한군 격퇴에 동참하게 된다. 이후 각종 기동타격 전력이 공중강습 혹은 해상으로 적진을 돌파 내지 우회하여 북한 내륙 지역에 침투하고 평양을 포위하여 북한군 지도부를 붕괴시키게 된다.

"그러니까 작계 5027은 북한이 선제공격하는 경우에 전개되는 것이네요?"

"그렇습니다."

"북한이 어떤 식으로 공격해 올까요?"

"서울과 경기 지역에 일제 포격을 가하는 것이 가장 전형적인 공격 방법입니다. 휴전선 근방에 설치된 장사정포 등을 이용해 포격을 가해 오겠지요."

"그럼 어떻게 되나요? 포격이 가해지면 모두 잡아낼 수 있나요? 영화를 보면 패트리어트 미사일로 날아오는 미사일들을 모두 잡아내잖아요?"

"그건 영화에서나 가능한 일이고 현재 기술로는 불가능합니다. 북한이 선제공격을 해 올 경우 일단 폭격을 당한 뒤에 반격하게 되는 것입니다."

"그럼, 서울과 경기가 불바다가 된다는 말인가요?"

김 변호사가 묻자 한 사무관의 얼굴이 굳어진다.

"안타깝지만 어쩔 수 없는 일입니다."

한 사무관 대답에 김 변호사의 표정 역시 딱딱하게 굳어진다. 막연하게 생각해 오던 전쟁의 참상이 확연한 이미지로 떠올랐기 때문이다.

"또 다른 작전계획은 뭐가 있죠?"

"우발계획 5028이 있습니다."

"우발계획요?"

"네. 북한군의 계획적인 남침에 의해서 전쟁이 발생할 수도 있지만 휴전선 등에서 발생한 우발적인 충돌이 전쟁으로 확대될 수도 있습니다. 이런 우발적인 상황에 대비하여 만들어진 계획이 바로 우발계획입니다."

우발계획 5028은 1996년 9월 북한 잠수함이 강릉 해안에 좌초되는 사고를 계기로 수립되었다. 당시 한국군은 군사령부가 지휘하는 대규모 대간첩군사작전을 수행했다.

잠수함은 일급비밀을 가진 전략무기이기 때문에 북한군이 좌초한 잠수함 승조원을 구조하겠다며 특수부대를 침투시킬 가능성이 컸고 자칫 전쟁으로 발전할 수 있는 상황이었다.

이 사건을 계기로 한미연합사는 우발적인 사건이 전쟁으로 확대되는 것을 막기 위한 새로운 작전계획을 수립해야 했다. 2015년 8월 북한의 확성기 포격 도발 사건 당시 우발계획 5028이 운용되었다.

"그러니까 한미연합사령부는 기본계획 5027, 우발계획 5028, 작전계획 5029라는 세 가지 작전계획을 가지고 있는 거네요?"

"네. 맞습니다."

한 사무관이 김 변호사를 존경스럽다는 표정으로 바라본다. 지금까지 많은 사람에게 브리핑을 해 왔지만 이렇게 빨리 이해하는 사람은 없었다.

"미국 단독으로 수립해 둔 계획은 없습니까?"

"있습니다. 한미연합사와 별도로 미국이 단독 수립한 작전계획으로 5026과 5030이 있습니다. 5026은 북한 핵기지를 정밀 공습하는 계획으로 태평양사령부 소속 7공군이 참여하는 것이고, 5030은 각종 정찰기와 함정을 북한에 근접시켜 북한을 정탐하고 북한군의 대응을 이끌어 냄으로써 북한군의 전투식량과 연료를 고갈시키는 계획입니다. 이 작전에는 태평양사령부 예하의 7함대와 5공군이 참여하게 됩니다."

작계 5026은 이른바 족집게 폭격 방식을 동원한 국지전 계획으로 영변 핵처리 시설과 산악 지대에 숨겨진 각종 군사시설, 평양의 북한 수뇌부를 주요 공격 목표로 삼고 있다. F-117 스텔스 전폭기와 F-15E 전폭기 등을 일시에 출격시켜 800여 개 목표물에 정밀유도폭탄과 통합직격탄(JDAM, Joint Direct Attack Munition) 등을 퍼붓고 인근 해역에 배치된 항공모함과 구축함에서 토마호크 미사일을 발사하여 땅속 깊숙한 곳까지 초토화하는 계획이다.

"작전계획 5026은 1994년 6월 16일 실행될 뻔하다가 지미 카터 대통령의 방북으로 극적인 순간에 철회되었습니다."

당시 백악관에서 빌 클린턴 대통령과 윌리엄 페리 국방장관 등 미국 정부 주요 관료들이 작계 5026의 실행 여부를 두고 고심하고 있었다. 주한 미국대사 레이니(James Laney)는 한국에 거주하고 있는 미국인 철수 계획을 세웠고, CNN은 취재팀을 급파하기로 결정한 상태였다. 한반도 상공을 선회하고 있던 F-117 스텔스 전폭기 조종사들은 '영변으로 날아가라'는 군통수권자 빌 클린턴(Bill Clinton)의 출격 명령을 기다리고 있었다.

한도현 사무관의 설명을 듣는 김명찬 변호사의 등줄기에 오싹한 소름이 스쳐 지나간다. 당시 대한민국 국민 누구도 이러한 사실을 모르고 있었다.

'누군가가 나도 모르게 내 운명을 좌지우지하고 있었다니.'

"우리만의 독자적인 계획은 없나요?"

"대한민국과 미국은 군사동맹관계입니다. 서로 독자적인 계획을 수립한다는 것은 군사동맹 자체를 무력화하는 것이니 원칙적으로 있을 수 없는 일입니다. 우리는 한미연합사 차원에서 수립된 5027, 5028, 5029를 기본으로 보완 수준의 계획들을 마련해 두고 있는데, 대량 탈북 난민 상황에 대비한 충무계획 3300과 응전자유화계획인 충무계획 9000이 있습니다."

"응전자유화계획요?"

"말 그대로 북한의 도발에 응전하여 북한을 자유화시키는 계획으로 북한 체제가 붕괴될 경우 북한 지역을 비상통치하는 계획입니다. 한미 양국이 휴전선을 넘어 북한을 점령하는 단계가 되면 우리 정부는 관공서 공무원을 차출하여 북한에 투입하고 주요 지역별로 행정기관을 설치, 운영하게 됩니다. 작전계획 5027의 최종 단계인 통일 완수 시점에 적용할 수 있는 개념이지만 전면전 상황이 아니라도 평양 정권이 붕괴되어 우리의 행정 통치가 필요한 경우에는 언제든지 활용할 수 있는 계획입니다."

충무계획 9000의 핵심은 전시 상황이 발생하면 북한 정권을 붕괴시키고 자유화행정본부를 설치한 뒤 통일부장관이 그 수장을 맡는다는 것으로 한국군이 북한 지역을 점령하게 되면 즉시 민사부대를 창설하여 치안을 장악하고 공무원들에게 행정을 인계하게 된다.

충무계획 3300은 북한을 탈출한 대규모 난민이 남하할 경우 10여 곳에 난민수용소를 설치하는 등 구호 작업에 관한 작전계획이다. 이 계획은 1968년 김신조 사건 직후 비상상황에 대비하여 만들어진 것으로 북한의 조기 붕괴 가능성이 거론되던 김영삼 대통령 시절 비약적으로 발전되었다.

"북한에 내란이 발생한 경우에는 어떤 계획이 작동되나요?"

"부흥계획이라는 것이 있습니다. 북한 체제가 붕괴할 경우 북한을 비상 통치하는 데 필요한 행정 조치와 경제 재건 방안을 담은 계획입니다. 북한 최고 권력자의 사고나 유고, 군부 쿠데타, 주민봉기의 각 경우마다 적절한 대응책을 마련하여 작계 5029를 뒷받침하는 것으로 북한 주민의 이동과 임시수용 등의 행정조치를 포함한 계획입니다."

"요즘 어딜 그렇게 다니는 거예요?"

한서현 교수가 김명찬 변호사 집무실에 들려 이런저런 이야기를 하더니 드디어 본론을 꺼내 놓는다.

"어딜 다니다니요?"

"요 며칠 통 안 계시던데요."

"매일 제 방에 들르셨다는 말인가요?"

김 변호사가 듣던 중 반가운 말이라는 듯 눈을 동그랗게 뜨고 물어본다. 한 교수가 속내를 들킬까 두려운 듯 얼른 둘러댄다.

"현장 검증 준비가 잘되고 있는지 궁금해서 그렇죠?"

대답을 하는 한 교수 얼굴이 살짝 붉어지지만 김 변호사는 전혀 눈치채지 못한다.

독도반환 청구소송과 관련하여 대한민국의 현장 검증 신청이 받아들여진 상태였다.

"매일 현장 검증 상황을 머릿속에 그려 보며 단단히 준비하고 있습니다. 그동안 진행된 소송 자료도 빠짐없이 재검토하고 있고요."

"그런데 정말 무슨 일 있어요? 어딜 그렇게 다니는 거예요?"

"아, 그거요. 국방부 회의에 참석해 달라고 해서요."

"국방부 회의라니요?"

"한미안보협의회의가 있었거든요."

"거길 왜 김 변호사님이 가시는데요?"

"글쎄요. 그건 저도 잘 모르겠습니다. 회의가 끝나고 나면 뭔가 요청이 있겠지요."

김 변호사 대답에 한 교수 표정이 밝아진다.

'별일은 없었구나.'

한 팀을 이뤄 독도반환 청구소송을 진행하는 두 사람의 마음속에 연애 감정 비슷한 그 무언가가 싹트고 있었다.

답변서

사건   북한반환 청구소송
원고   대한민국
피고   중화인민공화국

위 사건에 대하여 피고 중화인민공화국은 다음과 같이 답변합니다.

답 변 취 지

원고의 청구를 기각한다.
라는 판결을 구합니다.

답 변 원 인

1. 원고 대한민국은 조선민주주의인민공화국의 영토가 대한민국 영토라며 이 사건 소송을 제기하였습니다.

2. 원고는 그 증거로 대한민국 헌법 제3조를 제시하였는데 정말 어처구니없는 일입니다. 원고의 논리대로라면 대한민국 헌법에 '대한민국의 영토는 전 지구로 한다'라고 규정되어 있다면 지구 전체가 대한민국 영토가 되어야 합니다. 이런 논리가 부당하다는 점에 대해서는 중언부언할 필요조차 없을 것입니다. 대한민국 헌법에 뭐라고 규정되어 있든 대한민국 영토는 객관적, 국제법적으로 판단되어야 합니다.

3. 1991년 8월 8일 UN 안전보장이사회(United Nations Security Council)는 남북한 UN 가입 결의안을 만장일치로 채택하였고, 9월 17일 제46차 UN 총회에서 대한민국(Republic of Korea)과 조선민주주의인민공화국(Democratic People's Republic of Korea)의 UN 가입 결의안이 159개 회원국의 만장일치로 승인되었습니다. 이에 따라 조선민주주의인민공화국은 160번째, 대한민국은 161번째 UN 회원국이 되었습니다. UN 헌장 제4조 제1항은 오직 국가만 UN 회원국이 될 수 있다고 규정하고 있습니다.

제4조 ① UN의 회원국 지위는 이 헌장에 규정된 의무를 수락하고, 이러한 의무를 이행할 능력과 의사가 있다고 판단되는 모든 평화애호국에 개

방된다.

4. 1991년 남북한이 UN에 동시 가입하였다는 것은 남한과 북한이 각각 독립한 별개 국가라는 사실이 국제법적으로 확인되었음을 의미합니다. 당시 남한과 북한은 UN 동시 가입 신청서를 제출했습니다. 이것이 무엇을 의미하는 것이겠습니까? 바로 남북한이 서로의 국가성을 인정했다는 것입니다. 고로 조선민주주의인민공화국이 통치하는 지역은 결코 대한민국의 영토가 될 수 없습니다.

5. 요컨대, 대한민국 헌법 제3조가 뭐라고 규정하고 있건 우리가 알 바 아닙니다. 국제법상 북한은 대한민국과는 별개 독립한 국가임이 명백한바, 북한 지역이 대한민국 영토임을 전제로 한 이 사건 청구는 기각되어야 마땅합니다.

증 거

1. 을제1호증 UN 총회 결의안 제46-1호

피고 중화인민공화국

소송대리인 왕하오[王好]

중국 측 답변서가 송달되자마자 대한민국 소송팀의 긴급회의가 소집되었다. 사안이 사안인지라 외교부장관과 통일부장관, 국방부장관, 법무부장관까지 모두 참석하였다.

"드디어 중국이 답변서를 제출했습니다. 요지는 북한 지역은 대한민국 영토가 아니기 때문에 대한민국이 북한을 반환해 달라고 주장할 수 없다는 것입니다. 여기에 어떻게 대응하느냐에 따라 소송의 향방이 결정될 것입니다. 기탄없는 의견 부탁드립니다."

김 변호사가 발언을 마치고 팀원들을 둘러보는데 아무도 말하는 사람이 없다. 그때, 국방부장관이 손을 들었다.

"네. 장관님."

"궁금한 것이 있는데 질문해도 되나요?"

"네, 말씀하시지요."

"그러니까, 중국 측 답변의 핵심은 남북이 UN에 동시 가입한 이상 북한을 국제법상 하나의 국가로 인정해야 한다 그런 말 아닙니까?"

"그렇습니다."

"그럼, 우리 헌법상 영토 조항은 무슨 의미가 있는 겁니까? 국가보안법은 또 뭐구요? 헌법과 국가보안법에 의하면 대한민국 영토인 북한 지역을 김일성 괴뢰도당이 불법 점령하고 있는 것 아닙니까? 국제법적으로야 어떻든 우리 법이 우선하는 것 아닙니까?"

긴장한 표정으로 국방부장관의 발언을 들은 김 변호사가 잠시 생각하더니 강지성 교수에게 답변을 요청한다.

"국제법과 국내법이 서로 충돌하는 경우 어떻게 되느냐는 질문이신 것 같은데요. 이에 관해서는 아무래도 전문가이신 강지성 교수님의 설명을 듣는 것이 좋을 것 같습니다. 교수님?"

김 변호사 말에 강지성 교수가 답변하기 시작한다.

"국제법과 국내법이 서로 충돌하는 경우 국제법우위설과 국내법우위설이 대립하고 있습니다. 국제법 학자들은 대체로 국제법우위설을, 헌법학자들은 국내법우위설을 주장합니다. 아마도 장관께서는 그동안 주로 헌법학자들로부터 국내법우위설의 입장을 많이 들으셨을 겁니다."

"맞아요. 우리도 국방대학원에서 자주 교육을 받는데, 북한은 항상 미수복 지역으로 대한민국 영토라고 들었습니다. 그러니까 그것이 국내법우위설의 입장이군요. 그럼 국제사법재판소는 어떻습니까? 국제재판을 하는 곳이니 국제법우위설을 따를 것 아닙니까?"

"그렇습니다."

"허, 그것참."

강 교수 대답에 국방부장관이 혀를 찬다. 이번에는 외교부장관이 손을 들었다.

"네, 장관님."

"1991년 UN 동시 가입 이후 남북기본합의서가 작성되었습니다. 거기에 보면 남과 북은 나라와 나라 사이의 관계가 아니라고 분명히 명시되어 있습니다. 이걸로 반박하면 되지 않을까요?"

제2부

전작권

준 비 서 면

사건   북한반환 청구소송
원고   대한민국
피고   중화인민공화국

위 사건에 대하여 원고 대한민국은 다음과 같이 변론을 준비합니다.

다 음

1. 피고 중화인민공화국은 1991년 남북이 별개 의석으로 UN에 동시 가입했기 때문에 남북 모두 국제법상 별개 독립국가이며 북한 지역은 대한민국 영토가 될 수 없다고 주장합니다. 그러나 이는 사물의 일면만을 부각시킨 부당한 주장에 불과합니다.

2. 남북은 1991년 UN 가입 직후 남북기본합의서를 작성하였습니다. 이에 의하면 남북관계는 '나라와 나라 사이의 관계가 아닌 통일을 지향하는 과정에서 잠정적으로 형성된 특수관계'라고 되어 있습니다.

남북한 사이의 화해와 불가침 및 교류 협력에 관한 합의서

남과 북은 분단된 조국의 평화적 통일을 염원하는 온 겨레의 뜻에 따라, 7·4남북공동성명에서 천명된 조국통일 3대 원칙을 재확인하고, 정치·군사적 대결 상태를 해소하여 민족적 화해를 이룩하고, 무력에 의한 침략과 충돌을 막고 긴장 완화와 평화를 보장하며, 다각적인 교류·협력을 실현하여 민족 공동의 이익과 번영을 도모하며, 쌍방 사이의 관계가 나라와 나라 사이의 관계가 아닌 통일을 지향하는 과정에서 잠정적으로 형성되는 특수관계라는 것을 인정하고, 평화통일을 성취하기 위한 공동의 노력을 경주할 것을 다짐하면서 다음과 같이 합의하였다.

이른바 특수관계론입니다. 2005년 12월 29일 제정되어 2006년 6월 30일 시행된 '남북관계 발전에 관한 법률'에도 동일한 규정이 있습니다.

제3조 (남한과 북한의 관계) ① 남한과 북한의 관계는 국가 간의 관계가 아닌 통일을 지향하는 과정에서 잠정적으로 형성되는 특수관계이다.
② 남한과 북한 간의 거래는 국가 간의 거래가 아닌 민족 내부의 거래로 본다.

3. 특수관계론은 하나의 한국을 전제로 한 것입니다. 대한민국 헌법 제3조 영토 조항이 대한민국의 영토를 한반도 전체로 규정한 것 또한 같은 맥락입니다. 이는 북한 또한 마찬가지입니다.

조선민주주의인민공화국 사회주의 헌법
제9조 조선민주주의인민공화국은 북반부에서 인민정권을 강화하고, 사상·기술·문화의 3대 혁명을 힘 있게 벌여 사회주의의 완전한 승리를 이룩하며 자주·평화·민족 대단결의 원칙에서 조국통일을 실현하기 위하여 투쟁한다.

보시는 바와 같이 북한은 자신들이 통치하고 있는 지역을 '북반부'로 표현하고 '조국통일 실현'을 지상 과제로 명시하고 있습니다. 이것은 남북을 하나의 국가로 보았다는 것을 의미합니다.

4. 이상 살펴본 바와 같이 남한과 북한의 관계는 국가 간의 관계가 아닌 통일을 지향하는 과정에서 잠정적으로 형성된 특수관계에 불과한바, 북한 지역이 대한민국 영토가 아니라는 주장은 부당합니다.

증 거

1. 갑제3호증의1　남북기본합의서
1. 갑제3호증의2　남북관계 발전에 관한 법률
1. 갑제4호증　　조선민주주의인민공화국 사회주의 헌법

2017년 12월 6일 저녁 대한민국.

불과 2주 앞으로 다가온 제19대 대통령 선거를 앞두고 여야 후보자들이 TV토론을 벌이고 있다.

"결과적으로 전작권 환수 연기가 대한민국 국민들의 생명과 재산을 위협하는 계기가 되고 말았습니다. 중국은 사드(THAAD)를 도입하기로 결정한 대한민국 정부를 연일 비난하고 있고 중국의 네티즌들은 한국 제품 불매운동을 벌이고 있습니다."

2014년 10월 23일 미국 워싱턴에서 열린 한미안보협의회의에서 전시작전통제권 환수가 2020년대 중반 이후로 사실상 무기한 연기되었다. 이즈음 미국은 북한의 핵무기 개발을 사실상 인정하고 사드 시스템 구축의 필요성을 강조하기 시작하였다.

사드(Terminal High Altitude Area Defense)란 북한의 핵미사일을 잡아낼 수 있는 고고도 미사일 방어시스템을 말한다. 기존의 패트리어트 미사일 방어시스템으로는 북한의 핵미사일을 잡아낼 수 없기 때문에 사드의 도입이 필요하다는 것이다. 미국의 거듭된 요청에 대한민국 정부가 사드 도입을 결정하자 중국이 들고일어난 것이다. 야당 후보의 발언이 계속된다.

"사실 북한이 핵공격을 해 올 것이라는 가정 자체가 잘못된 것입니다. 북한은 절대 전쟁을 일으킬 수 없습니다. 북한은 핵공격이 핵공격을 부른다는 사실을 잘 알고 있을 뿐만 아니라 이어지는 지상전에서 승리할 가능성이 전혀 없다는 사실 또한 잘 알고 있습니다. 이런 북한이 전쟁을 일으킬 수 있을까요? 절대 그렇지 않습니다. 북한이 핵전쟁을 일으킬지도 모른다는 가정하에 사드를 배치하는 것은 하늘이 무너질까 걱정하는 기우나 마찬가지입니다. 제가 대통령이 된다면 사드 도입을 전면 백지화할 것입니다. 아울러 전작권을 최대한 빨리 환수하여 자주국방을 실현할 것입니다."

TV토론을 보며 의견을 나누던 김 변호사와 한 교수의 목소리가 점점 커져 간다.

"자주국방은 불가능합니다. 한번 생각해 보세요. 우리가 중국과 싸워서 이길 수 있을까요? 일본은요? 현실은 냉정합니다. 우리도 냉정해질 필요가 있습니다."

김 변호사 말에 한 교수가 발끈한다.

"미국에 기대는 것이 어쩔 수 없는 필연이다 그런 말인가요?"

"그렇습니다. 자주국방도 중요하지만 지금은 아닙니다. 미국은 세계의 경찰을 자처하고 있습니다. 그런 미국을 우리가 활용하는 것뿐입니다. 만약 미국이 더 이상 다른 나라 일에 관여하지 않는다고 생각해 보세요. 어떻게 되겠습니까?"

한 교수는 김 변호사가 이런 생각을 하고 있을 것이라고는 상상도 해 본 적이 없었다. 독도와 관련해서는 의견 대립이 단 한 번도 없었다. 어떻게 해서든 대한민국의 독도영유권을 밝혀내야 한다는 공동의 목표가 분명했다.

그런데 자주국방 문제에 관해 이런 생각을 하고 있을 줄이야. 이른바 사대주의적 발상 아닌가? 과거 조선이 그랬다. 중국을 종주국으로 삼아 의존하다가 임진왜란과 병자호란 등 호된 시련을 겪어야 했다. 모름지기 자기 나라는 스스로 지켜야 한다. 미국이 언제 어떻게 돌아설지도 알 수 없는 일이다. 달면 삼키고 쓰면 뱉는 것이 국제관계 아니냔 말이다.

한 교수는 노무현 대통령의 자주국방론에 동조하고 있었다. 당연히 전시작전권도 찾아오고 미국에 대한 의존도도 차츰 줄여야 하는데, 이명박 대통령과 박근혜 대통령은 북한 핵실험 등을 이유로 전작권 환수를 연기하고 미국에 의존하는 태도를 보였다. 한 교수는 이것이 못마땅했다.

다음 날, 한 교수가 답답한 마음에 강지성 교수를 찾았다.

"교수님, 우리가 국방 문제와 관련하여 미국에 의존하는 것이 맞는 건가요?"

느닷없는 질문에 강 교수가 안경 너머로 눈을 치켜뜨고 한 교수를 바라본다.

"글쎄요. 요즘 동북아시아 정세가 이상하게 돌아가고 있습니다. 한미일동맹 구조에 변화가 생기고 있어요. 박근혜 대통령 취임 이후 한일관계가 급속도로 냉각되었습니다. 마침 때를 같이해서 센카쿠를 둘러싸고 중일관계 또한 악화되었고 자연스럽게 한중관계가 돈독해졌습니다. 2014년에는 시진핑 주석이 대한민국을 방문했고 2015년 9월 중국 전승절 행사에 박 대통령이 참석했지요."

한 교수가 고개를 끄덕이며 동의를 표한다. 1992년 한중 수교 이후 대한민국과 중국은 '선린 우호관계'에서 '협력 동반자관계'로, '전면적 협력 동반자관계'에서 '전략적 협력 동반자관계'로 심화, 발전되어 가고 있다.

2008년 미국에서 촉발된 글로벌 금융위기 이후 미국과 유럽, 일본 모두 경기침체를 겪는 상황에서도 중국은 연평균 9퍼센트 이상 경제 성장을 거듭하면서 세계 2위의 경제군사대국으로 성장하였다. 소위 미국과 중국의 G2(Group of Two) 체제가 형성된 것이다.

1992년 한중 수교 이후 꾸준히 경제 교류를 해 오던 대한민국과 중국은 2014년 FTA를 체결하였고, 대한민국의 대중국 무역 비중은 나날이 높아지고 있었다. 대한민국 경제에서 중국을 제외하는 것은 상상조차 할 수 없게 되었고 매년 수십만 명의 유커[遊客]가 한국을 방문하여 돈을 물 쓰듯 하고 있다.

대한민국 내에서는 중국이라는 호랑이 등에 올라타 그 반사이익을 누려야 한다는 이야기가 공공연하게 나돌고 있었다. 반면, 중국은 그렇지 않았다. 대한민국을 대체할 나라는 얼마든지 있다.

"최근 일본이 북한에 접근하고 있습니다. 한중관계를 보며 위기감을 느낀 것이지요. 북한도 일본의 유화 제스처에 화답하는 분위기입니다. 중국이 대한민국과 친밀해지자 중국을 경계하기 시작한 것입니다. 게다가 미국은 일본과 더욱 친밀한 관계를 구축하면서 대한민국을 압박하고 있습니다."

"대한민국을 압박하다니요?"

"중국인지 미국인지 입장을 확실히 하라는 겁니다."

미국과 중국이 G2 체제를 형성하면서 세계 곳곳에서 마찰이 일어나고 있다. 아직은 중국이 정면충돌을 피하고 있지만 날카로운 신경전이 전개되고 있었다. 이런 상황에서 미국이 대한민국에 확실한 입장을 표명하라는 것은 지극히 당연한 일이었다.

"현재 대한민국은 미국과 중국 사이에서 위태로운 줄타기를 하고 있습니다. 미국과 중국의 대립을 잘 활용해 국익을 최대한 챙겨야 하는데, 국가관계도 인간관계처럼 양다리를 허용하지 않거든요."

"통일을 위해서라도 중국과 원만한 관계를 유지해야 하는 것 아닌가요?"

"글쎄요. 중국이 남북통일을 긍정적으로 인식해야 통일이 수월해지는 것은 분명 사실입니다. 하지만 통일의 당사자는 어디까지나 남한과 북한이라는 사실을 명심해야 합니다. 중국이나 미국이 통일을 하는 것이 아니잖아요? 통일과 관련하여 남한은 중국을, 북한은 미국을 지나치게 의식하고 있는데 주객이 전도되었다는 생각입니다."

"자주국방 문제는 어떤가요? 전작권 환수 문제 말이에요. 미국에 대한 국방의존도를 줄이고 국방자립도를 높이는 것이 맞는 것 아닌가요?"

"당연히 옳은 말씀입니다. 하지만 그게 쉽지 않습니다. 안보 문제와 통일 문제는 다른 차원의 문제입니다. 많은 사람이 안보와 통일 문제를 혼동하는데, 전작권 문제는 기본적으로 안보 문제이지 통일 문제가 아닙니다. 전작권 문제는 철저하게 안보적 관점에서 바라봐야 합니다."

"안보적 관점이라고요?"

"그렇습니다. 통일이 아닌 안보적 관점에서…."

강 교수 말에 한 교수가 생각에 잠긴다.

'안보야 튼튼할수록 좋은 거니까 미국이 전작권을 가지고 있는 것이

더 바람직하단 말인가?'

강 교수가 그런 한 교수를 보며 말을 이어 나간다.

"전작권 환수를 반대하는 사람들은 미국이 전작권을 가지고 있어야 북한의 도발이 확실히 방지된다고 하는 반면, 전작권 환수에 찬성하는 사람들은 미국이 전작권을 가지고 있는 것이 오히려 안보적 차원에서 불리하다고 주장합니다."

한 교수는 지금까지 이 문제를 단순히 자주국방의 문제로만 생각하고 있었다. 그런데 강 교수는 전혀 다른 차원의 이야기를 하고 있는 것이다.

"왜요?"

"전작권 환수 문제가 자주국방의 측면에서 제기된 것은 맞습니다. 한국인의 운명을 한국인이 아닌 다른 나라 사람들이 좌지우지하게 두어서는 안 된다는 논리였습니다. 전쟁으로 피해를 입는 것은 중국인도 미국인도 아닌 우리 한국인들이니까요. 게다가 미국은 지금까지 단 한 번도 자신들의 영토에서 다른 나라와 전쟁을 치러 본 경험이 없습니다. 전쟁의 참상을 겪어 보지 못한 미국인들이 자칫 자국의 이해관계에 따라 확전을 결정할 수도 있고 결국 그 피해는 고스란히 한국인들이 떠안아야 한다는 말입니다."

한 교수가 생각만 해도 소름이 끼친다는 듯 몸서리를 친다.

"그러다가 요즘에는 다른 차원의 문제가 대두되고 있습니다. 미국이 전작권을 보유하는 것이 중국과의 갈등 요소로 작용하고 안보적 측면에서 볼 때 오히려 더 불안한 상황이 초래되고 있다는 것입니다. 야당에서 주장하는 논지가 바로 이겁니다."

한 교수가 고개를 끄덕인다. 대통령 후보 합동토론회에서 언급된 내용도 바로 이런 내용이었다. 그런 한 교수를 바라보며 강 교수가 문득 생각났다는 듯 질문 하나를 던진다.

"역대 대통령 중 작전통제권 환수를 처음 주장한 사람이 누군지 아십니까?"

"노무현 대통령 아닌가요?"

"현대사에도 관심이 많으신 걸로 아는데, 한번 잘 생각해 보시지요."

강 교수 말에 한 교수가 곰곰이 생각해 보지만 영 모르겠다는 표정이다.

"작전통제권 환수 문제를 처음 들고 나온 것은 박정희 대통령이었습니다."

"박정희 대통령요?"

"그렇습니다. 박정희 대통령은 몇 가지 일을 겪으면서 미국이 작전통제권을 가지고 있는 것이 불편하다는 사실을 깨닫게 됩니다."

"무슨 일이 있었는데요?"

"1976년 판문점 도끼 만행 사건이 있었습니다. 이때 미군의 보니파스(Arthur Bonifas) 대위 등 몇 사람이 피해를 당했는데, 미군은 즉시 준전시태세, 데프콘 2를 선포했습니다."

"그게 잘못된 것인가요?"

"1968년 1월 김신조 사건이 있었습니다. 북한 특수부대가 청와대를 기습공격하려 한 사건이었는데, 이때 미군은 특별한 조치를 취하지 않았습니다. 미군은 피해를 입지 않았다는 거죠. 당시에는 이 사실을 깨닫지 못했지만 도끼 만행 사건을 겪으면서 깨닫게 된 것입니다. 미군이 작전통제권을 가지고 있는 한 얼마든지 이런 일이 되풀이될 수 있다는 것을."

"그래서요? 어떻게 되었죠?"

"박정희 대통령의 작전통제권 환수는 10·26사태로 중단되고 맙니다. 그러다가 다시 작전통제권 환수가 재추진된 것이 노태우 대통령 때였습니다."

"노태우 대통령요?"

"네. 1987년 대선 때였습니다. 당시 민정당 노태우 후보가 작전통제권 환수를 공약으로 내걸었습니다."

1980년대 말 냉전 종식으로 인한 한반도 전략 환경 변화와 한국군의 능력 신장 그리고 당시의 국내 반미감정을 배경으로 1987년 8월 민정당 대통령 후보로 선출된 노태우 대통령은 작전통제권 환수를 대선 공약으로 제시했다.

"1988년 대통령 취임 이후 작전통제권 환수 문제가 본격적으로 논의되기 시작했습니다."

노태우 대통령은 '민족자존'을 국정 목표의 하나로 제시하고 한미 3대 현안 해결을 적극 추진했다. 용산기지 이전, 군사정전위원회 UN군 측 수석대표에 한국군 장성 임명, 작전통제권 조기 환수가 바로 그것이다.

'노태우 대통령이 이런 것들을 추진했다고? 전혀 뜻밖인데.'

1988년 합동참모본부는 합참의 기능과 위상을 장차 환수될 작전통제권 행사기구로 격상시키기 위한 이른바 '8·18 계획' 입안을 추진했다. 1990년 3월 국회 국방위원회에 출석한 이상훈 국방부장관은 주한미군의 역할이 주도적 역할에서 지원적 역할로 바뀌고 있는 시점에서 주권국가로서 작전권 문제를 논의할 때가 왔다고 답변하였다.

"하지만, 본격적인 논의가 시작되면서 모양새가 이상해지고 말았습니다."

"이상해지다니요?"

"양국 군사 당국자들은 급격한 변화로 인한 안보 불안 우려를 완화시킨다는 명분을 내세워 작전통제권을 전시와 평시로 분리 환수하는 방안을 도출해 냈습니다."

"전시와 평시로요?"

"그렇습니다. 작전통제권을 전시작전통제권과 평시작전통제권으로 나누어 평시작전통제권을 먼저 환수하기로 한 것입니다."

"평시작전통제권이라는 게 뭐죠?"

"전시가 아닌 평시 상황에서의 작전통제권을 말합니다. 예를 들면 대간첩작전이나 휴전선에서 남북 군인 간의 충돌, 서해에서 남북 함정 간의 교전 같은 것은 평시 작전에 해당합니다."

"작전통제권을 전시와 평시로 나누는 것이 가능한가요? 지휘 체계가 이원화되어 혼선이 초래될 것 같은데요?"

한 교수 질문에 강 교수가 내심 놀라는 눈치다. 여성인 한 교수가 핵심을 짚어 내는 것이 믿기지 않았기 때문이다.

"급변사태 상황에서 한미연합사령부가 움직일 경우 한국군이 지휘하느냐 미국군이 지휘하느냐 하는 논란이 있습니다. 급변사태 상황은 전시 상황이 아니기 때문에 한국군 합참의장이 작전통제권을 행사해야 하는 것 아니냐는 의문이 발생하게 되는 것이지요."

미국은 한국의 반미 여론과 미국의 정치 사정을 고려하여 평시작전통제권을 먼저 이양하고, 1990년 2월 한미 국방장관회담에서 '1991년 1월 1일부 이양' 방안을 제시하였다.

"1992년 제24차 한미연례안보협의회의에서 1994년 12월 1일자로 평시작전통제권을 이양하고, 전시작전통제권은 1996년 이후에 논의하기로 합의되었습니다."

"미국은 어떤 입장이었나요? 반미감정에 기해서 추진되는 것을 뻔히 알고 있었을 텐데 냉소적이지 않았나요?"

"그렇지 않았습니다. 미국도 1988년경부터 냉전 종식에 따른 해외 미군 감축 필요성을 느끼고 있었고, 5·18 광주 민주화항쟁을 둘러싼 반미감정 등과 관련하여 작전통제권 이양 가능성을 행정부와 의회 인사 등을 통해 언급하고 있었습니다. 1989년 8월에는 냉전 종식에 따른 국방 예산 감축의 일환으로 주한미군 감축안을 담은 '넌·워너 수정안(Nunn-Warner amendment)'이 상·하원 공동 법안으로 입안됨으로써 작전통제권 환수가 논의될 수 있는 정치적 분위기가 조성되었고, 실제로 이 법안에 따라 1990년 4월에 작성된 '동아시아전략구상(EASI)'에서는 1990년대 후반에 연합사 해체를 검토한다는 내용이 포함되어 있었습니다."

"평작권은 그렇고 전작권 환수 시기에 관한 구체적인 언급은 없었나요?"

"국방부는 1990년, 1992년 보고서에서 전작권 환수 목표 연도를 1995년, 1997년으로 설정했습니다. 또 김영삼 대통령 시절인 1993년에는 2000년 전후에 환수를 추진한다는 계획이 수립되었습니다. 그러다가 노무현 대통령 시절인 2005년에 한미안보정책구상(SPI)회의에서 전작권 환수 문제를 협의하자고 제안하게 된 것입니다."

강 교수의 설명을 듣고 있던 한 교수는 문득 작전통제권이 언제 미국에 넘어간 것인지 궁금해졌다. 해방 직후 남한에 군정을 실시하던 미국은 1948년 대한민국 정부가 수립되자 통치권을 이양했다. 대한민국 정부 수립 이후 대한민국 군대를 지휘하는 권한은 분명 대한민국 정부가 가지고 있었던 것이다.

"작전통제권이 미국으로 넘어간 것이 언제였나요?"

"한국전쟁 발발 직후인 1950년 7월 14일 이승만 대통령이 한국군에 대한 작전통제권을 UN군에 이양한다는 편지를 보냈습니다."

1950년 6월 25일 한국전쟁이 발발하자 UN은 즉각 총회를 열어 북한을 침략자로 규정하고 UN군 결성을 의결하였다. 미국을 비롯한 16개국 군대가 참전하기로 했는데 어느 나라가 UN군을 지휘할지가 문제였다.

UN은 전쟁을 수행하는 기관이 아니고 당시 미국이 가장 강력한 군사력을 보유하고 있었기 때문에 UN군을 지휘할 최고사령부 임무는 자연스럽게 미국 합참에 맡겨졌다.

1950년 7월 7일 미국 합참이 극동사령부의 맥아더 원수에게 UN군 지휘권을 일임하면서 극동사령부가 UN군 사령부 기능을 겸하게 된다.

전쟁 발발 직후 낙동강 전선까지 후퇴했던 한국군은 1950년 9월 15일 맥아더 장군의 인천상륙작전 성공으로 다시 서울을 탈환하고 원산까지 진격하게 된다. 하지만 1951년 중공군의 대공세로 압록강까지 진격해 있던 UN군과 한국군은 서울을 내주고 장호원에서 원주선까지 퇴각하게 된다. 이른바 1·4후퇴이다.

이것은 미국 역사상 최대의 패퇴로 맥아더에 대한 책임론이 제기되는 계기가 된다. 맥아더는 중공군 본거지인 만주에 핵폭탄을 떨어뜨려야 한다고 주장하다가 1951년 4월 11일 극동사령관에서 해임되고 1953년 7월 29일 휴전협정이 체결된다.

"휴전협정이 체결되고 난 뒤에는 작전통제권을 되찾아 왔어야 하는 것 아닌가요?"

"전쟁으로 모든 것이 폐허가 된 상황이었습니다. 남한이 스스로 자주국방을 할 수 있을 때까지는 미국의 보호와 후견이 절실했습니다."

1957년 7월 1일 극동사령부가 폐지되면서 미 육군 8군사령부가 미 합참 직할부대가 되어 UN군 사령부 기능을 담당하게 되고 미 육군 1기병사단과 7보병사단, 한국군을 지휘하게 된다.

"베트남 전쟁 중 주한미군 2개 사단이 철수하면서 7보병사단과 2보병사단만 남게 되는데, 닉슨 대통령 취임 이후 추가 철군이 추진됩니다. 닉슨 독트린 아시지요?"

미국은 더는 세계의 경찰이 아니다.

미군은 베트남에서 철군해야 한다.

미군의 아시아 개입은 축소하고 아시아 국가들 스스로 방위하도록 해야 한다.

"1971년 2월 6일 한미공동성명 발표 직후인 3월 미 육군 7보병사단 2만 명이 철수하게 됩니다."

최규하 외무부장관과 포터 주한 미국대사 공동성명

미국 7보병사단을 철수하고 미국 2보병사단은 후방으로 배치하며 전방은 대한민국 국군이 담당한다.

대한민국 국군의 현대화를 지원한다.

연례안보협의회의를 개최한다.

"1977년 1월 20일 주한미군 철수를 공약으로 내건 지미 카터 미국 대통령이 취임하고, 그해 9월 1천 명, 다음 해 11월 500명이 철수합니다. 게다가 1979년 1월 1일 미중 수교를 앞두고 데탕트 물결이 일어나면서 한국에 있는 UN군 사령부를 폐지해야 한다는 의견이 대두됩니다."

UN군 사령부 폐지는 주한미군 철수를 의미하는 것이고 이것은 대한민국 안보에 결정적인 타격을 줄 수밖에 없다. 이에 박 대통령은 한국군과 주한미군을 묶어 한미연합사령부를 만들자고 제안한다.

"설사 UN군 사령부가 폐지되더라도 주한미군은 여전히 한국에 남게 된다는 계산이었지요."

1978년 11월 17일 한미연합사령부가 출범하였고 미 육군 8군사령부가 그 휘하에 들어가면서 한미연합사령부가 UN군 사령부 기능을 담당하게 된다.

며칠 뒤 이번에는 김 변호사가 강지성 교수의 방을 찾았다.

"전작권 환수가 왜 그렇게 논란이 되는 거죠?"

2007년 남북정상회담 당시 노무현 대통령은 2012년 전작권이 대한민국으로 환수될 것이라고 했다. 2006년 9월 한미정상회담에서 2012년 4월 17일까지 전작권을 환수하기로 합의되었기 때문이다.

그런데, 뒤를 이은 이명박 대통령과 박근혜 대통령은 전작권 환수 연기를 요청했다. 이명박 대통령은 2010년 6월 26일 한미정상회담에서 전작권 환수 연기를 요청했다. 2009년 5월 25일 북한의 제2차 핵실험 등 변화된 안보 환경과 한국군의 준비 상황 미진 등이 명분이었는데, 오바마 대통령이 이를 수용하면서 전작권 환수 시기가 2015년 12

월 1일로 연기된 것이다.

박근혜 대통령은 2013년 2월 12일에 강행된 북한의 3차 핵실험을 이유로 2013년 5월 전작권 환수 재연기를 공식 요청한다. 이것은 당시 국가정보원장이었던 남재준 원장의 의견에 따른 것이었다. 남재준 원장은 인사청문회 당시 한반도 평화가 정착될 때까지 한미연합사가 존속해야 한다는 소신을 피력했던 인물이다. 1년 뒤인 2014년 10월 23일 한미연례안보협의회의에서 전작권 환수 시기가 2020년대 중반 이후로 연기된다.

두 번 다 북한의 핵실험이라는 변수가 작용했지만 노무현 대통령과는 관점 자체가 달랐다. 김 변호사는 그 이유가 궁금했다. 한 국가의 군사정책은 국민의 생명과 직결된 매우 중요한 문제이다. 집권당에 따라 정책 방향이 180도 달라진다는 것은 있을 수 없는 일이다. 강지성 교수가 이상하다는 듯 되묻는다.

"요새 왜 이렇게 전작권에 관심이 많은 거죠? 며칠 전엔 한 교수가 물어보더니."

"한 교수가요?"

"네. 김 변호사는 뭐가 궁금한 겁니까?"

"한국전쟁 당시 UN군 사령부에 넘어갔던 전시작전권 중 평시작전통제권은 1994년 12월에 환수되었고, 전시작전통제권은 2020년 중반 이후에 다시 논의하기로 되었잖아요?"

"그렇지요. 북한의 핵무장 등 여러 가지 사정으로 그렇게 되었지요. 그런데요?"

"전작권 환수를 우리가 먼저 주장한 것인가요?"

2006년 전작권 환수 문제로 한창 시끄러웠다. 당시 한나라당 의원들은 노무현 대통령이 자주국방이라는 미명하에 무리하게 전작권 환수를 추진한다며, 전작권이 환수되면 한미연합사가 해체될 것이고 그렇게 되면 미국은 궁극적인 안보 책임 주체가 아니기 때문에 언제든지 한반도에서 발을 뺄 것이라며 반대했다.

노무현 대통령은 한미연합사가 해체되더라도 한미상호방위조약에 의한 공조 체제가 계속 유지되기 때문에 문제없다고 반박했다. 전작권 환수 이후에도 주한미군이 여전히 남아 연합전구사령부를 창설하기로 합의된 상태였다. 연합전구사령부가 창설되면 한국군 대장이 미군 전력까지 지휘하게 되어 있었다. 그럼에도 불구하고 미국이 정말 그렇게 할지 장담할 수 있느냐는 우려가 팽배했다.

"2003년 11월 부시 대통령이 해외주둔미군재배치계획을 발표했습니다. 기존의 해외거점별 대규모병력 상주전진배치체계를 전력투사 중추기지 중심의 범세계적 네트워크 체제로 전환한다는 내용이었습니다."

"네?"

"하하, 용어가 좀 어렵지요. 거점마다 대규모 병력을 상주시키지 않고 문제가 되는 곳에 전력을 투사하는 방식으로 바꾸겠다는 겁니다."

"전력투사가 뭔데요?"

"문제가 발생한 지역에 병력을 투입하는 것을 말합니다. 평소에는 센터라고 할 수 있는 중추기지에 병력을 주둔시키다가 문제가 발생하면 그 지역에 병력을 이동, 투입하는 것이지요. 교통·통신의 발달로 신속한 병력 이동이 가능해지면서 수립된 신개념 군사 전략입니다."

2004년 2월 〈파이낸셜 타임즈〉는 유럽에 주둔 중인 미군 11만 9천 명 가운데 3분의 2를 철수시키는 철군 계획이 진행 중이라고 보도하였고, 같은 해 3월 〈워싱턴 포스트〉는 독일에 주둔하고 있는 미군 7만 1천 명 가운데 절반가량이 감축되고 루마니아와 불가리아에 신속한 전력투사를 위한 소규모 기지들이 건설될 것이라면서 아·태 지역 역시 미국 10만 명 중 1만 5천 명이 감축되고 괌 기지가 미국의 아·태 전략에 있어 군수 및 전략 기획의 중추기지로 부상할 것이라고 보도하였다.

"아시아 지역의 경우 미일동맹을 중심축으로 전력을 재배치하여 북한의 테러 위협과 중국의 부상을 견제한다는 것이 핵심 내용이었습니다."

"미일동맹이라구요? 그럼 대한민국은 어떻게 하고요?"

"지리적으로나 경제적으로 볼 때 미국은 일본과 손을 잡는 것이 훨씬 유리합니다."

"경제적이라니요?"

"사실 해외주둔미군재배치계획은 미국의 재정 문제와 결부된 것이었습니다. 미국은 세계의 경찰 역할을 수행하기 위해 막대한 재정을 쏟아 왔는데 이것이 미국 재정에 큰 부담이 되어 왔습니다. 미국 경제 위축으로 해외주둔군을 축소하고 동맹국의 방위비 분담으로 국방비 지출을 줄여야 하는 상황이었습니다. 이런 맥락하에 2012년 전작권 전환이 결정된 것입니다."

미국은 동아시아 안보 환경을 유지하는 데 있어 자국 군대의 직접적인 역할을 줄이고 한국과 일본의 부담을 늘리는 한편, 한국의 재래식 전쟁 수행 능력이 북한을 압도한다고 판단한 다음부터는 한국 전담 전력을 최소화하고 이를 전 세계 어디에나 투입할 수 있는 형태로 바꿔 전략적 유연성을 확보하고자 했다.

"그럼, 결국 미국 재정적자가 원인이 되어 전작권 전환 논의가 촉발되었다는 것이네요?"

"그렇습니다."

"국민들의 자주국방 욕구가 작용한 것이 아니고요?"

지금까지 김 변호사는 노무현 대통령이 자주국방론에 입각하여 전작권 환수를 주장해 온 것으로 생각하고 있었다.

"물론 그런 측면도 있지만 근본적으로는 돈 문제였습니다. 아무리 우방이라도 자국 경제를 도외시하면서까지 도와줄 수는 없는 것이 엄연한 현실이니까요."

"주한미군 경비를 우리가 계속 부담해 온 것 아닌가요?"

"아닙니다. 1991년부터 분담한 것입니다."

"다른 나라들도 비용을 분담하고 있나요?"

"현재까지는 대한민국과 일본 두 나라뿐입니다. 그것도 돈의 논리와 결부되어 있습니다. 1980년대 쌍둥이 적자로 허덕이던 미국이 한국과 일본에 방위비 분담을 요청했습니다."

1989년 미국은 주한미군 방위비를 한국이 분담하지 않으면 주한미군 7천 명을 감축할 수밖에 없다고 압박했다.

"얼마나 분담하고 있나요?"

"1991년 방위비분담특별협정이 체결되었을 때 1073억 원이었는데, 차츰 늘어 지금은 1조 원이 넘습니다."

"음."

김 변호사가 숨을 들이쉬었다. 생각했던 것보다 많은 금액이었다.

"노무현 대통령은 미국이 재정 문제를 들고 나오자 자주국방의 필요성을 절감했던 것 같아요. 언제까지나 미국이 대한민국을 지켜 주지 않을 것이라는 사실을 깨달은 것이지요. 어쨌든 미국의 재정 문제로 야기된 미군재배치계획은 동북아시아에 많은 변화를 초래했습니다. 일본의 군사력 확장도 이와 밀접한 관련이 있습니다."

2012년 말 재집권에 성공한 일본 자민당의 아베 총리가 평화헌법 개정을 운운하면서 집단적 자위권 행사를 합법화하겠다고 한 배경에는 미국이 재정적으로 일본에 의존할 수밖에 없다는 계산이 깔려 있었다. 일본의 군사력이 강화되면 미국의 국방비가 절감되기 때문에 미국이 묵인할 것이라고 본 것이다.

2013년 12월 26일 아베 총리가 야스쿠니 신사 참배를 강행하자 대한민국과 중국뿐만 아니라 미국도 아베 총리의 행동에 실망을 표시하고 강도 높게 비판했다. 하지만 이튿날 아베 총리가 오키나와 후텐마 미군기지 이전을 승인하자 언제 그랬냐는 듯 즉각 환영 성명을 발표했다. 후텐마 미군기지 이전은 해외주둔군재배치계획의 핵심이었고 이후 미국은 일본의 재무장을 묵인했다.

"일본은 전작권을 가지고 있나요? 일본도 우리처럼 미국과 군사동맹을 체결하고 있잖아요?"

"물론 일본에도 미군이 주둔하고 있지요. 하지만 일본 자위대의 전시 및 평시작전통제권은 일본 정부가 모두 갖고 있습니다. 유사시 주일미군과 자위대 모두 독립적으로 작전을 수행할 수 있습니다."

강 교수 방에서 나온 김 변호사는 즉시 관련 자료들을 찾아보았다. 먼저 미국의 재정 상태에 대해 살펴보았다.

주목할 만한 것으로 시퀘스터(Sequester)라는 개념이 있었다. 원래 '격리하다', '가압류하다'라는 뜻인데 미국 연방정부의 자동 예산 삭감을 의미하는 용어로 사용되고 있었다.

미국은 1985년 시퀘스터 법안을 만들었는데 이것은 국가 부채를 줄이기 위해 연방정부 재정 지출의 한도를 정하고 의회와 정부가 별도의 합의를 하지 않는 한 그대로 적용되도록 한 것이다.

2008년 글로벌 금융위기 이후 미국의 재정적자가 심해지자 미국 의회는 2011년 8월 예산관리법을 의결해 미연방정부의 지출을 연간 1100억 달러씩 10년간 총 1조 2천 억 달러 자동 삭감하기로 의결하였다. 2013년 오바마 행정부의 셧 다운 사태는 이와 관련된 것이다.

미국은 국방 예산을 계속 줄여야 하는 상황이었고 주한미군 감축은 불가피한 조치였다. 이러한 상황은 대한민국 군사정책에 큰 변화를 초래할 수밖에 없었다. 전작권 환수도 이러한 맥락에서 추진된 것인데, 북한의 계속된 핵실험으로 환수 시기가 연기된 것이었다.

다음 주한미군 방위비 분담에 관한 자료들을 찾아보았다. 1991년 이전까지는 주둔군지위협정(SOFA)에 따라 시설만 제공하면 되었다.

주둔군지위협정

제5조 (시설과 구역-경비와 유지) ② 대한민국은 합중국에 부담을 과하지 아니하고 본 협정의 유효 기간 동안 제2조 및 제3조에 규정된 비행장과 항구에 있는 시설과 구역처럼 공동으로 사용하는 시설과 구역을 포함한 모든 시설, 구역 및 통행권을 제공하고, 상당한 경우에는 그들의 소유자와 제공자에게 보상하기로 합의한다. 대한민국 정부는 이러한 시설과 구역에 대한 합중국 정부의 사용을 보장하고, 또한 합중국 정부 및 그 기관과 직원이 이러한 사용과 관련하여 제기할 수 있는 제삼자의 청구권으로부터 피해를 받지 아니하도록 한다.

주한미군 방위비 분담의 근거가 되는 것은 바로 1991년에 체결된 방위비분담특별협정이었다.

1991년도 방위비분담특별협정

제1조 대한민국은 이 협정의 유효 기간 중 주둔군지위협정 제5조 제2항에 규정된 경비에 추가하여 주한미군의 한국인 고용원의 고용을 위한 경비의 일부를 부담하며 필요하다고 판단할 경우에는 다른 경비의 일부도 부담할 수 있다.

이 협정에 의해 대한민국이 주한미군의 경비를 분담하기 시작했고 이후 점차 증가되는데, 2013년 9차 방위비분담특별협정에서는 미국이 경제위기로 인한 국방 예산 대폭 삭감을 이유로 방위비 분담금 증액을 크게 요구하였고, 그 결과 9300억 원으로 늘어나게 되었다.

다음 날 김 변호사가 다시 강 교수를 찾았다.

"전작권 환수 문제가 근본적으로 미국의 재정 문제와 결부된 일이라는 것은 확인했습니다. 그런데, 의문이 있습니다."

"어떤 의문이죠?"

"미국이 재정 상황상 어쩔 수 없이 전작권을 넘겨야 하는 상황이라면 우리가 굳이 적극적으로 전작권 환수를 주장할 이유가 없지 않나요? 그런데 정작 형국을 보면 마치 우리가 전작권을 환수하려고 하는데 미국이 내놓지 않으려는 것처럼 보이거든요."

"전작권 환수와 관련된 정치권의 입장은 크게 둘로 갈라져 있습니다. 이 기회에 돌려받아야 한다는 입장과 어떻게 해서든 이를 연기시켜야 한다는 입장입니다. 노무현 대통령은 전자의 입장이었고, 이명박 대통령이나 박근혜 대통령은 후자의 입장이었습니다."

"어차피 미국이 전작권을 넘겨주려고 하는 상황이라면 군이 전작권 환수를 강하게 주장할 이유가 없지 않나요? 환수 연기를 주장하는 사람들로 하여금 미국과 협상하게 놔두고 그 결과를 지켜보면 되잖아요?"

"전작권 환수 문제를 통일의 관점에서 이해한 것 아닌가 싶습니다."

"통일의 관점이라니요?"

"한미군사동맹은 북한의 군사 도발을 방지하는 데는 분명 효과적입니다. 하지만 한미동맹이 통일에도 긍정적인지는 생각해 봐야 합니다."

"그게 무슨 말이죠?"

"한미연합사령부 연합사령관은 UN군 사령관의 지위를 겸하고 있습니다. 북한에 급변사태가 일어나고 한미연합사령부가 북한에 개입하여 북한 지역을 장악했다고 가정해 봅시다. 이때 북한 지역을 대한민국 통치권이 회복되는 지역으로 볼 수 있을까요?"

강 교수의 반문에 김 변호사가 잠시 생각에 잠기더니 고개를 가로저으며 강 교수를 바라본다. 강 교수의 말이 이어진다.

"맞습니다. 북한은 대한민국의 통치권이 회복되는 지역이 아니라 UN군의 점령 지역이 되는 것입니다. 그 상태에서 UN군의 군정이 실시되겠지요. 그렇게 되면 중국과 러시아가 가만히 있을까요?"

강 교수가 말을 멈추고 김 변호사를 바라본다.

"아니요"

"그렇습니다. 중국과 러시아도 분명 군정에 개입하려 할 것이고 한반도는 다시 열강들의 각축장이 되고 말 겁니다."

"음….”

김 변호사가 신음을 토해 낸다. 일리 있는 이야기다. 물론 다른 가능성이 없는 것은 아니지만 논리적인 맥락에서 볼 때 확률이 가장 큰 추론이다.

"그래서 전작권 환수 이야기가 나온 것입니다. 통일을 위해서는 전작권을 찾아오는 것이 훨씬 유리하다고 생각한 것이죠. 노무현 대통령과 이명박 대통령은 전작권 환수에 대해 분명한 입장 차이가 있습니다. 노무현 대통령은 자주국방과 통일이라는 관점에서 전작권 환수를 적극적으로 인식한 반면, 이명박 대통령은 대북 경색 국면과 북한 핵 실험이라는 상황에서 한반도 평화 유지라는 관점에서 전작권 환수 시기를 최대한 늦추고, 설사 전작권이 환수되더라도 미국에 최대한 많은 부담을 지우려는 입장이었습니다. 박근혜 대통령도 대체로 같은 입장이었구요."

"미국은 재정상의 이유로 전작권 전환을 연기할 수 없는 입장이었잖아요? 그런데, 입장을 변경한 이유가 뭐죠?"

"명분은 북한의 핵무장이었습니다. 2014년 10월 23일 전작권 전환 연기를 발표할 당시 미국은 북한이 사실상 핵무기를 보유하고 있다는 뉴스를 내보냈습니다."

"재정 문제는 어떻게 하고요? 아무리 미국이 세계의 경찰이라도 돈 문제만큼은 어쩔 수 없는 것이잖아요?"

준비서면

사건   북한반환 청구소송
원고   대한민국
피고   중화인민공화국

위 사건에 대하여 피고 중화인민공화국은 다음과 같이 변론을 준비합니다.

다 음

1. 원고 대한민국은 남북한의 관계가 나라와 나라 사이의 관계가 아닌 특수관계라면서 북한 지역이 대한민국 영토라고 주장합니다. 그러나 이러한 논리는 특수관계론에 대한 잘못된 이해에 기초한 것으로 부당합니다.

2. 특수관계론은 1965년 서독에서 주창된 이론으로 동독의 국가성을 인정하는 전제하에 동·서독 관계의 특수성을 주장한 이론입니다.

⑴ 제2차 세계대전 직후 패전국 독일은 미국·프랑스·영국·소련에 의해 분할 점령되었다가 미국·프랑스·영국이 점령한 지역에서는 독일연방공화국(서독)이, 소련이 점령한 지역에서는 독일민주공화국(동독)이 수립되며 분단국가가 되었습니다. 당시 동독

은 동·서독이 서로 별개 국가라고 주장한 반면 서독은 할슈타인 원칙하에 동독의 국가성을 부정하였습니다.

독일연방공화국 정부는 독일에서 유일하게 합법적으로 구성된 정부로서 전 독일을 위하여 발언할 수 있는 유일한 권한을 가진 정부이다. … 제3국이 동독과 외교관계를 맺는 행위는 독일의 분열을 초래하는 비우호적인 행위로서 …

이러한 서독의 입장을 '하나의 독일 원칙'이라 합니다. 즉, 독일이 동독과 서독이라는 두 개의 국가로 분단되어 있지만 전통적 의미의 독일은 여전히 하나이고, 하나의 독일을 대표하는 정부는 서독 정부라는 것입니다.

(2) 그러나 하나의 독일 원칙은 탈냉전 정책과 더불어 완화되기 시작합니다. 1969년 10월 서독의 브란트 수상은 시정연설에서 이러한 입장을 명확하게 천명하였습니다.

서독과 독일이 성립한 지 20년이 지난 지금, 우리는 독일민족의 계속적인 분리된 생활을 막고 정체된 병존에서 공존으로 나아가도록 노력하여야 한다. … 단, 동독에 대한 국제법상의 국가 승인은 고려될 수 없다. 독일 내에 두 개의 국가가 존재한다 할지라도 이 두 국가는 상호 간에 외국일 수는 없다. 둘 사이의 관계는 특수한 것임에 틀림없다.

보시다시피 독일에서 주창된 특수관계론은 분단 주체 상호 간의 국가성을 인정하는 전제하에 전개된 이론으로 이른바 '1민족 2 국가 이론(Ein Nation, Zwei staaten Theorie)'입니다.

(3) 특수관계론에 의해 서독의 대동독정책이 변경되면서 1972년 11월 8일 동·서독 간에 기본조약이 체결되고, 1973년 양국은 별개 의석으로 UN에 공동 가입하게 되었습니다.

3. 남북한이 UN에 가입하고 남북기본합의서를 작성하는 과정을 살펴보면 동·서독의 그것과 동일합니다. 결국 남북기본합의서상의 특수관계론은 동·서독의 그것과 동일하게 남북한이 별개 독립국가라는 전제를 깔고 있는 것입니다. 고로 원고 대한민국이 특수관계론을 근거로 북한 지역이 원고의 영토라고 주장하는 것은 무지의 소치로서 부당합니다.

4. 요컨대, 북한 지역이 대한민국 영토임을 전제로 제기된 이 사건 소송은 부당한바, 속히 기각하여 주시기 바랍니다.

증 거

1. 을제2호증의1 할슈타인 독트린(Hallstein-Doktrin)
1. 을제2호증의2 브란트 수상의 시정연설문

피고 중화인민공화국

소송대리인 왕하오

중국의 준비서면이 송달되고 대한민국 소송팀의 긴급회의가 소집되었다.

"그러니까 이게 뭡니까? 특수관계론에 의하더라도 북한 지역이 대한민국 영토가 아니라는 거잖아요?"

국방부장관이 먼저 입을 열었다.

"그렇습니다."

김 변호사 대답에 국방부장관이 외교부장관에게 문책성 발언을 내뱉는다.

"외교부장관, 이거 어떻게 된 겁니까? 이거 오히려 우리가 무식하다고 핀잔만 먹은 거 아닙니까?"

국방부장관이 따지고 들어오자 특수관계론으로 중국을 누를 수 있을 것이라고 장담했던 외교부장관이 난감한 표정을 지으며 사태를 수습하려 한다.

"설사 그렇다 하더라도 특수관계론이 전혀 쓸모없는 것은 아닙니다. 북한이 국제법상 하나의 국가로 인정된다고 하더라도 남북관계는 분명 특수하거든요. 우선 남북기본합의서는 한반도가 남북으로 분단되어 있다는 점을 분명히 선언하고 있습니다. 그리고 중국은 다른 어느 나라보다 이 사실을 잘 알고 있습니다. 1953년 정전협정의 당사자가 바로 중국 아닙니까?"

제3부

동상이몽

준비서면

사건   북한반환 청구소송
원고   대한민국
피고   중화인민공화국

위 사건에 대하여 원고 대한민국은 다음과 같이 변론을 준비합니다.

다 음

1. 전통적 의미의 한국이 대한민국과 조선민주주의인민공화국이라는 두 개의 국가로 분단된 사실은 전 세계가 다 아는 사실입니다. 특수관계론 또한 이를 전제로 한 것임은 분명합니다.

2. 1392년 건국된 조선왕조가 1910년 8월 29일 일본에 강제 병합되어 식민지로 전락하고 말았습니다. 하지만 한민족은 목숨을 건 독립투쟁을 전개하여 1945년 8월 15일 해방되었습니다.

그러나 미국과 소련의 분할 점령으로 한국은 38선을 기준으로 분단되고 말았습니다. 이후 1948년 8월 15일 남한에 대한민국 정부가, 같은 해 9월 9일 북한에 조선민주주의인민공화국 정부가 각각 수립되었습니다. 이후 남북 정부는 스스로가 전통적 의미의 한국을 대표하는 정부이고 상대방은 반란정부 내지 지방정부에 불과하다며 체제 경쟁을 벌였습니다. 그러던 중 1950년 6월 25일 한국전쟁이 발발하고 말았습니다. 일진일퇴를 거듭하던 한국전쟁은 승부를 내지 못하고 결국 휴전협정으로 종결되었습니다.

3. 1953년 7월 27일 체결된 정전협정의 당사자 중 하나가 바로 피고 중화인민공화국입니다. 〈UN군 총사령관을 일방으로 하고 조선민주주의인민공화국 최고사령관 및 중공인민지원군 사령관을 다른 일방으로 하는 한국 군사정전에 관한 협정〉이라는 정식 명칭에서 보듯이 이 협정은 UN군 총사령관 클라크(Mark Wayne Clark)와 북한군 최고사령관 김일성, 중공인민지원군 사령관 펑더화이[彭德懷]가 판문점에서 최종 서명함으로써 체결되었습니다. 이 협정에 따라 남북한 사이에 군사분계선과 비무장지대가 설치되었습니다.

4. 피고 중화인민공화국은 한국전쟁에 참전한 당사국으로서 한국이 어떻게 분단되었는지 어느 나라보다 잘 알고 있습니다. 이

러한 피고가 북한 지역이 대한민국 영토가 아니라고 주장하는 것
은 부당하기 짝이 없는 일입니다.

증거

1. 갑제5호증   한국 군사정전에 관한 협정

원고 대한민국
소송대리인 김명찬

2018년 1월 4일. 김명찬 변호사와 한서현 교수가 외교부 청사 휴게
실에서 TV를 보고 있다.

"시청자 여러분 안녕하십니까? TV시사토론의 명품 진행자 고명준
입니다. 오늘은 통일을 주제로 심층토론이 준비되어 있습니다. 대한민
국 국민이라면 누구나 통일에 대해 나름대로의 생각을 가지고 있을 텐
데요. 먼저 통일에 관한 국민들의 생각을 들어 보겠습니다."

사회자의 이야기가 끝나고 시민들 인터뷰 영상이 흘러나온다.

"도대체 통일을 왜 해야 하는 거죠? 통일이 우리에게 무슨 도움이
되나요? 사회는 더 혼란스러워지고 삶의 질은 떨어질 것이 뻔하잖아
요? 그냥 이대로 사는 것이 안정감 있고 좋지 않나요?"

"그 사람들 통일을 정치적으로 이용하는 것 아닌가요? 5천 만으로도 이 모양인데, 8천 만이 되면 어떻겠어요? 게다가 북한 주민들 수준을 생각해 봐요. 확연히 차이가 나는데 그걸 어떻게 극복하죠? 북한 주민들은 빈민 노동자로 전락할 것이고 결코 행복하지 않을 거예요. 게다가 우리가 북한 주민들을 부양해야 하는데 그럴 돈이 어딨어요? 지금도 국고가 부족하다고 난리인데."

"통일이 되겠어요? 정치 하는 사람들은 북한이 금방이라도 붕괴될 것처럼 이야기해 왔지만 지금도 건재하잖아요?"

"통일 반드시 해야죠. 분단된 것도 서러운데 빨리 하나가 되어야 합니다."

"빨리 통일이 되어야 한다고 생각합니다. 악독한 북한 정권에 유린당하는 북한 동포들을 생각하면 가슴이 찢어집니다."

인터뷰 영상이 클로징되고 사회자가 다시 화면에 나타난다.

"의견이 정말 천차만별인데요. 그래서 오늘은 통일에 관해 서로 다른 입장을 가진 시민단체 네 곳의 대표를 패널로 모셨습니다. 먼저 통일반대모임의 나반대 대표님 나오셨습니다."

"안녕하세요? 통일반대모임 대표 나반대입니다."

"다음은 무력흡수통일모임의 한강력 대표님."

"안녕하세요? 한강력입니다."

"다음은 평화흡수통일모임의 조용희 대표님."

"반갑습니다. 조용희입니다."

"마지막으로 평화합의통일모임의 오대화 대표님 나오셨습니다."

"안녕하세요? 오대화입니다."

각 패널들이 소개될 때마다 지지자들의 환호와 박수 소리가 터져 나온다.

"스튜디오의 열기가 평소보다 훨씬 더 뜨거운 것 같습니다. 대선 당시 여야 후보자들이 통일을 화두로 놓고 통일의 당위성과 방법론에 관해 치열한 논쟁을 벌이면서 국민의 관심이 굉장히 높아졌는데요. 먼저 각 모임 대표님들의 모두발언을 듣겠습니다. 모두발언 시간은 각자 2분씩입니다. 시간을 엄수해 주시기 바랍니다. 먼저 통일반대모임 나반대 대표님의 모두발언을 듣겠습니다."

진행자 말이 끝나자 화면 한쪽에 시계가 비춰지며 똑딱똑딱 초침 돌아가는 소리가 들리기 시작한다.

"안녕하세요. 통일반대모임의 나반대입니다. 반갑습니다. 저희 모임은 통일을 반대하는 시민들의 모임입니다. 지금 대한민국 경제가 얼마나 어렵습니까? 계속된 경제침체로 청년실업이 만연해 있고 돈벌이가 없어 힘들게 살아가는 어르신도 많습니다. 일부 대기업을 제외하고는 중소상공업체나 자영업자들 모두 매우 힘듭니다. 이런 상황에서 대다수 서민은 통일에 반대할 수밖에 없습니다. 1990년 독일의 경우를 살펴보면 답은 분명해집니다. 독일의 경우 우리보다 훨씬 좋은 상황에서 통일이 되었음에도 불구하고 얼마나 힘들었습니까? 무려 20년이 넘는 세월 동안 서독은 마이너스 성장을 거듭했습니다.

평화흡수통일이든 평화합의통일이든 남한이 북한을 부양해야 하는 것만은 분명합니다. 현재 남한의 경제력으로 북한을 부양하는 것이 가능할까요? 결코 그렇지 않습니다. 무엇보다도 무력흡수통일은 안 된다고 생각합니다. 현재 북한은 핵무기를 보유하고 있을 뿐 아니라 재래식 무기 또한 만만치 않습니다. 무력흡수통일 시도는 우리 국민들을 재앙으로 몰아넣을 것입니다. 1950년 한국전쟁을 생각해 보십시오. 얼마나 참혹했습니까?

이처럼 통일은 무력에 의한 것이든 평화적인 방법에 의한 것이든 벌 집과 같은 것입니다. 벌집 중에서도 말벌 집입니다. 건드려서 좋을 일이 하나도 없습니다. 차라리 이대로 1민족 2국가로 지내는 편이 훨씬 낫습니다. 우선 이 정도로 모두발언을 마치겠습니다."

나반대의 모두발언이 끝나자 통일을 반대하는 방청객들의 박수 소리와 환호성이 울려 퍼진다.

"네, 나반대 대표의 모두발언을 들었습니다. 통일을 반대하는 이유를 조목조목 설명해 주셨는데요. 통일을 반대하는 입장에서 흔히 들을 수 있는 이야기였습니다. 다음은 무력흡수통일을 주장하는 한강력 대표의 이야기를 들어 보겠습니다. 나반대 대표께서 특히 무력흡수통일은 안 된다고 강조하셨기 때문에 하실 말씀이 많을 것 같습니다. 우선 모두발언 부탁드립니다."

"안녕하세요. 무력흡수통일모임의 한강력입니다. 우선 저희 입장을 오해하시는 분이 많은데 저희들의 입장부터 분명히 말씀드리겠습니다. 저희는 결코 북한과 전쟁을 하자는 것이 아닙니다.

북한은 현재 세계의 이단아와 같습니다. 많은 나라의 반대에도 불구하고 핵무기를 배치하고 대량살상무기를 개발하고 있습니다. 군대 양성을 최우선에 두는 선군(先軍)정치를 표방하고 주민들은 굶주리고 있습니다. 세계에서 유례를 찾아볼 수 없을 정도로 폐쇄적이며 인권을 유린하고 있습니다. 문명국가라면 도저히 묵과할 수 없는 지경입니다. 그럼에도 불구하고 우리 대한민국과 세계 각국은 북한과의 대화를 성사시키기 위해 많은 노력을 거듭해 왔습니다. 하지만 북한은 대화를 거부하며 외길로 나아가고 있습니다. 이런 북한을 더는 용납해서는 안 된다는 것이 바로 저희 입장입니다.

북한이 대화를 거부하고 대량살상무기 개발에 몰두하고 있는 이상 세계 모든 나라가 UN을 중심으로 똘똘 뭉쳐 북한을 고립시키는 수밖에 방법이 없습니다. 그러면 북한은 내부로부터 스스로 무너져 내릴 것이고 급기야 급변사태를 맞이하게 될 것입니다. 저희들의 입장은 이런 급변사태가 발생할 경우 무력이라도 동원하여 통일을 달성해야 한다는 것입니다. 한국전쟁을 일으켜 수많은 사람을 죽게 만들고 고생하게 만들었을 뿐만 아니라 지금도 수많은 사람의 인권을 유린하고 있는 북한 정권을 그대로 놔둔다는 것은 말이 되지 않습니다.

과거 김대중, 노무현 대통령은 북한과의 대화를 이끌어 낸다며 대북지원정책을 폈습니다. 하지만 그 결과가 무엇이었습니까? 북한은 이러한 지원금과 지원물품을 핵무기 개발과 군대 유지 비용으로 사용했습니다. 중국 또한 우리와 같은 입장입니다. 북한 주민들이 안쓰러워 매년 많은 지원을 하고 있지만 이것이 결국 북한 군대를 부양하고 대량살상무기 개발을 도와주는 것에 불과하다는 사실을 깨닫고 있습니다. 중국과 러시아 등 북한과 친교하는 국가들을 설득하여 관계를 끊게 만드는 것이 정답입니다.

2014년 1월 6일 박근혜 대통령께서 통일대박론을 주창하신 이후 통일이 한국 경제를 부흥시킬 최고의 계기가 될 것이라는 인식이 확산되고 있습니다. 나반대 대표께서는 통일을 하게 되면 대한민국 경제가 파탄될 것이라 우려하지만 결코 그렇지 않습니다. 북한은 세계에서도 손꼽히는 지하자원의 보고입니다. 매장량만 60조 달러의 가치가 있다고 합니다. 통일이 되면 이러한 지하자원들이 대한민국 경제를 부흥시키는 원동력이 될 것입니다. 독일을 예로 들으셨는데요. 독일은 1990

년 통일 이후 20년 동안 힘든 세월을 보냈지만 이후 가파른 경제성장세를 보이고 있습니다. 통일 이전보다 훨씬 더 부강한 나라로 거듭 태어나고 있다 이 말입니다. 우리 대한민국도 통일을 통해 재도약을 이뤄 내야 합니다. 이상입니다."

한강력 대표가 시계를 바라보며 부랴부랴 모두발언을 마무리한다.

"네, 한강력 대표의 무력흡수통일 주장이었습니다. 통일의 필요성까지 설명해 주셨는데요. 다음은 평화흡수통일모임의 조용희 대표의 모두발언을 듣겠습니다."

"안녕하세요. 조용희입니다. 통일의 필요성에 대해서는 한강력 대표의 의견에 전적으로 동의합니다. 하지만 무력 사용에 대해서는 절대 찬성할 수 없습니다. 한강력 대표의 주장은 극히 위험한 발상입니다. 북한은 국가 전체가 하나의 군대와 같습니다. 북한이 핵무기를 배치하고 각종 재래식 무기로 무장하고 있지만 결코 먼저 도발하지는 않을 것입니다. 북한 정권 또한 도발이 자멸을 의미한다는 것을 잘 알고 있기 때문입니다. 결국 우리가 먼저 건드리지 않는 한 무력 충돌은 없을 것이라는 이야기입니다.

한강력 대표의 구상은 북한을 국제적으로 고립시킬 경우 북한에 분란이 일어날 것이고 이때 북한을 공격하여 흡수해 버려야 한다는 주장입니다. 그럴듯해 보이지만 극히 위험한 발상입니다. 북한은 휴전선 부근에 막강한 화력을 배치해 두고 있습니다. 만에 하나 우리가 북한을 공격한다면 북한도 결코 가만히 있지 않을 것입니다. 휴전선 부근에 설치된 장사정포의 사정거리가 68킬로미터에 달합니다. 서울, 경기지역이 사정권 안에 들어갑니다. 현재 우리의 방공망은 이러한 포사격을 막아 낼 수 없습니다. 1994년 북한이 판문점 회담에서 '서울 불바다 발언'을 한 적이 있습니다. 그것은 허세가 아니라 충분히 실현 가능한 일입니다. 서울과 경기에 무려 2천2백만 대한민국 국민이 거주하고 있습니다. 북한의 장사정포가 일제히 불을 뿜었다고 생각해 보십시오. 수백만의 국민이 살상당할 것이며 많은 시설이 파괴되고 말 것입니다. 아무리 통일이 대박이라고 하더라도 이런 일은 결코 일어나서는 안 됩니다.

결국 방법은 평화흡수통일뿐입니다. UN을 통해 북한을 고립시키는 정책을 완강하게 실현해 나간다면 북한은 내부로부터 고사될 것이 분명합니다. 그 상태에서 우리가 할 일은 무력 개입이 아니라 지켜보는 일입니다. 독일은 피 한 방울 흘리지 않고 통일을 달성했습니다. 동독이 손을 들고 만 것입니다. 우리도 그런 상태를 만들어야 합니다. 한강력 대표가 말씀하신 것처럼 북한에 대한 지원은 북한군을 부양할 뿐 북한 주민들에게는 어떠한 혜택도 돌아가지 않습니다. 그것이 바로 북한 체제의 특수성입니다. 이상입니다."

조용희 대표의 발언이 끝나자 시계가 클로즈업된다. 13초의 시간이 남아 있다.

"네. 조용희 대표의 평화흡수통일론에 대해 들어 봤습니다. 마지막으로 오대화 대표의 평화합의통일론에 대한 모두발언을 듣겠습니다."

"안녕하세요. 오대화 인사드립니다. 저는 남북통일의 유일한 방법은 평화합의통일밖에 없다고 생각합니다. 방금 조용희 대표께서 북한을 국제적으로 고립시키면 평화롭게 흡수통일할 수 있다고 말씀하셨습니다. UN이 강력한 힘을 가지고 있고 국제사회가 일치하여 북한 고립 정책을 펼 수 있다면 가능한 일입니다. 하지만 불행하게도 UN은 그런 힘이 없습니다. 북한이 핵실험을 할 때마다 UN에서 북한 제재 결의가 이루어졌습니다. 하지만 그 효과를 보십시오. 별 실효성이 없습니다. 세계의 경찰을 자처하는 미국만 강력한 조치를 취하고 있고 다른 나라들은 미국 눈치를 보며 흉내만 내고 있을 뿐입니다.

게다가 북한 정권은 강성대국 건설을 내세우며 경제부흥책을 강구하고 있습니다. 마식령에 스키장을 건설하여 외국 관광객을 초빙하고 적극적으로 투자를 권유하고 있습니다. 외국 투자 자본을 안심시키기 위해 경제특구법을 제정하고 북한의 지하자원을 담보로 제공하고 있습니다. 조금 전 중국 이야기가 있었는데요. 중국이 겉으로는 북한을 압박하는 것 같지만 속으로는 중국 기업들의 북한 투자를 적극 장려하고 있습니다. 중국 기업들이 북한에 투자했다가 손해를 볼 경우 투자금의 80퍼센트까지 보전해 주겠다며 대북한 투자를 권유하고 있다는 사실을 명심해야 할 것입니다. 중국뿐만이 아닙니다. 최근 북한은 중국과의 관계가 불편해지자 러시아와 급속도로 가까워지고 있습니다. 일본도 마찬가지입니다. 한일관계가 냉랭해지자 일본은 북한과의 수교를 모색하며 북한으로의 진출을 모색하고 있습니다. 게다가 많은 외국 기업이 북한의 지하자원과 개발권을 선점하기 위해 호시탐탐하고 있습니다.

오직 미국과 우리 대한민국만 북한을 외면하고 있을 뿐입니다. 북한을 국제적으로 고립시켜 고사시키는 정책은 현재의 국제질서하에서는 불가능한 정책입니다. 그런 정책을 계속 고수하다가는 다른 나라들이 북한의 이권을 모두 잠식한 뒤에야 통일을 하게 될 것입니다. 나반대 대표께서 북한을 말벌 집에 비유하셨는데 그렇지 않습니다. 북한은 꿀벌 집입니다. 다만, 이런 식으로 가다가는 꿀은 다른 국가들이 모두 빼가고 우리는 빈 벌통만 차지하게 될 것입니다.

통일이 대박이 되기 위해서는 북한과 끊임없이 대화해야 합니다. 북한의 핵무기는 공격용이 아니라 방어용입니다. 한강력 대표와 조용희 대표가 말씀하신 것처럼 북한이 먼저 도발할 일은 없다 그 말입니다. 이런 상황에서 우리가 할 일은 북한이 안심하고 개혁개방정책을 펴 나갈 수 있도록 여건을 조성해 주고 북한 경제를 활성화하는 것입니다. 남한의 우수한 기술력과 인프라가 북한의 풍부한 지하자원 및 값싼 노동력과 결합한다면 얼마든지 북한을 부양할 수 있고 남한 경제도 되살아날 것입니다. 이것이 바로 평화합의통일론의 요지입니다. 이상입니다."

오대화의 모두발언이 끝나자 방청석에서 "와"하는 환호성이 터져 나온다.

"네. 이렇게 해서 네 분 대표님의 모두발언을 들어봤습니다. 이제부터 집중토론 시간인데요. 한 분에 대해 나머지 세 분이 질의하고 토론하는 형태로 진행되겠습니다. 그럼 광고 보시고 잠시 후에 뵙겠습니다."

"재미있는데요."

광고가 나오기 시작하자 한서현 교수가 김명찬 변호사를 바라보며 말을 건넨다.

"그러게요. 통일에 관한 서로 다른 네 가지 입장을 명확하게 보여 줘서 그런지 이해하기 쉽네요."

"변호사님은 어떤 입장이신데요?"

"글쎄요. 저는 딱히 정해진 입장은 없습니다. 우선 통일은 되어야 한다고 생각하고 무력 사용은 반대합니다. 한 교수님은요?"

"그 전에 궁금한 게 하나 있어요. 방송에서도 그렇지만 통일에 대해 이처럼 극명하게 다른 입장들이 존재하는 이유가 뭘까요?"

"저도 그 생각을 하고 있었는데, 정말 왜 그럴까요? 민주주의 국가에서 다양한 의견이 존재하는 것은 당연한 일이지만 달라도 너무 다르거든요. 사람들 의견이 나뉘는 데에는 여러 가지 원인이 있지만 무엇보다 이해관계와 현실 인식의 차이가 가장 큰 원인입니다. 자신이 처해 있는 이해관계에 따라 서로 다른 입장을 취하게 되고, 이해관계가 같더라도 현실을 어떻게 인식하느냐에 따라 다시 입장이 갈리거든요."

"서로 다른 이해관계와 현실 인식요?"

"보통 그렇다는 말입니다. 저도 아직 통일에 대해 심각하게 고민해 본 적이 없어서 이해관계가 어떻게 다른지, 현실 인식에서 어떠한 차이점이 있는지는 잘 모르겠습니다. 방송을 보다 보면 어느 정도 알 수 있겠지요?"

김 변호사가 말을 마치고 화면을 본다. 광고가 끝나 가고 있다. 한 교수가 김 변호사 옆모습을 힐끗 바라본다.

'이 사람은 이런 식으로 세상을 보는구나.'

"먼저 나반대 대표에 대한 집중토론을 시작하겠습니다. 질문도 좋고 반론을 제기하셔도 좋습니다. 단 기회는 한 번뿐이라는 점을 명심해 주시기 바랍니다. 자, 그럼 어느 분이 먼저 하실까요?"

사회자가 말을 마치고 패널들을 바라보자 한강력 대표가 손을 든다.

"제가 먼저 하겠습니다. 나반대 대표님, 지난 2014년 1월 6일 박근혜 대통령께서 통일대박론을 주창하신 것 알고 계시지요? 통일이 대한민국 제2의 부흥을 가져올 것이라는 내용이었습니다. 나 대표께서는 통일이 대한민국 국민들을 질곡에 빠뜨릴 것이기 때문에 반대한다고 하셨는데, 통일대박론에 동의할 수 없다는 말인가요?"

"네, 답변드리겠습니다. 통일대박론에 대한 질문이 있을 것이라 예상했는데 맞았네요."

"나반대 대표님 잠깐만요. 저희도 통일대박론 이야기가 나올 것을 예상하고 자료화면을 준비해 두었습니다. 벌써 4년 전의 일이라 시청하시는 분들도 기억이 가물가물하실 것 같습니다. 자료화면을 보신 뒤에 답변 부탁드리겠습니다. 먼저 박근혜 대통령이 신년구상을 발표하는데 그중에 통일에 관한 이야기가 나옵니다. 발표가 끝나고 기자의 질문에 답변하면서 통일대박론이 주창됩니다. 준비된 영상을 보시겠습니다."

고명준의 멘트가 끝나자 화면에 영상이 나타난다.

박근혜 대통령 존경하는 국민 여러분, 올해 국정 운영에 있어 또 하나의 핵심 과제는 한반도 통일시대의 기반을 구축하는 것입니다. 지금 남북관계는 그 어느 때보다 엄중한 상황입니다. 작년에 북한은 3차 핵실험을 감행하고 전쟁 위협을 서슴지 않았습니다. 개성공단을 폐쇄 상태로까지 몰고 갔고 어렵게 마련된 이산가족 상봉을 일방적으로 무산시켰습니다. 그리고 최근 장성택 처형 등으로 더욱 예측 불가능하게 되었습니다.

기자 저는 두 번째 질문으로 한반도 문제를 여쭤 보겠습니다. 대통령님께서는 국정 기조로 한반도 신뢰 프로세스를 통한 평화통일 기반 구축을 추진하고 계십니다. 앞서 신년구상에서도 이산가족 상봉을 제안하기도 하셨는데 평화통일 기반 구축을 위해서 올해 구체적으로 어떤 조치들을 준비하고 계신지 언급 가능한 범위 내에서 구체적인 설명 부탁드립니다.

박근혜 대통령 평화통일 기반 구축은 남북관계는 물론이고 우리의 외교안보 전반을 아우르는 국정 기조라고 할 수 있습니다. 지금 국민들 중에는 통일비용이 너무 많이 들지 않겠느냐, 그래서 굳이 통일을 할 필요가 있겠느냐고 생각하는 분들도 계시는 것으로 압니다.

그러나 저는 한마디로 통일은 대박이다 이렇게 생각합니다. 지금 세계적인 투자 전문가, 얼마 전에도 보도가 됐는데 이분이 '만약 남북통합이 시작되면 자신의 전 재산을 한반도에 쏟겠다. 그럴 가치가 충분히 있다' 그래서 만약 통일이 되면 우리 경제는 굉장히 도약할 수 있다고 보는 것입니다. 저는 한반도의 통일은 우리 경제가 실제로 대도약할 수 있는 기회라고 생각합니다.

"잘 보셨습니까? 이제 생생하게 기억나실 것 같은데요. 통일반대모임의 나반대 대표님, 한강력 대표께서 통일대박론에 반대하는 것인지 물었습니다. 답변 주시지요."

"박근혜 대통령의 신년 기자회견을 보면서 참 많은 생각을 했습니다. 2014년이 시작되고 〈조선일보〉가 통일을 신년 화두로 제기하며 기획기사를 싣기 시작했고 박 대통령의 신년 기자회견이 있었습니다. 2013년에는 일 년 내내 부정선거 논란이 끊이지 않았습니다. 민생은 뒷전이었고 국민들은 지쳐 가고 있었습니다. 박근혜 대통령이 부정선거 논란의 출구 정책으로 삼은 것이 바로 통일대박론이라는 생각이 들었습니다. 완전히 허를 찌르는 것으로 2013년도에 보여 줬던 대북강경 정책 기조와는 180도 다른 것이었습니다.

박 대통령의 취임을 불과 13일 앞둔 2013년 2월 12일 북한이 3차 핵실험을 강행했습니다. 그러자 UN 안전보장이사회는 2087호, 2094호 북한 제재 결의안을 통과시켰고 3월에 한미연합훈련이 시작되었습니다. 그러자 북한은 정전협정 백지화를 선포하고 전쟁 위협을 고조시키기 시작했습니다. 동해안에서 장거리 미사일 발사 실험을 하며 남한을 압박했지요. 그때 박근혜 대통령은 대북강경정책을 구사했습니다. '할 테면 해 봐라, 전쟁도 불사하겠다'는 입장이었습니다. 북한은 도발하지 못했고 박근혜 대통령의 지지율은 올라갔습니다. 하지만 이런 분위기는 통일과는 무관한 것이었습니다.

그런데, 2014년 새해 벽두에 느닷없이 통일을 들고 나온 것입니다. 결과는 대성공이었습니다. 부정선거 논란에 진절머리를 내던 국민들은 박 대통령의 통일대박론에 신선함을 느꼈고 지지율은 급등했습니다. 박근혜 대통령에게 통일을 선점당한 민주당은 완전 닭 쫓던 개 지붕 쳐다보는 격이었습니다. 나는 새누리당이 느닷없이 통일을 화두로 내세운 이유를 분석해 보았습니다. 사실 깊게 생각해 볼 필요도 없었습니다."

"장성택, 장성택 처형 사건이지요?"

답변에 집중하고 있던 오대화 대표가 자기도 모르게 거들고 나선다.

"그렇습니다. 2013년 12월 장성택이 전격 처형되면서 북한에 급변 사태가 발생할 가능성이 크다는 분석이 나왔습니다. 〈조선일보〉와 박 대통령의 통일대박론은 혹시 있을지도 모를 북한의 급변사태 시 한미연합사령부가 개입할 것을 예상하고 미리 바람을 잡아 두는 것이었습니다."

"바람을 잡다니요?"

이번에는 사회자가 끼어들었다.

"북한에 급변사태가 일어날 경우 작전계획 5029가 펼쳐지게 되어 있습니다. 과거 노무현 대통령은 급변사태에 대비하여 미국이 작전계획을 수립해 두는 것을 반대했습니다. 자칫 한민족의 의사와는 상관없이 한반도가 전쟁터로 변할 수 있다는 우려에서였습니다. 북한에 급변사태가 일어날 경우 야당은 분명 한미연합사령부의 작전계획 5029 실행에 반대할 것이 분명합니다. 통일대박론은 국민여론을 선점하여 혹시라도 그런 일이 일어날 경우 야당이 반대하지 못하도록 사전 포석을 깔아 두는 것이었다는 말입니다."

"그게 뭐 잘못된 것인가요?"

한강력 대표의 목소리다. 다소 목소리가 커진 것이 반론을 제기하고 싶은 듯하다. 나반대가 그런 한강력을 나무라듯 바라보며 이야기를 이어 간다.

"작계 5029는 국민의 생명, 재산과 직결된 문제입니다. 만일 북한에 급변사태가 일어나고 한미연합사령부가 작계 5029를 전개한다고 가정해 봅시다. 북한이 가만히 있을까요? 북한은 국가 전체가 하나의 군대나 마찬가지입니다. 아무리 급변사태가 일어난 상황이라도 가만히 당하고 있지는 않을 것입니다. 휴전선 인근에 배치되어 있는 장사정포가 일제히 서울, 경기 지역을 향해 불을 뿜었다고 생각해 보세요. 수십 수백 발의 포탄이 서울 도심을 강타할 것이고 많은 인명과 재산 피해가 발생할 것입니다. 통일대박론은 이런 희생을 감수하고서라도 5029를 펼쳐 북한을 흡수통일해야 한다는 이야기인 것입니다."

나반대의 이야기를 듣는 사회자와 패널들의 표정이 심각하다.

"국민들은 이런 상황에 대해 한 번도 심각하게 고민해 본 적이 없습니다. 아무리 대통령이라도 이런 중차대한 일을 단독으로 결정할 수는 없습니다. 국민적 합의가 필요한 사항이라 이런 말입니다. 설사 수십, 수백만의 희생이 있더라도 북한을 흡수통일하는 것이 옳은 것인지 진지한 토론을 거쳐 결정해야 한다 그 말입니다."

나 대표가 이야기를 마치자 한강력 대표가 손을 들고 반론을 제기하고자 한다.

"아, 한 대표님 안 됩니다. 한 대표께서는 집중토론 중 질의권을 이미 쓰셨기 때문에 발언 기회가 없습니다. 조용희 대표님과 오대화 대표님 기회 있으십니다. 어느 분이 발언하시겠습니까?"

한강력 대표가 분하다는 표정으로 두 손을 들어 보이자 조용희 대표가 마이크를 잡는다.

"통일대박론에 대한 나 대표님 답변 잘 들었습니다. 요지는 박근혜 대통령의 통일대박론이 북한의 급변사태 시 무력흡수통일 상황에 대한 국민적 지지를 확보하기 위한 바람잡이용이라는 것인데요. 만일 무력을 사용하지 않고 통일이 이루어진다면 어떨까요? 그런 상황이라면 통일대박론이 여전히 유효하지 않을까요?"

조용희 대표의 질문에 나반대가 기다렸다는 듯 대답하기 시작한다.

"저는 남북이 원활하게 교류할 수만 있다면 통일 여부는 중요하지 않다고 생각합니다. 아니 오히려 1민족 2국가 상태가 더 바람직하다고 생각합니다. 저는 가끔 우리 국민들이 통일 강박증이라는 집단병을 앓고 있는 것 아닌가 생각하곤 합니다. 세계를 보면 하나의 민족이 여러 개의 국가를 형성하고 있거나 다수 민족이 하나의 국가를 형성하고 있는 경우도 많습니다. 굳이 1민족 1국가론에 얽매일 필요가 없다는 말입니다.

우리 한민족의 역사를 돌아봐도 마찬가지입니다. 3국 시대도 있었고 남북국 시대도 있었습니다. 중요한 것은 국가의 숫자가 아니라 관계입니다. 서로 싸우지 않고 상부상조한다면 숫자가 뭐가 중요하겠습니까? 어차피 우리는 남과 북이라는 두 개의 국가로 나뉘어져 있습니다. 1991년 남북이 별개 의석으로 UN에 가입하였다는 것은 분명한 역사적 사실입니다. 남북이 서로 평화롭게 소통하며 살 수 있다면 두 개의 국가로 남아 있는 것도 괜찮습니다. UN에서 2표를 행사할 수도 있잖아요?"

나반대가 농담이라는 듯 익살스러운 웃음을 지어 보이고 말을 잇는다.

"통일이라고 하면 흔히들 거느릴 통 자의 통일(統一)을 생각하는데, 소통할 통 자의 통일(通一)로 고쳐야 합니다. 거느릴 통 자를 쓴 통일은 일방이 타방에 종속된다는 의미가 내포되어 있어 필연적으로 남북 간 체제 경쟁과 군비 경쟁을 촉발시킬 수밖에 없습니다. 반면 소통할 통 자의 통일은 전혀 그렇지 않습니다. 통일을 주장하는 사람들은 하나같이 통일의 부작용과 후유증에 대해 걱정합니다. 뭐 하러 그런 걱정을 합니까? 소통할 통 자의 통일을 한다면 누릴 것은 다 누리고 후유증은 없는 것입니다. 이상입니다."

나반대 대표의 이야기가 끝나자 지지자들의 박수 소리와 함께 방청객들이 웅성거리기 시작한다. 나반대의 이야기에 생각할 거리가 많았던 것이다. 사회자가 오대화 대표를 바라보며 이야기한다.

"이제 오대화 대표님만 남으셨습니다. 질문이나 반론해 주시기 바랍니다."

"질문하겠습니다. 나반대 대표님, 대표님께서는 통일에 따르는 후유증이나 부작용 때문에 반대하신다고 하셨고 남북 간에 소통만 잘된다면 굳이 통일할 필요가 없다고 하셨는데요. 남북 간 원활한 소통이 이루어지고 북한이 충분히 경제발전을 이룩한 뒤에 남북 주민 다수가 통일을 원하는 경우에도 통일에 반대하시는 건지 궁금합니다."

"대한민국은 민주주의 국가입니다. 민주주의 국가에서의 의사결정은 다수결에 따르도록 되어 있습니다. 다수가 원한다면 당연히 그렇게 해야겠지요. 하지만 저는 그러한 경우에도 여전히 두 개의 국가를 유지하는 것이 훨씬 좋다고 생각합니다. 지금 남한을 보세요. 반쪽에 불과한데도 남남갈등이 심각하지 않습니까? 여기에 북한까지 가세해 보세요. 갈등이 늘어나면 늘어났지 결코 줄어들지 않을 겁니다. 저는 굳이 남북을 하나의 국가로 통합할 이유가 없다고 생각합니다."

짝짝짝!

나반대의 이야기가 끝나자 한서현 교수가 박수를 친다.

"와! 저 사람 정말 말 잘하네요. 어쩜 내가 하고 싶은 말을 저렇게 조리 있게 잘하는지 모르겠네요."

"그러니까 한 교수는 통일 반대파라 그런 말이네요?"

강지성 교수가 끼어들었다.

"어? 교수님, 언제 오셨어요?"

"조금 전에 왔습니다. 두 분 다 TV를 얼마나 열심히 보시는지 인사할 틈도 없더군요."

"식사는 하셨어요?"

"네. 이미주 사무관이랑 식사하고 커피나 한잔할까 해서 왔는데 여기 계시더군요. 아, 광고 끝났네요."

"통일반대모임의 나반대 대표에 대한 집중토론이 있었습니다. 광고가 나가는 사이 방청객들끼리 논쟁을 벌이시던데요. 오늘 열기가 정말 뜨겁습니다. 다음은 무력흡수통일모임의 한강력 대표에 대한 집중토론 순서입니다. 어느 분이 먼저 포문을 여시겠습니까?"

"제가 먼저 하겠습니다. 평화합의통일모임의 오대화입니다. 한강력 대표께서는 전 세계가 UN을 중심으로 똘똘 뭉쳐 북한을 고립시키면 북한 내부에 자중지란이 생길 것이고 그때 북으로 진격해서 무력흡수통일을 해야 한다고 주장하고 있습니다. 질문드리겠습니다. 북한에 자중지란이 일어났을 때 우리가 정말 북으로 진격할 수 있는 건가요? 있다면 무엇을 근거로 진격할 수 있는 건지 구체적으로 답변해 주셨으면 합니다."

"네. 답변드리겠습니다. 많은 분이 그런 질문을 하시는데 이 부분을 잘 이해하셔야 합니다. 우선 대한민국 헌법 제3조가 있습니다. '대한민국의 영토는 한반도와 그 부속도서로 한다'고 되어 있습니다. 헌법상 북한은 우리 영토가 분명하고, 북한 지역을 무단 점령하고 있는 북한 정권은 반란단체에 불과합니다. 반란단체가 불법 점거하고 있는 우리 영토에 우리가 들어가는 데 무엇이 문제겠습니까?"

한강력 대표가 답변을 하다 말고 오히려 되묻는다. 질문했던 오대화가 사회자를 바라본다. 사회자가 고개를 끄덕인다. 발언해도 된다는 뜻이다.

"역시 헌법 제3조를 대시는군요. 그럼 1991년 남북 UN 동시 가입은 어떻게 봐야 하죠? UN 헌장에 의하면 오직 국가만이 UN 회원국이 될 수 있습니다. 북한이 UN 회원국이라는 것은 북한이 어엿한 하나의 국가로 인정되었다는 의미이고 북한에 자중지란이 일어났을 때 우리가 마음대로 개입할 수 없다는 뜻 아닌가요?"

"하나는 알고 둘은 모르시는 말씀입니다. 그건 남북기본합의서에 의해 문제되지 않습니다. 1991년에 체결된 남북기본합의서는 남북관계가 국가와 국가의 관계가 아닌 통일을 지향하는 과정에서 형성된 특수관계라고 규정하고 있습니다. 남북관계는 일반적인 국가관계와 다른 특수관계이기 때문에 개입이 허용될 수 있는 것입니다."

"그거야말로 정말 하나는 알고 둘은 모르시는 말씀 아닌가요? 남북기본합의서 제2조는 내정 간섭 금지를 규정하고 있고, 특히 제4조는 상대방을 파괴·전복하려는 행위를 해서는 안 된다고 규정하고 있습니다.

제2조 남과 북은 상대방의 내부 문제에 간섭하지 아니한다.
제4조 남과 북은 상대방을 파괴·전복하려는 일체 행위를 하지 아니한다.

아시겠지만 UN 헌장 또한 내정 간섭을 엄격히 금지하고 있습니다.

제2조 ⑦ 이 헌장의 어떠한 규정도 본질상 어떤 국가의 국내 관할권에 속하는 사항에 간섭할 권한을 UN에 부여하지 아니하며, 또한 그러한 사항을 이 헌장에 의한 해결에 맡기도록 회원국에 요구하지 아니한다. 다만, 이 원칙은 제7장에 의한 강제조치의 적용을 해하지 아니한다.

결국 1991년 남북 UN 동시 가입은 남북이 별개 국가라는 것을 대외적으로 공포한 것이나 마찬가지입니다. 한강력 대표께서는 북한에 자중지란이 일어날 경우 북으로 진격하여 흡수통일이 가능하다고 주장하지만 국제법상 근거가 없습니다."

"아, 아닙니다. 결코 그렇지 않습니다. 이렇게 깊이 들어갈 것이라고 생각하지 않아 언급하지 않았지만 인도적 개입이라는 것이 있습니다. 제3국 내에 존재하는 사람들의 신체나 재산을 구하기 위해 또는 중대한 침해를 입을 절박한 위협으로부터 구해 내기 위해 무력을 사용하여 개입하는 것이 바로 인도적 개입입니다. 실제 UN은 이러한 법리에 따라 개입한 적이 많습니다. 북한에서 문제가 발생한 경우 북한 주민들의 인권이 유린될 것은 불 보듯 뻔합니다. 인권을 유린당하고 있는 북한 주민들을 구출하는 것은 같은 민족으로서의 당연한 의무입니다."

한강력 대표가 인도적 개입이라는 전문 용어를 들어 반박하자 오대화 대표가 더 이상 반박하지 못한다.

"강 교수님, 인도적 개입이 뭔가요? 저 사람들도 잘 모르는 것 같은데요."

이미주 사무관이 TV토론을 보다 말고 답답하다는 듯 묻는다.

"인도적 간섭이라고도 하는데 아직 확립된 개념이 아닙니다. 인도적 개입이 허용되는지에 대해서도 국제법 학자들 간에 찬반양론이 있습니다. 토론자들이 잘 모르는 것도 당연합니다."

"한강력 대표는 가능한 것처럼 이야기하는데요?"

한 교수도 궁금하다는 듯 거들고 나선다.

"그렇지 않습니다. 근대 민족국가 형성 이후 인도적 개입이라는 명분으로 많은 국가가 무력을 행사해 왔습니다. 이들 국가들의 한결같은 주장은 인권 보호를 위한 불가피한 조치였다는 것이었습니다. 하지만 인권 보호를 명분으로 한 내정 간섭이 될 수 있기 때문에 이를 인정하는 학자들도 그 요건을 굉장히 엄격하게 해석하고 있습니다."

국제법상 인도적 간섭의 문제가 제기된 것은 국제법의 아버지라 불리는 그로티우스(Grotius, 1583-1645)까지 거슬러 올라간다. 그는 국제사회를 인류 보편적인 공동체로 보았기 때문에 자연법은 국가뿐만 아니라 개인에게도 직접 적용된다고 보았다. 그는 군주가 자국민들에게 그릇된 행위를 하였을 때 그 국민들이 군주를 향해 무기를 들 권리는 부인했지만, 다른 군주들이 그런 군주에게 무기를 들 수 있는 권리는 부인하지 않았다. 즉 국민들의 저항권은 부인했지만 인도적 개입은 긍정한 것이다.

"인도적 개입의 정확한 개념이 어떻게 되나요?"

가만히 듣고 있던 김 변호사가 물었다.

"인도적 개입(humanitarian intervention)이란 어떤 나라가 자기 나라 국민들에게 비인도적 행위를 자행하고 있을 때 그것을 막기 위해 다른 나라가 무력으로 개입하는 것을 말합니다."

"무력으로요?"

"네. 인도적 개입이 인도적 지원과 다른 점이 바로 무력이 동원된다는 점입니다. 인도적 지원은 우리가 흔히 알고 있듯이 어떤 나라에 재해가 발생했을 때 인도적 차원에서 물품이나 인력, 장비 등을 지원하는 것입니다. 반면 인도적 개입은 더 이상의 인권 침해를 막기 위해 군대를 파견하는 것으로 성격이 완전히 다릅니다. 문제는 UN 헌장이 내정 간섭을 엄격하게 금지하고 있다는 점입니다. UN이 만들어질 때 많은 나라가 고수했던 핵심 가치가 바로 내정 간섭 금지의 원칙이었습니다. 인도적 개입은 그 본질이 내정 간섭에 해당하기 때문에 인도적 개입을 긍정하는 학자들조차 엄격한 요건을 요구하는 것입니다."

극도의 인권 침해 또는 인도(人道)에 대한 범죄라고 부를 수 있는 심각한 박해가 존재할 것.

해당국 정부가 그러한 박해를 자행하고 있거나 주민 간의 박해를 멈추게 할 의사 내지 능력이 없을 것.

"인도적 개입의 사례로는 어떤 것들이 있습니까?"

이미주 사무관이 물었다.

"2014년 IS 사태도 인도적 개입의 한 예입니다."

"IS 사태요?"

"네. 이슬람 수니파 원리주의 무장단체인 IS에 대해 미국을 위주로 한 국제동맹군이 결성되어 인도적 개입을 선언했지요."

2011년 3월 15일 시리아에서 대규모 반정부 시위가 일어났다. 시위대는 바샤르 알아사드 대통령의 사임을 요구하고 1963년부터 장기 집권해 온 바트당의 퇴진을 요구했다. 바샤르 알아사드 대통령은 1971년 집권한 하페즈 알아사드 대통령의 아들로 대를 이어 집권해 오고 있었다.

2011년 4월 시리아 육군이 시위대를 향해 발포하면서 내전으로 발전하는데, 정부군은 러시아와 이란, 반정부군은 카타르와 사우디아라비아로부터 지원을 받게 되고 점점 시아파와 수니파의 종파 갈등 양상으로 치닫게 된다.

2013년 6월 UN은 내전으로 인한 사망자가 10만 명을 넘어서고 수만 명의 시위대가 투옥되어 고문을 받는 등 광범위한 지역에서 반인권적 테러가 자행되고 있다는 사실을 확인하고 정부군과 반정부군 모두에 경고하는데, 그럼에도 불구하고 인권 침해가 계속되자 국제동맹군

파병을 결정하게 된다.

"많은 국가가 내전 개입은 중단되어야 한다면서 시리아 군사 개입은 오직 UN 안전보장이사회의 결의에 따라야 한다고 주장했습니다. 아울러 정말 화학무기가 사용되었는지, 유혈 충돌의 책임이 어느 쪽에 있는지 판명되어야 한다고 주장했습니다."

"그럼 시리아 내전과 인권 침해의 책임이 IS에 있다고 판명된 것인가요?"

"처음에는 시리아 정부군이 의혹을 받았습니다. 그런데 2014년 9월 23일 IS가 두 명의 미국인 기자를 참수하자 오바마 대통령이 IS에 대한 공습을 결정하게 됩니다."

"안보리 의결 없이 미국이 마음대로 결정해도 되는 건가요?"

"인도적 개입의 주체는 하나의 국가 또는 국가연합이기 때문에 미국 단독으로 개입하는 것도 가능합니다만 다음 날 안전보장이사회가 개최되어 개입을 승인하는 의결을 했습니다. 하지만 국제법 학자들 사이에서는 논란이 계속되었습니다. 비록 IS가 시리아 정부의 허가 없이 시리아 내에 거점을 두고 있기는 하지만, 미국이 시리아 영토 내의 IS를 공습하는 것이 과연 타당한가 하는 것이 문제였습니다. 이에 대해 미국 정부는 IS에 대한 자위권을 가진 이라크 정부가 도움을 요청한 이상 미국의 공습은 합법적이라고 주장했습니다."

"이라크 정부요?"

"네. 시리아에 근거지를 둔 IS가 이라크를 공격하고 있었거든요."

"아하! 또 어떤 사례가 있죠?"

"1971년 인도가 동파키스탄 독립에 개입한 사례, 1975년 베트남의 캄보디아 개입 사례, 1979년 탄자니아의 우간다 개입 사례, 1983년 미국의 그레나다 침공 사례, 1992년 UN의 소말리아 개입 사례, 1994년 UN의 르완다 개입 사례, 1999년 NATO의 코소보 개입 사례, 2011년 UN의 리비아 내전 개입 사례, 2011년 UN의 코트디부아르 내전 개입 사례 등이 있습니다."

"처음에는 개별 국가들이 개입하다가 나중에는 UN이 개입하게 되는 것 같은데요?"

김 변호사가 물었다.

"그렇습니다. UN 안전보장이사회와 UN 총회의 결의를 거쳐 UN 평화유지군(PKF, Peace Keeping Forces)이 파견되는 것이 최근의 대세입니다."

UN 평화유지군 활동은 1945년에 시작되어 그동안 50차례 이상의 파병 활동이 있었다. 대한민국도 소말리아, 서부 사하라, 앙골라 등에 평화유지군을 파견한 바 있다.

"UN 헌장에 인도적 개입의 근거가 있습니까?"

김 변호사의 질문이 이어졌다.

"UN은 헌장 42조에 근거하여 특정 국가에 대해 제재 결의를 하거나 평화유지군을 파견해 왔습니다."

제42조 안전보장이사회는 제41조에 규정된 조치가 불충분할 것으로 인정하거나 또는 불충분한 것으로 판명되었다고 인정하는 경우에는, 국제평화와 안전의 유지 또는 회복에 필요한 공군·해군 또는 육군에 의한 조치를 취할 수 있다. 그러한 조치는 UN 회원국의 공군·해군 또는 육군에 의한 시위·봉쇄 및 다른 작전을 포함할 수 있다.

"그럼 한국전쟁 때 UN군이 파견된 것도 이 규정에 근거한 것인가요?"

"그렇습니다. 1950년 6월 28일 제2차 안전보장이사회에서 미국이 발의한 한국 군사 원조 제안이 통과되었습니다."

1950년 6월 25일 새벽 북한 공산군은 38선 전역에 걸쳐 전면 남침을 개시하였다. 전쟁 발발 소식을 접한 미국은 25일 UN 안전보장이사회를 긴급 소집하여 북한의 무력 공격을 평화를 파괴하는 '침략 행위'로 선언하고, 북한에 즉시 전투 행위를 중지하고 38선 이북으로 철군할 것을 요청하는 결의를 채택하였다. 또한, UN 회원국들에게 대한민국을 원조하고 북한에 대한 원조를 중단해 달라고 요청하였다.

6월 27일 트루먼(Harry S. Truman) 대통령은 미국 해군 및 공군에 한국군을 지원하라고 명령하였고, 안전보장이사회는 북한의 무력 공격을 격퇴하고 국제 평화와 한반도 안전을 회복하기 위하여 UN 회원국들이 대한민국에 필요한 것을 원조하라는 내용의 권고문을 채택함으로써 미국의 군사 조치를 사후 승인해 주었다.

6월 28일 도쿄에 있던 미 극동군사령관 맥아더가 전선을 시찰하고 미 국방성에 지상군 파견을 요청하였다. 7월 7일 개최된 안전보장이사회는 한반도의 UN 군사 활동을 위하여 미국에 최고지휘권을 위임하는 결의를 채택하였고, 이에 따라 맥아더가 UN군 총사령관에 임명되었다.

준비서면

사건   북한반환 청구소송
원고   대한민국
피고   중화인민공화국

위 사건에 대하여 피고 중화인민공화국은 다음과 같이 변론을 준비합니다.

다 음

1. 피고는 한국이 분단국가라는 사실을 부정한 적이 없습니다. 단지 원고 대한민국이 북한 지역을 원고의 영토라고 주장하기에 반박하였을 뿐입니다.

2. 소송은 법리에 의한 법적 판단 과정이기 때문에 엄격한 형식과 논리를 갖추어야 합니다. 전술한 바와 같이 남북한은 1991년 별개 의석으로 UN에 공동 가입하였습니다. 이것은 남북한이 국제법상 별개 독립국가로 인정되었다는 것을 의미합니다. 국가는 주권과 영토, 국민이라는 3요소를 갖추어야 성립합니다. 남북한이 국제법상 별개 독립국가로 인정된 이상 북한 지역은 북한의 영토일 뿐 결코 대한민국 영토가 될 수 없습니다.

3. 고로 북한 지역이 대한민국의 영토임을 전제로 제기된 이 사

건 소송은 부당합니다.

피고 중화인민공화국
소송대리인 왕하오

"북한이 대한민국 영토라는 주장은 더 이상 통하지 않을 것 같은데요."

외교부장관이 걱정스러운 표정으로 김명찬 변호사의 얼굴을 바라본다.

"영토 조항 하나로 승소할 수는 없습니다. 뭔가 다른 것이 있어야 합니다."

"다른 것?"

"네, 중국의 북한 점령이 위법하다는 것을 논증할 수 있는 그 무엇요."

김 변호사 말에 외교부장관이 이마에 깊은 주름을 지으며 생각에 빠진다. 잠시 후.

"우리가 중국과 수교한 것이 1992년입니다. 수교 당시 양국은 한중수교공동성명을 발표했습니다. 거기에 중국이 한반도의 통일을 지지한다는 내용이 있습니다. 한반도 통일을 지지한다고 선언했던 중국이 북한을 점령한다는 것은 뭔가 앞뒤가 안 맞는 것 아닌가요? 이걸 법에서는 금, 금… 뭐라고 하지 않나요?"

옆에 있던 법무부장관이 얼른 말을 받는다.

"금반언의 원칙요?"

"맞아요. 금반언의 원칙. 한중 수교 당시에만 그런 것이 아닙니다. 이후에도 양국 정상들의 상호 방문이 있을 때마다 성명이 발표되었는데 한반도의 통일을 지지한다는 내용이 항상 포함되어 있었습니다."

대한민국 소송팀은 즉시 한중수교공동성명과 이후의 한중공동성명들을 검토하기 시작했다.

"제5조에 그런 내용이 있는데요!"

이미주 사무관이 성명서를 보더니 흥분한 목소리로 이야기한다.

대한민국과 중화인민공화국 간의 외교관계 수립에 관한 공동성명

5. 중화인민공화국 정부는 한반도가 조기에 평화적으로 통일되는 것이 한민족의 염원임을 존중하고, 한반도가 한민족에 의해 평화적으로 통일되는 것을 지지한다.

"한반도가 한민족에 의해 평화적으로 통일되는 것을 지지한다는 말은 남북한이 분단국가라는 것을 인정한다는 말이잖아요?"

이미주 사무관의 지적에 외교부장관의 설명이 이어진다.

"맞습니다. 당시 중국은 하나의 중국이라는 원칙하에 북경 정부가 중국의 대표 정부이고 대만 정부는 지방정부에 불과하다는 입장을 관철시키려고 했습니다. 성명 제3조가 그런 취지입니다."

3. 대한민국 정부는 중화인민공화국 정부를 중국의 유일 합법 정부로 승인하며, 오직 하나의 중국만이 있고 대만은 중국의 일부분이라는 중국의 입장을 존중한다.

"우리는 이를 수용하는 대신 한반도 통일 지지를 요구했던 것입니다. 김 변호사, 이게 도움이 되겠지요?"

"그럴 것 같습니다. 한중 수교 이후에도 공동성명이 있다고 하셨지요?"

"있지요. 한중 정상들이 국빈 방문할 때마다 공동성명서를 작성, 공포했습니다. 거기에도 같은 내용들이 포함되어 있습니다."

검토 결과 거의 대부분의 공동성명에 한반도 통일을 지지한다는 내용이 들어가 있었다.

1998년 11월 13일 김대중 대통령 중국 방문 시 공동성명

2003년 7월 8일 노무현 대통령 중국 방문 시 공동성명

2005년 11월 17일 후진타오 주석 대한민국 방문 시 공동성명

2008년 5월 28일 이명박 대통령 중국 방문 시 공동성명

2008년 8월 25일 후진타오 주석 대한민국 방문 시 공동성명

2014년 7월 4일 시진핑 주석 대한민국 방문 시 공동성명

김 변호사는 한반도 통일에 관한 중국 측의 입장을 중점적으로 체크했다.

제4부

의혹

준비서면

사건　북한반환 청구소송
원고　대한민국
피고　중화인민공화국

위 사건에 대하여 원고 대한민국은 다음과 같이 변론을 준비합니다.

다 음

1. 피고 중화인민공화국은 북한 지역은 대한민국 영토가 아니기 때문에 원고 대한민국이 피고의 개입에 대하여 왈가왈부할 이유가 없다고 주장합니다. 그러나 이러한 피고의 주장은 금반언의 원칙에 반하는 주장으로 허용될 수 없습니다.

2. 피고는 1992년 한중 수교 이후 지금까지 한반도의 통일을 지지한다고 공개적으로 선언해 왔습니다. 수교 당시 체결된 한중 수교공동성명과 양국 국가 대표들의 국빈 방문 시 체결된 수차례의 공동성명을 증거로 제출합니다.

3. 한반도의 통일을 지지한다고 선언해 온 피고 중화인민공화국이 북한에 내란이 발생한 것을 기화로 북한을 점령한 행위는 선행행위와 모순되는 행동으로 금반언의 원칙상 허용될 수 없습니다. 피고로 하여금 북한 지역에서 모든 군대를 철수하고 즉시 반환하라는 판결을 내려 주시기 바랍니다.

증 거

1. 갑제6호증   1992. 8. 24. 한중수교공동성명
1. 갑제7호증의1   1998. 11. 13. 한중공동성명
1. 갑제7호증의2   2003. 7. 8. 한중공동성명
1. 갑제7호증의3   2005. 11. 17. 한중공동성명
1. 갑제7호증의4   2008. 5. 28. 한중공동성명
1. 갑제7호증의5   2008. 8. 25. 한중공동성명
1. 갑제7호증의6   2014. 7. 4. 한중공동성명

원고 대한민국
소송대리인 김명찬

2018년 2월.

"어디 갔었어요?"

김 변호사가 한 교수에게 묻는다.

"대한민국 역대 대통령들의 대북정책에 관한 심포지엄이 있길래 다녀왔어요?"

"그래요? 거긴 웬일로요?"

"저도 좀 알아 둬야겠다는 생각이 들어서요."

2018년 1월 독도 현장 검증 이후 재판 마무리에 박차를 가하고 있는 김 변호사와 달리 한 교수는 한가한 편이었다. 한 교수는 분단 70년이 지나도록 통일이 이루어지지 않는 이유를 알고 싶었다.

"뭐, 재미난 게 있었나요?"

"생각보다 노태우 대통령의 업적이 많더라고요. 노 대통령 집권 시절에 대북관계뿐만 아니라 외교 분야에서 중요한 일이 많았어요."

"정말요? 노태우 대통령이면 1988년부터 1992년까지 집권했잖아요? 대학 다닐 때인데 데모한 기억밖에 없는데요. 잘했다면 데모했겠어요?"

"다른 부분은 잘 모르겠고 통일, 외교, 안보 분야에서 그렇다는 거예요."

"어떤 업적들이 있는데요?"

"우선 국방 안보 분야에서 평시작전통제권 환수라는 업적을 남겼어요."

"네? 노태우 대통령이 평시작통권을 환수했다고요? 평시작통권 환수는 김영삼 대통령 때 일이잖아요?"

"맞아요. 환수된 날짜는 그렇지만 추진은 노태우 대통령 때 이루어졌어요. 1987년 대통령 후보 시절 작전통제권 환수를 공약으로 내걸고 88년 취임 이후 협의를 시작해 92년에 결실을 맺었는데, 전시와 평시로 나누어서 우선 1994년 12월 1일 평작권을 환수하고, 전작권은 2000년 전후에 환수하기로 결정했지요."

한 교수가 강 교수에게서 들었던 이야기를 요약 설명하자 김 변호사가 고개를 끄덕인다.

"또 어떤 업적이 있죠?"

"외교 분야에서도 눈부신 성과가 있었어요. 소위 북방정책이라 해서 많은 공산권 국가와 수교했어요. 특히 소련, 중국과의 수교가 큰 성과였어요."

노태우 대통령은 집권 초기부터 공산권과의 수교를 추진했다. 1989년 2월 1일 헝가리와 수교한 이후 폴란드, 유고슬라비아, 체코슬로바키아, 불가리아, 루마니아 등과 수교하였다.

"1990년 10월 1일 소련과의 역사적인 수교가 이루어집니다. 1991년 12월 25일 소비에트연방이 15개국으로 해체되자 러시아와 재수교했고 에스토니아, 라트비아, 리투아니아, 우크라이나, 알바니아 등과도 수교했습니다. 다음 해인 1992년 8월 24일에는 중국과 수교했고요."

노태우 대통령은 취임 직후 소련, 중화인민공화국 등과의 관계 회복을 위해 외교 담당자들을 초빙, 연구하도록 했다. 1988년 8월 8일에는 대국민 담화를 통해 중공으로 불리던 중화인민공화국을 중국으로 호칭한다고 발표하여 중국과의 관계 개선을 도모하였다.

"저도 기억납니다. 1991년 4월 제주도에서 고르바초프와 정상회담이 있었지요?"

"맞아요. 대북관계에서도 획기적인 일이 많았습니다. 1991년 9월 16일 남북 UN 동시 가입이 이루어졌고, 12월 13일 남북기본합의서, 12월 31일에는 한반도 비핵화 공동선언문이 채택되었습니다."

"그렇군요."

김 변호사가 고개를 끄덕였다. 이런 일들은 남북관계에 있어 정말 획기적인 일들이다. 한 교수의 설명이 이어진다.

"그런 일들이 그냥 이루어진 게 아니더라고요. 노태우 대통령은 취임 후 꾸준히 대북 관련 정책들을 추진했어요. 먼저 1988년 7월 7일 '민족자존과 번영을 위한 대통령 특별선언' 이른바 7·7선언이 발표되었어요. 한번 보세요."

한 교수가 자료집을 펼쳐 건네주자 김 변호사가 자세히 읽어 본다.

"이게 정말 1988년에 발표된 건가요? 당시만 해도 국가보안법의 서슬이 퍼렇던 시절인데, 어떻게 이렇게 급진적인 내용들이 담길 수 있었죠?"

"그것뿐만이 아니에요. 1989년 9월 11일에는 국회 특별연설을 통해 '한민족 공동체 통일 방안'을 제시하는데, 그 내용도 아주 획기적이에요."

한 교수가 다시 자료집을 건네준다.

"이것이 정말 노태우 대통령의 한민족 공동체 통일 방안인가요? 이런 내용일 줄은 전혀 몰랐네요."

"이후 남북관계가 조금씩 개선되어 갔습니다."

노태우 대통령은 1990년 1월 10일 신년 연두회견에서 고령 이산가족 왕래와 금강산 공동 개발 추진 등을 제안했다. 6월 20일 북한이 남 북 대화 재개를 요청했고 7월 3일 남북 고위급 회담이 개최된다. 7월 20일 노 대통령이 남북한 민족대교류에 관한 특별담화문을 발표하여 이산가족 상봉 및 남북 자유 방문, 안전 귀환 상호 보장 등을 제안하는 데, 북한이 수용하면서 9월 4일 연형묵 북한 국무총리 등 90여 명의 대 표단이 서울을 방문하게 된다. 9월 5일 남북 총리회담이 열리고, 9월 6 일 연형묵 총리가 노태우 대통령을 접견하면서 김일성 주석의 메시지 가 전달된다.

이후 서울과 평양에서 남북 고위급 회담이 번갈아 열렸고, 그 사이 범민족통일음악회와 남북 축구팀의 통일축구대회가 열린다. 1991년 4 월 세계 탁구선수권대회와 5월 제6회 세계 청소년축구선수권대회에 는 남북 단일팀이 참가하게 된다.

"한반도 비핵화에 관한 공동선언을 도출해 내는 과정도 눈여겨 볼 필요가 있습니다. 먼저 남한에서 1991년 11월 8일 '한반도 비핵화와 평화 구축을 위한 선언'을 합니다. 남한이 먼저 북한과 국제사회에 핵 을 보유하지 않겠다고 선언한 것입니다. 그리고 12월 18일 '핵 부재 선 언'이 이루어집니다. 한마디로 대한민국에는 더 이상 핵무기가 없다는 선언으로 북한의 의구심을 해소하고 북한이 빠져 나가지 못하도록 선 수를 친 것입니다."

"선수를 치다니요?"

"노태우 대통령은 북한이 남북기본합의서를 통해 교류·협력, 상호 불가침 등 유리한 것만 받아들이고 핵문제는 미결 상태로 놔둔 채 핵 개발을 계속할까 우려했습니다."

1991년 12월 18일 노태우 대통령은 TV연설을 통해 '지금 이 시각 우리나라 어디에도 단 하나의 핵무기도 존재하지 않는다'고 선언했다. 미국 핵무기가 모두 철수되어 대한민국에는 일절 핵무기가 없다는 것을 공식 선언한 것이다.

"노태우 대통령이 1992년도 팀스피리트 한미합동군사훈련을 중지하겠다고 하자 북한이 국제원자력기구(IAEA) 핵안전조치협정에 서명하고 국제 핵사찰을 받아들이겠다고 선언합니다."

북한은 1992년 1월 20일 한반도 비핵화 공동선언에, 1월 30일 핵안전조치협정에 서명했다. 이로써 1992년 2월 19일 남북기본합의서와 한반도 비핵화 공동선언이 발효된다.

"당시 북한 핵문제가 국제적 이슈였나요?"

김 변호사가 물었다.

"당시 북한이 핵무기를 개발하고 있다는 국제적 의혹이 제기되고 있었고 이러한 의혹을 풀기 위해 북한 핵시설 사찰이 요구되고 있었어요. 이러한 국제사회의 요구에 대해 북한은 남한 내의 핵무기 철수, 팀스피리트 군사훈련 중단, 비핵지대화 창설 등을 조건으로 내걸고 있었고요."

"북한이 주장하는 것을 모두 수용함으로써 북한이 핵사찰을 받도록 강제한 것이네요? 그런데, 핵 부재 선언 이전에는 남한에 핵무기가 배치되어 있었던 건가요?"

"네. 1991년 대한민국과 미국이 남한 내에 배치된 전술핵 철수 문제를 놓고 협상을 벌였고, 1991년 9월 28일 부시 대통령이 전술핵 철수를 공식 발표했어요. 이후 노태우 대통령이 핵 부재 선언을 한 거예요."

"그런 과정들이 있었기 때문에 UN 동시 가입, 남북기본합의서, 한반도 비핵화 공동선언이 가능했던 것이군요. 이후에는 어떻습니까? 남북관계가 급진전되었을 것 같은데요?"

"당장은 좋았어요. 1992년 2월 나진·선봉지구 공동 개발에 합의했으니까요. 문제는 노 대통령 퇴임 이후였습니다."

"김영삼 대통령 때요? 무슨 일이 있었는데요?"

"김영삼 대통령은 군사정권보다 문민정부가 더 잘할 수 있다며 남북관계를 뚫겠다고 호언장담했습니다."

"그런데요?"

"김영삼 대통령 취임 직후 비전향 장기수 이인모 씨 송환 문제가 발생했습니다."

한국전쟁 당시 인민군 종군기자였던 이인모는 체포되어 7년형을 언도받았다. 이후 전향을 거부하여 34년간 수감되어 있었는데 인도적 차원에서라도 북한 가족에게 보내 주어야 한다는 여론이 제기되고 있었다.

"청와대에서 회의가 열렸고 의견이 팽팽했습니다. 조건 없이 송환할 것인지 상응하는 조치를 요구할 것인지가 문제였습니다. 김영삼 대통령은 조건 없는 송환을 결정했습니다. 그렇게 함으로써 대북 물꼬를 틀 수 있을 것이라 기대한 것이지요. 그런데, 얼마 뒤 북한이 NPT 탈퇴를 선언해 버렸습니다."

김영삼 대통령 취임 직후인 1993년 3월 12일 북한이 핵확산금지조약(NPT, Nuclear Non-proliferation Treaty) 탈퇴를 선언한다. 1970년 3월 5일 발효된 핵확산금지조약이 20년 넘게 시행되고 있었다. 대한민국은 1975년 4월 23일 86번째 비준국이 되었고, 북한은 1985년 12월 12일 가입하였는데 갑자기 탈퇴 선언을 해 버린 것이다.

"1992년 한반도 비핵화 공동선언에 서명한 북한이 갑자기 왜 탈퇴를 선언한 것이죠?"

"1992년 1월 30일 북한은 IAEA 핵안전조치협정에 서명하고 4월 9일 비준했습니다. 그리고 5월 4일 IAEA에 최초 보고서를 제출했는데 북한 내 7개 시설과 1989년 결함 핵연료에서 재처리한 약 90그램의 플루토늄을 보유하고 있다는 내용이었습니다. 5월 23일부터 6월 5일까지 IAEA가 북한이 제출한 최초 보고서의 정확성과 완벽성을 검증하기 위해 사찰을 실시했습니다. 여기까지는 순조로웠습니다. 문제는 그 다음이었습니다."

한 교수의 설명을 듣고 있는 김 변호사 표정이 사뭇 진지해진다.

"1992년 12월 12일 IAEA가 핵폐기물 보관 시설로 의심되는 두 곳에 대한 접근을 요청했는데 북한은 한 곳에 대해서만 육안 사찰을 허용하겠다고 입장을 밝혔습니다. 1993년 2월 10일 한스 브릭스(Hans Blix) IAEA 사무총장이 두 곳에 대한 특별사찰을 모두 수용하라고 촉구하였고, 2월 15일 북한은 거부 의사를 표명했습니다. 2월 25일 IAEA가 대북핵 특별사찰 수용 결의안을 채택하자 북한이 핵확산금지조약 탈퇴를 선언해 버린 것입니다. 김영삼 대통령 취임 직후에 일어난 북한의 NPT 탈퇴로 남북관계가 경색될 수밖에 없었던 것이지요."

"이후에는 어떻게 되었죠?"

"1993년 5월 11일 UN 안전보장이사회가 북한에 사찰 수용 및 핵확산금지조약 탈퇴 철회를 촉구하는 결의안을 채택합니다. 그러다가 서울 불바다 발언이 나오면서 사태가 심각해집니다."

"서울 불바다 발언요?"

북한 핵위기가 고조된 가운데 1994년 3월 19일 판문점에서 열린 남북 간 특사교환 실무회담 자리에서 북한 측 박영수 단장이 UN 안보리 제재란 말에 반발하면서 '대화에는 대화, 전쟁에는 전쟁'이라며 '서울은 여기서 멀지 않다. 전쟁이 나면 서울은 불바다가 될 것'이라고 발언하였다. 언론이 이를 대서특필하였고 서울 시민들은 라면 등 생필품을 사재기하기 시작했다. 이때 미국의 평양 폭격설이 풍문처럼 떠돌았던 것이다.

"급기야 1994년 6월 13일 북한이 IAEA 탈퇴를 선언하면서 소위 '1차 북한 핵위기' 사태가 발생하게 된 것입니다."

한 교수 설명으로 김 변호사는 클린턴 대통령이 백악관에서 북한 폭격 실행 여부를 고민하던 배경을 비로소 이해할 수 있었다.

"1994년 6월 17일 김일성을 만난 카터 대통령이 청와대를 방문했습니다. 김일성이 남북정상회담, 제네바 비핵화 협상 복귀, 영변 핵시설에 대한 IAEA 사찰을 수락하기로 했다는 전갈을 가지고 온 것이죠. 상황은 급반전되었습니다. 곧바로 판문점에서 정상회담을 위한 예비회담이 열렸고 7월 25일 정상회담을 개최하기로 합의되었습니다."

남북정상회담 발표로 고조될 대로 고조되었던 남북 간의 긴장이 일시에 해소되었다. 6월 28일 판문점에서 남북정상회담 개최를 위한 예비 접촉이 이루어졌고 김영삼 대통령이 7월 25일부터 27일까지 평양을 방문해 김일성 주석과 정상회담을 하기로 합의되었다.

"그런데 정상회담을 불과 보름 정도 앞둔 7월 8일 김일성이 사망하고 만 것입니다. 이후 남북관계는 완전히 경색되고 맙니다."

"아니, 왜요?"

"김일성 주석 조문 문제를 놓고 여야 간 날 선 공방이 오갔습니다."

민주당 이부영 의원을 비롯해 일부 야당 정치인들이 조문에 대한 정부의 의견을 물었고 대학가에서는 북한에 조문단을 보내야 한다는 주장이 대두되었다. 반대 여론도 만만치 않았다. 김일성을 '한국전을 일으킨 전범', '독재자'로 비난하면서 조문단 파견은 반국가 행위라는 주장이 대두된 것이다.

정부는 조문 행위를 불법으로 엄단하겠다고 했고 검찰은 애도 대자보를 붙였다는 이유로 대학생들을 잡아들이기 시작했다. 이영덕 국무총리는 7월 18일 국무회의에서 김일성을 '동족상잔의 전쟁을 비롯한 불행한 사건들의 책임자'로 규정하며 사회 일각의 조문 움직임에 유감을 표명했다. 이것은 곧바로 남북관계 악화로 이어졌다.

북한은 평양방송을 통해 '유고가 발생하자 비상령을 발동하며 상대측을 불질해 오던 김영삼 일당이 지나간 역사를 심히 왜곡했다. 무모한 발언들은 고인에 대한 중상모략일 뿐 아니라 청와대의 공식 전쟁 선포'라며 반발했다.

"김영삼 대통령은 남북정상회담 일정을 취소하고 전군에 비상경계령을 내리는 동시에 긴급 국가안전보장회의를 소집했어요. 하지만 재야에서는 조문사절단을 보내야 한다는 주장이 계속되었고, 한총련이 총학을 장악한 대학에서는 추모 행사가 개최되었어요."

전남대학교에 분향소가 설치되었고 정부는 관련자들을 사법 처리하였다. 의회에서도 조문단 파견이 필요하다는 의원들이 있었으나 '주사파 파동'이 일어나면서 남북관계 개선 분위기는 일시에 사그라지고 말았다.

"노태우 대통령 재임 시절에 조성된 대화 분위기가 김영삼 대통령 시절에 완전히 소멸되고 만 것입니다. 그러다가 1996년 9월 강릉 지역 무장 공비 침투 사건이 발생합니다."

"재미있네요."

"재밌다구요? 전 이상하다는 생각이 들던데."

"이상하다니요?"

"남북관계가 일정한 패턴에 의해 움직이고 있다는 느낌이 들었어요."

"일정한 패턴이라니요?"

"남북 사이에 대화 분위기가 처음 조성된 것은 1972년 7·4남북공동성명 즈음이었어요. 박정희 대통령 때였지요. 그런데, 이후 다시 경색돼요. 그러다가 노태우 대통령 때 대화 국면으로 돌아섭니다. 하지만 김영삼 대통령 때 다시 경색되고 말아요. 김대중, 노무현 대통령이 집권하면서 다시 대화 국면, 그러다가 이명박, 박근혜 대통령 때 다시 경색 국면, 조금 풀리는 듯하다가 다시 경색되고 다시 풀리다가 경색되는 패턴이 반복되고 있어요."

"음⋯."

한 교수 이야기에 김 변호사가 고개를 끄덕이며 생각에 잠긴다. 그런 김 변호사를 바라보며 한 교수가 말을 잇는다.

"이명박 대통령의 대북정책은 비핵개방3000으로 요약되는데, 이것은 사실상 북한과 대화하지 않겠다는 취지로 보여요."

"그게 무슨 말이죠?"

"비핵개방3000은 북한이 핵을 포기하고 개방정책을 취하면 대화하겠다는 것인데, 과연 북한이 핵을 포기할 수 있는 입장이었는지 의문이 들어요. 북한이 도저히 수용할 수 없는 조건을 걸어 대화 자체를 하지 않으려는 정책 같거든요."

한 교수가 말을 멈추고 김 변호사를 바라본다. 김 변호사가 잠시 생각하더니 입을 연다.

"이명박 대통령의 대북정책은 이전의 김대중, 노무현 대통령의 대북정책에 대한 반작용적 성격이 강했습니다. 대북 퍼 주기 정책이 북한의 핵개발을 도와주었다는 비판 여론을 등에 업고 대북 강경 기조를 천명한 것이었지요."

"김대중, 노무현 대통령의 대북정책은 김영삼 대통령의 대북정책과 상반되는 양상을 보이고 있고, 김영삼 대통령의 대북정책은 노태우 대통령의 대북정책과 상반됩니다. 뭔가 일정한 패턴이 있는 것 같지 않나요?"

한 교수 지적에는 분명 공감할 만한 것이 있었다. 김 변호사가 한 교수 이야기를 곱씹으며 물었다.

"1972년 7·4남북공동성명은 어떻게 이루어졌죠?"

"심포지엄 자료집에 7·4남북공동성명이 들어 있는데 그 전문에 상세한 경위가 기록되어 있어요. 읽어 봐요."

한 교수가 자료집을 펼쳐 해당 부분을 보여 준다.

최근 평양과 서울에서 남북관계를 개선하며 갈라진 조국을 통일하는 문제를 협의하기 위한 회담이 있었다. 서울의 이후락 중앙정보부장이 1972년 5월 2일부터 5월 5일까지 평양을 방문하여 평양의 김영주 조직지도부장과 회담을 진행하였으며, 김영주 부장을 대신한 박성철 제2부수상이 1972년 5월 29일부터 6월 1일까지 서울을 방문하여 이후락 부장과 회담을 진행하였다. 이 회담들에서 쌍방은 조국의 평화적 통일을 하루빨리 가져와야 한다는 공통된 염원을 안고 허심탄회하게 의견을 교환하였으며 서로의 이해를 증진시키는 데서 큰 성과를 거두었다. 이 과정에서 쌍방은 오랫동안 서로 만나 보지 못한 결과로 생긴 남북 사이의 오해와 불신을 풀고 긴장의 고조를 완화시키며 나아가서 조국통일을 촉진시키기 위하여 다음과 같은 문제들에 완전한 견해의 일치를 보았다.

"공동선언을 하게 된 경위가 상세하게 기록되어 있네요."
김 변호사가 전문 아래 조문들도 읽어 본다.

1. 쌍방은 다음과 같은 조국통일 원칙들에 합의를 보았다. 첫째, 통일은 외세에 의존하거나 외세의 간섭을 받음이 없이 자주적으로 해결하여야 한다. 둘째, 통일은 서로 상대방을 반대하는 무력행사에 의거하지 않고 평화적 방법으로 실현하여야 한다. 셋째, 사상과 이념·제도의 차이를 초월하여 우선 하나의 민족으로서 민족적 대단결을 도모하여야 한다.

2. 쌍방은 남북 사이의 긴장 상태를 완화하고 신뢰의 분위기를 조성하기 위하여 서로 상대방을 중상 비방하지 않으며 크고 작은 것을 막론하고 무장도발을 하지 않으며 불의의 군사적 충돌사건을 방지하기 위한 적극적인 조치를 취하기로 합의하였다.

3. 쌍방은 끊어졌던 민족적 연계를 회복하며 서로의 이해를 증진시키고 자주적 평화통일을 촉진시키기 위하여 남북 사이에 다방면적인 제반 교류를 실시하기로 합의하였다.

4. 쌍방은 지금 온 민족의 거대한 기대 속에 진행되고 있는 남북적십자회담이 하루빨리 성사되도록 적극 협조하는 데 합의하였다.

5. 쌍방은 돌발적 군사사고를 방지하고 남북 사이에 제기되는 문제들을 직접, 신속 정확히 처리하기 위하여 서울과 평양 사이에 상설 직통전화를 놓기로 합의하였다.

6. 쌍방은 이러한 합의 사항을 추진시킴과 함께 남북 사이의 제반 문제를 개
   선 해결하며 또 합의된 조국통일원칙에 기초하여 나라의 통일 문제를 해결
   할 목적으로 이후락 부장과 김영주 부장을 공동위원장으로 하는 남북조절위
   원회를 구성·운영하기로 합의하였다.

7. 쌍방은 이상의 합의 사항이 조국통일을 일일천추로 갈망하는 온 겨레의
   한결같은 염원에 부합된다고 확신하면서 이 합의 사항을 성실히 이행할 것
   을 온 민족 앞에 엄숙히 약속한다.

  김 변호사가 7·4남북공동성명의 내용을 직접 읽어 본 것은 난생처
음이었다. 그런데 그 내용이 놀라웠다. 50여 년 전에 남북이 이런 내용
으로 합의하였다는 것이 신기할 정도였다.

  "이렇게까지 해 놓고 왜 통일이 안 된 거죠? 오히려 지금 상황이 더
안 좋은 것 같은데요?"

  "그렇지요? 1991년 남북기본합의서상의 합의 내용도 한 번 보세요.
깜짝 놀랄 거예요."

  김 변호사가 자료집을 넘겨 남북기본합의서를 살펴본다. 제1장 남
북화해 8개조, 제2장 남북불가침 6개조, 제3장 남북교류·협력 9개조,
제4장 수정 및 발효 2개조, 총 25개조로 이루어져 있다. 한 교수가 김
변호사가 다 읽는 것을 지켜보고 물어본다.

  "어때요? 정말 대단하지 않나요? 나는 이것을 보고 깜짝 놀랐어요.
남북관계에 필요한 내용은 다 들어가 있잖아요? 정말 왜 통일이 안 된
건지 이해가 안 돼요. 내친김에 6·15남북공동선언문과 10·4공동선언
문도 한번 읽어 보세요."

  6·15남북공동선언은 2000년 6월 15일 김대중 대통령이 평양을 방

문하여 김정일 국방위원장과 정상회담을 가진 후 작성된 것이고, 10·4 공동선언은 2007년 노무현 대통령이 평양을 방문하여 김정일 국방위원장과 제2차 남북정상회담을 가진 후 작성된 것이다.

"이것이 정말 역대 대통령들의 통일정책인가요? 평화, 자주통일을 추구한다는 점에서 공통되는 것 같은데요?"

"그렇죠?"

"그런데 왜 이런 정책들이 일관성을 가지고 계속 추진되지 못하는 거죠?"

"저도 그 점이 이상해요. 국가 최고지도자들이 이런 의지를 가지고 있었다면 벌써 통일이 되었어야 하는데 아직도 이런 상황이란 것이 이해가 안 돼요."

한 교수가 정말 답답하다는 표정으로 김 변호사를 바라본다.

"강 교수님한테 여쭤 볼까요?"

한 교수가 고개를 끄덕이자 김 변호사가 앞장선다.

똑똑.

"네."

김 변호사와 한 교수가 방문을 열고 들어오자 강 교수가 의아한 눈빛으로 쳐다본다.

"무슨 일이죠? 두 분이서 심각한 표정으로."

"여쭤 볼 게 있어서요? 한 교수가 통일 심포지엄에 갔다 와서 이런 저런 이야기를 나누었는데 남북관계에 이상한 패턴이 있는 것 같다고 해서요."

"이상한 패턴이라니요?"

"남북관계가 조금씩 개선되어 가는 것이 아니라, 좋았다 나빴다를 반복하며 늘 제자리걸음을 하고 있는 것 아닌가 싶어서요."

강 교수가 기특하다는 듯 두 사람을 번갈아 바라보더니 이윽고 입을 뗀다.

"제대로 봤습니다. 분명히 그렇지요."

강 교수 말에 오히려 두 사람이 의아한 표정을 짓는다. 설마 했는데 정말이라니.

"이유가 뭐죠?"

한 교수 질문에 강 교수가 생각에 잠긴다. 어떻게 설명해야 할지 생각하는 듯하다.

"강경파와 온건파가 대립하고 있기 때문입니다. 강경파는 남북관계를 힘으로 해결하려는 세력이고 온건파는 대화로 해결하려는 세력입니다. 강경파와 온건파가 번갈아 득세하고 있는 겁니다. 남쪽뿐만 아니라 북쪽도 마찬가집니다. 통상 강경파가 더 절실한 이유를 가지고 있기 때문에 온건파가 밀리게 되어 있습니다."

"무슨 말씀이신지 잘 모르겠어요."

한 교수가 고개를 갸웃거리며 강 교수를 바라본다. 그런 한 교수를 강 교수가 의미심장한 눈빛으로 바라보며 묻는다.

"남과 북에 있는 사람들이 모두 통일을 원한다고 생각하세요?"

"아니요. 통일을 반대하는 사람들이 있잖아요?"

"그런 사람들 말고요. 통일이 되면 정말 곤란해지는 사람들 말입니다."

"통일이 되면 곤란해지는 사람들도 있나요?"

"당연하지요. 잘 생각해 보세요. 남북 양쪽 모두 통일이 되면 곤란해

지는 사람들이 있습니다. 그들의 보이지 않는 교감에 의해 매번 상황
이 어그러지는 것입니다."

제5부

창성회(昌星會)

2013년 2월 13일 '21세기 한반도 밝은내일연구소' 소장실. 한상국 소장이 신성한 수석연구원으로부터 긴급보고를 받고 있다.

"북한이 핵무기 경량화에 성공한 것이 확실하다는 정보입니다."

"뭐야?"

"미 국방정보국의 분석 결과입니다."

바로 전날 북한의 핵실험이 있었다. 2006년 10월 9일 1차 핵실험, 2009년 5월 25일 2차 핵실험에 이어 3차 핵실험을 강행한 것이다.

미 국방부 산하 국가정보국은 위성과 각종 장비를 이용하여 북한 핵실험에 대한 분석 작업을 수행하였다. 밤을 꼬박 새워 기다렸는데 그 결과가 나온 것이다.

"음…."

한상국 소장의 굳은 얼굴에서 한 줄기 신음 소리가 새어 나왔다. 핵탄두 소형화란 핵탄두 무게를 1톤 이하로, 직경을 90센티미터 이하로 만드는 작업이다. 이렇게 되면 핵탄두를 미사일에 장착해 발사할 수 있다.

북한은 3차 핵실험 사실을 공개하면서 '다종화(多種化)된 핵 억제력'이라는 표현을 사용했다. 플루토늄을 사용한 1차 핵실험 때와는 달리 고농축우라늄을 사용했을 가능성을 시사한 것이다. 우라늄탄은 소형화에 유리하다. 북한은 '소형화, 경량화된 원자탄'을 사용했다고 덧붙였다.

그동안 두 차례의 핵실험을 통해 핵무기 소형화에 근접했을 것이라 예상하고 있었지만 아직은 시간이 더 있으리라 생각한 것이 패착이었다. 한상국의 머릿속이 복잡해졌다.

"그럼 이제 어떻게 해야 하나?"

"어떻게 하긴요. 시나리오대로 움직여야죠?"

어떻게 할 것인지는 이미 정해져 있다. 북한이 경량급 핵무기 개발에 성공하는 순간 연구소는 비상 모드로 돌입하게 된다.

'아, 하나님. 정녕 저희를 버리신단 말씀이십니까?'

독실한 크리스천인 한 소장 입에서 습관처럼 되뇌이던 구절이 튀어나왔다. 북한이 핵무기 보유국이 되면 한반도 안보 상황은 완전히 달라질 수밖에 없다.

이 모든 것이 겉멋 든 정치 지도자들 때문이다. 시작은 노태우 대통령이었다. 1987년 민정당 대통령 후보 시절에 작전통제권 환수를 공약으로 내걸더니 취임하자마자 협의를 시작하여 1994년 12월 1일 평시작전통제권을 환수해 버렸다. 다행히 전시작전통제권은 유보시킬 수 있었다. 그때 얼마나 노심초사했던가.

그것뿐만이 아니었다. 북방정책이라는 미명하에 공산권 국가들과 수교하더니 1991년에는 북한과 같이 UN에 가입해 버렸다. 이것은 북한을 국가로 인정하는 것이었다. 어찌 반국가단체를 국가로 인정할 수 있단 말인가?

미친 짓은 계속되었다. 남북기본합의서가 만들어지고 한반도 비핵화 공동선언문이 채택되었다. 북한의 전형적인 기만전술에 휘둘린 것이다. 노태우 대통령은 북한의 비핵화 선언을 끌어내기 위해 주한미군이 배치해 둔 전술핵 무기들을 모두 철수시켜 버렸다. 북한은 한반도 비핵화 공동선언에 동참하는 척하면서 핵무기 개발에 박차를 가했다.

김대중 대통령은 더욱 가관이었다. 햇빛정책이라는 미명 아래 대북 퍼 주기 정책을 펼쳤고 남북정상회담을 성사시키기 위해 5억 불이라는 거액을 북한에 건네주었다. 이것은 북한의 핵무기 개발 지원금이나 마찬가지였다. 아니나 다를까, 북한은 2006년 10월 9일 1차 핵실험을 실시했다.

노무현 대통령도 마찬가지였다. 남북관계는 대화로 풀어야 한다며 제2차 남북정상회담을 추진했고 대북 퍼 주기 정책을 고수했다. 그나마 유보되어 있던 전작권을 환수하겠다고 난리를 쳤고 결국 2012년 4월 17일자 전작권 환수가 결정되었다. 북한의 급변사태에 대비한 작전계획 5029도 허울만 남게 되었다.

다행히 정권을 되찾아 전작권 환수 시기를 2015년 12월 1일로 미룰 수 있었지만 이것만으로는 부족했다. 어떻게든 미국이 한반도 상황을 책임지고 관여하게 만들어야 국민들을 살릴 수 있는 것이다. 눈을 감은 채 생각에 빠져 있던 한상국 소장이 천천히 눈을 떴다.

"그래, 순서가 어떻게 되지?"

한상국 소장을 바라보고 있던 신성한 수석연구원이 깜짝 놀라 대답한다.

"시나리오에는 여러 가지 대책을 동시에 추진하도록 되어 있습니다. 전작권 환수 시기 잠정 연기, 미국 전술핵 재배치, 한국형 미사일 방어시스템 구축, 핵무장 추진, 한중 협력체제 강화 등 총 다섯 가지입니다."

"정확하게 알고 있군. 자네도 앞으로 바빠질 테니 철저히 준비하도록."

"제가 바빠지다니요?"

"앞으로 방송 출연할 일이 많아질 거야. 문제의 심각성을 국민들에게 알려야지. 그 일을 자네가 맡아 주게. 인물도 좋고 언변도 좋으니 방송국에서도 좋아할 거야."

한 소장의 마음이 급해졌다. 신성한이 나가자마자 핸드폰을 꺼내 7번을 꾹 누른다. 잠시 후 익숙한 노랫소리가 들려온다.

"전우의 시체를 넘고 넘어 앞으로 앞으로 낙동강아 잘 있거라 우리는 전진한다 원한이야 피에 맺힌 적군을 무찌르고서 꽃잎처럼 떨어져 간 전우야 잘 자라~"

현인의 〈전우야 잘 자라〉이다. 노래가 끊기고 굵직한 목소리가 들려온다.

"여보세요?"

"아, 장군님. 저 한 소장입니다. 긴히 찾아뵐 일이 있어 전화드렸습니다."

평창동.

"그래, 한 소장, 어서 와요. 오랜만이지요?"

"장군님. 그동안 잘 지내셨습니까? 바쁘다는 핑계로 자주 찾아뵙지 못했습니다. 죄송합니다."

온화한 목소리로 안부를 묻는 강인성 장군의 예리한 눈빛이 한상국을 꿰뚫는 듯하다.

"그래, 무슨 일이오? 얼굴빛이 안 좋은데."

"안으로 들어가시지요. 긴히 드릴 말씀이 있습니다."

한 소장 눈이 서재를 향하자 강인성이 발걸음을 옮긴다. 수양이 잘된 안정되고 중후한 걸음걸이이다. 잘 꾸며 놓은 정원 쪽으로 널찍한 창이 나 있고 서재 한가운데에 소파가 놓여 있다.

"대체 무슨 일이오?"

"어제 북한이 핵실험을 강행한 것은 알고 계시지요?"

"그야 당연히 알고 있지. 그런데 그게 왜?"

"분석 결과가 나왔습니다. 북한이 초경량 핵무기 개발에 성공했다고 합니다."

한 소장의 말에 강인성 장군의 얼굴이 순식간에 경직되고 만다. 잔잔하게 머금고 있던 미소가 사라지고 눈꼬리가 미세하게 올라가 있다.

북한은 작년 12월 장거리 로켓 발사에 성공했다. 핵탄두 경량화에 성공했다는 것은 소형화된 핵탄두를 장거리 미사일에 탑재하여 미국 본토를 공격할 수 있다는 것을 의미한다. 이것은 한반도 안보 상황에 중대한 변화를 초래할 것이다.

"이번에 선제공격을 했어야 한다는 말이네."

강 장군의 자조 섞인 말에 한 소장 얼굴이 더욱 침통해진다.

북한이 핵무기를 개발하지 못하도록 하는 방법 중 하나가 바로 선제공격에 의한 비핵화 방안이다. 북한 핵무기가 완제품이 되어 끔찍한 재앙으로 찾아오기 전에 선제공격을 가해 개발 중인 핵무기를 폐기처분시키는 방법으로, 이른바 이스라엘식 비핵화 방안이다.

이스라엘은 그들의 생존을 위해 1981년 이라크, 2007년 시리아가 건설 중인 핵시설을 파괴해 버렸고, 이란이 개발하고 있는 핵무기도 완성되기 전에 파괴할 것이라고 공언한 바 있다.

강인성의 말은 북한이 3차 핵실험 징후를 보였을 때 선제공격을 가했어야 했다는 말이다.

그동안 대한민국은 북한의 핵무장을 막기 위해 협상, 대북 제재, 체제 흔들기 등의 방법을 동원했다. 하지만 그 어느 것도 성과를 거두지 못했고 남은 방법은 선제공격에 의한 비핵화 방안뿐이었다.

지난겨울 북한의 핵실험 준비 상황이 포착되자 강인성은 바쁘게 움직였다. 이번 기회에 북한의 핵시설을 정밀 타격하여 핵무기 개발을 중단시키고자 했던 것이다.

하지만 그의 노력은 결실을 맺지 못했다. 북한은 주도면밀하게도 정권교체 시기에 핵실험을 계획했다. 퇴임 직전의 대한민국 대통령은 아무런 힘도 의지도 없었다.

"그래, 앞으로 어떻게 해야 하오?"

"회의를 소집하셔야 할 것 같습니다. 현 상황을 공유하고 시급히 대책을 마련하셔야 합니다. 우선 전작권 환수를 확실히 연기시키고 미국이 전술핵을 재배치하도록 만드셔야 합니다."

한 소장 말에 강 장군의 얼굴이 더 어두워진다.

"그게 될까?"

"쉽지는 않을 겁니다. 하지만 하셔야 합니다. 진인사대천명(盡人事待天命)이라 하지 않았습니까? 할 수 있는 일은 다 해 봐야지요."

미국이 보유하고 있는 전시작전통제권은 2015년 12월 1일자로 환수될 예정이다. 자주국방을 명분으로 전작권 환수를 외치는 야당과 국민들의 자존심을 뒤로하고 환수를 연기시키는 것은 결코 쉬운 일이 아닐 것이다.

1991년 철수된 미국 전술핵을 재배치시키는 것도 마찬가지다. 2009년 취임 첫해 '핵 없는 세상 구축'을 표방하여 노벨평화상을 받은 오바마 대통령이 아닌가.

잠시 후 강인성이 휴대폰을 꺼내더니 7번을 지그시 누른다.

"아, 홍 장군, 잘 지내지. 응, 모여야 할 것 같아. 그래, 그래. 그렇게 하지."

통화를 마친 강인성이 한상국을 바라본다. 한상국의 걱정스런 눈길과 마주치자 자신을 독려하려는 듯 격려의 말을 한다.

"조국과 민족을 위해 죽을 각오로 뛰어야지 어쩌겠나? 이쪽은 내가 어떻게든 해 보겠네. 자넨 언론 쪽을 확실히 맡아 주게나. 자신 있지?"

"국방위원장 동무 들어오십네다."

인민무력부장의 말에 회의장에 있는 모든 사람이 자리에서 일어나 박수를 치기 시작한다. 김정은 국방위원장이 회의장 가운데 마련된 자리에 착석하자 모두 자리에 앉는다. 인민무력부장이 직접 브리핑을 시작한다.

"모두들 잘 아시다시피, 우리의 대남 군사 전략은 한반도 지형의 특성과 우리의 전쟁 역량을 감안하여 선제 기습공격과 전후방 동시공격으로 초전부터 상대측에 대공황을 조성하여 전쟁의 주도권을 장악함과 동시에 전차, 장갑차, 자주포로 무장된 기동화부대를 고속으로 종심 깊숙이 돌진시켜 미군의 추가 증원 이전에 남조선 전 지역을 장악한다는 단기 속전속결 전략을 기본으로 하고 있습네다."

북한은 1970년대 중반까지 재래식 무기와 장비를 중심으로 질보다는 양 위주의 전력 증강에 주력해 왔다. 특히 전후방 동시 공격능력, 고속 종심공격능력, 선제 기습타격능력 제고에 집중했다. 그 결과 1980년대 말 이미 군사력 전진 배치, 기계화군단 편성, 대규모 특수부대 확보, 장거리포 추가 전진 배치 등 2-3개월 정도의 독자적인 전쟁 수행 능력을 확보할 수 있었다.

"우리가 속전속결 전략을 추구하는 것은 경제 규모가 열세인 입장에서 전쟁을 장기간 지속할 수 없고, 남조선의 평시 산업구조가 전시 산업구조로 전환되고 인적·물적 자원이 본격적으로 동원되어 잠재 역량이 군사 역량으로 전환되기 전에 상황을 끝내기 위해서입네다. 이런 이유로 전쟁 초기 적진 후방 깊숙이 투입되어 군사 역량으로 전환될 수 있는 주요 기간시설을 파괴할 특수부대요원들을 양성하고 있는 것입네다."

북한에는 세계 최대 규모인 20여만 명의 비정규전 능력을 가진 특수부대원이 있는데 이 중 해상 및 공중으로 동시에 침투시킬 수 있는 인원만 수만 명에 달한다.

"지상군 주요 장비 중 전차는 주력 전차인 T계열 신형 전차가 주종을 이루며 일부 구형 전차와 경전차를 포함하여 4800여 대로 남한의 2배 물량을 보유하고 있습네다. 여기에 8600여 문의 곡사포와 평사포, 4800여 문의 방사포와 고사포 등 1만 3천여 문에 달하는 방공무기도 배치 완료되어 있습네다."

북한은 1997년 가중되는 경제난 속에서도 기계화군단 기동훈련과 특수부대 침투훈련을 강화하고 공군과 해군의 전술훈련을 대폭 증가시켰다.

1998년 3월에는 민관군 통합 국가급 전시 전환 훈련을 목적으로 전시동원령을 선포하는가 하면 자원절약형 도상 훈련을 강화하면서도 부주(浮舟)를 장착한 수상 이착륙 훈련을 실시하였고, 1999년에는 대구경 야포와 다단계 로켓발사대를 비무장지대 인근 지하시설에 대규모로 배치하는 등 전 분야에서 전시 대비 태세와 훈련 상태를 점검해 오고 있다.

"우리는 경제적인 어려움 속에서도 무기 현대화에 치중하고 나아가 생화학무기, 핵미사일 등 전략무기 체계 구축에 혼신의 힘을 기울여 왔고 드디어 목표를 달성할 수 있었습네다. 이는 모두 위대하신 국방위원장 동무의 혁명적인 지도력이 있었기에 가능한 일이었습네다."

잠시 말을 끊은 그가 김정은을 향해 존경스러운 눈빛을 보내자 회의장에 있는 모든 사람이 손바닥이 부서져라 박수를 치며 환호한다.

삼청동 한정식 집.

"장군님 오랜만에 뵙습니다. 그동안 건강하셨지요?"

"그래. 오 여사도 잘 지냈지. 다들 오셨나?"

"네. 모두 오셨습니다. 안쪽 큰방입니다."

강인성이 여주인과 인사를 나누고 큰방 쪽으로 발걸음을 옮긴다.

"장군님, 어서 오십시오. 모두 기다리고 있습니다."

"아, 홍 장군, 반가워요. 잘 지내지?"

강인성이 홍방서에게 손을 내밀자 홍방서가 황급히 두 손을 내밀어 맞잡는다.

강인성은 창성회(昌星會) 제13대 회장, 홍방서는 사무총장이다. 창성회는 역대 국방부장관 및 참모총장 출신 중에서도 애국심이 남다르고 조직에 대한 충성도가 높은 사람들로 구성된 비밀결사모임이다. 강인성이 방으로 들어서자 모두 일어선다. 강인성이 일일이 악수를 나누고 자리에 앉는다.

창성회 회장은 회원 중 가장 기수가 높은 사람이 맡도록 되어 있다. 임기가 끝나면 고문 역할을 맡고 특별한 일이 없는 한 회의에 참석하지 않는다. 후배들이 소신껏 일할 수 있도록 하기 위한 배려이자 전통이다.

창성회 회원들은 은퇴한 군 장성들의 모임인 성우회(星友會)에 소속되어 있는데, 사실상 성우회를 좌지우지하고 있다. 성우회가 대한민국 외교, 국방, 안보에 막강한 영향력을 행사하고 있다는 것은 주지의 사실이다.

"자 그럼 지금부터 회의를 시작하겠습니다. 먼저 오늘 회의를 소집하신 회장님의 인사 말씀을 청해 듣겠습니다."

홍방서의 말에 강인성이 바로 본론으로 들어간다.

"북한의 3차 핵실험 분석 결과 북한이 최첨단 핵무기 개발에 성공한 것으로 판명되었습니다. 그동안 우리는 북한이 핵무기를 개발하지 못하도록 노력해 왔습니다. 하지만 북한은 우리를 비웃기라도 하듯 핵무기 소형화, 경량화를 달성하고 말았습니다. 부정하고 싶은 현실이지만 현실을 직시해야 위험에 빠진 조국과 국민들을 구할 수 있다는 사실을 명심해야 할 것입니다. 이제 우리는 북한이 최첨단 핵무기 보유국이라는 관점에서 생각해야 합니다. 이러한 관점에서 어떻게 이 나라 이 국민을 지켜 낼 것인지 생각해야 한다 이 말입니다. 오늘은 우리 창성회가 향후 어떤 행동 목표하에 어떤 일들을 추진해야 하는지 논의하려고 모였습니다. 기탄없는 토론을 통해 최선의 방안들을 마련해 주시기를 진심으로 부탁드립니다."

이후 많은 이야기가 오갔다. 비록 퇴역했다고 하지만 이들의 마음은 여전히 군인이었다. 이들에게는 대한민국을 방위해야 하는 신성한 의무가 있는 것이다.

헌법 제5조 ② 국군은 국가의 안전보장과 국토방위의 신성한 의무를 수행함을 사명으로 하며 그 정치적 중립성은 준수된다.

창성회 회원들의 열띤 토론 끝에 결론이 도출되고 있었다. 하지만 그 결론들은 밝은내일연구소가 수립해 둔 시나리오 범주를 벗어나지 않고 있었다. 강인성이 회의를 지켜보며 중얼거렸다.

'한상국 그 친구, 역시 대단해.'

2014년 10월 23일 새정치민주연합 당대표실.

비상대책위원장이 긴급회의를 주재하고 있다. 새정치민주연합은 6·4지방선거 패배 이후 당대표들이 사퇴하고 비대위 체제로 운영되고 있다.

"분위기가 이상하게 돌아가고 있습니다. 작년 북한의 3차 핵실험 이후 북한이 사실상 핵무기 보유 국가라는 말이 광범위하게 유포되기 시작했습니다. 그리고 전작권 환수 시기를 연기해야 한다느니 미국 전술핵을 재배치하고 자위적 핵무장을 추진해야 한다는 등의 말들이 나오더니 오늘 오전 전작권 환수 연기가 전격 발표되었습니다. 이에 대응 방안을 논의하고자 합니다. 고견들 주시기 바랍니다."

비대위원장의 요청에도 불구하고 모두 말이 없다. 아직 생각이 정리

되지 않은 것이다. 침묵이 버거운 듯 비대위원 한 명이 말문을 연다.

"2012년 18대 대선 이후 상황이 매우 좋지 않습니다. 우리 당에 씌워진 종북이라는 굴레가 점점 더 조여 오는 듯한 느낌입니다. 이번 전작권 연기에 대해서도 섣불리 반대했다간 역풍을 맞을 가능성이 큽니다."

"저도 같은 생각입니다. 상황이 만만치 않습니다. 지금 같은 분위기에서 전작권 연기가 잘못되었다고 공세를 펴는 것은 자제하는 것이 좋을 것 같습니다."

비대위원들의 의견에 비대위원장이 답답하다는 듯 다그친다.

"그럼 어떻게 하자는 말입니까? 전작권을 빨리 되찾아 와야 한다는 것이 우리 당의 당론이었습니다. 이명박 대통령은 3년 연기에 불과했지만 이번에는 시한도 정해지지 않았습니다. 사실상 무기한 연기나 마찬가집니다. 이걸 그냥 좌시하고 있을 수도 없는 것 아닙니까?"

비대위원장 말에 비대위원들이 다시 생각에 빠진다. 잠시 후.

"상황이 상황이니만큼 적당히 타협하는 수밖에 방법이 없는 것 같습니다."

"타협이라니요?"

"전작권 환수를 차질 없이 이행하겠다는 것이 박근혜 대통령의 대선 공약이었습니다. 전작권 환수 연기가 대선 공약 파기라는 점을 지적하면서 추이를 지켜보는 것입니다."

"그거 괜찮은 생각 같습니다. 박 대통령이 파기한 공약이 한두 가지가 아니고 국민여론도 안 좋은데, 또 다른 공약 파기라고 몰아붙여 두고 여론이 어떻게 움직이는지 지켜본 후에 다시 논의하는 것이 상책일 것 같습니다."

다른 비대위원들 또한 고개를 끄덕이며 동의의 뜻을 나타낸다.

"좋습니다. 그럼 이번에는 저쪽에서 어떻게 나올지 생각해 보도록 합시다."

비대위원장의 주문에 비대위원들 머리가 바빠진다.

"십중팔구 공약 파기는 맞지만 변화된 상황상 어쩔 수 없다고 발뺌하지 않을까요?"

"내 생각도 그렇습니다. 문제는 그때 어떻게 할 것이냐는 겁니다. 상황이 변했다는 말을 그대로 수용하고 받아들일 것인지 아니면 되받아쳐야 할 것인지, 되받아친다면 어떤 논리로 밀고 나갈 것인지 계획을 세워 둬야 할 것 아닙니까?"

"상황이 변했기 때문에 연기한다는 것은 말이 안 됩니다. 이명박 대통령이 전작권 환수 시기를 2015년으로 연기할 때 이미 써먹었던 명분입니다. 2010년도의 일이었습니다. 이후 4년 동안 뭘 했냐고 추궁해야지요. 자주국방은 뒷전이고 4대강 같은 엉뚱한 짓만 한 것이잖아요?"

"1차 연기 당시의 상황이 어땠지요? 당시 상황을 누가 복기 좀 해 봐요?"

"2012년 4월 17일로 예정되어 있던 전작권 환수가 2015년 12월 1일로 연기된 것은 2010년 6월 26일의 일이었습니다."

G20 정상회의 참석차 캐나다 토론토를 방문 중이던 이명박 대통령이 오바마 대통령과의 정상회담에서 전작권 환수 연기를 요청했는데, 당시 이 대통령은 북한의 2차 핵실험과 변화된 안보환경, 우리 군의 준비 미비를 명분으로 제시했다.

"정상회담의 의제가 사전에 조율되는 만큼 이전에 물밑협상이 끝났다고 봐야 합니다. 북한의 제2차 핵실험이 결정적인 계기였고 3월 26일 발생한 천안함 침몰사건이 반대 여론을 잠재워 버렸습니다."

"그래요? 그럼 이번에도 거의 구조가 비슷하네요. 북한이 3차 핵실험을 하고 동해안에서 미사일 발사 시험을 한다며 군사적 도발 행위를 했잖아요. 게다가 장성택 처형과 김정은의 장기 잠적에 따른 급변사태설로 흡수통일 가능성을 부추기다가 북한의 핵무기 개발을 기정사실화하고⋯. 그나저나 이런 분위기에서 자주국방론이 먹혀들 수 있을까요?"

"노무현 대통령 시절 전작권 환수 논의가 촉발되었을 때 대통령이 하신 말씀이 있습니다. 당시 국방부에서 전시작전통제권을 행사할 만한 능력이 없다고 하면서 전작권 환수가 시기상조라는 말을 했습니다. 그러자 노 대통령이 아직까지 전시작전통제도 할 수 없는 대한민국 국군은 부끄러운 줄 알아야 한다고 호통쳤습니다. 그때로부터 무려 10년이 흘렀는데 아직도 준비가 안 되어 있다면 정말 국방부는 할 말이 없는 것이지요."

"좋습니다. 일단 이렇게 당론을 정하고 추이를 지켜보도록 합시다."

2014년 10월 29일.

"위원장님, 방송 보셨습니까?"

"방송이라니요?"

"북한에서 전작권 환수 연기에 대한 입장을 표명했습니다."

"그런데요?"

"그게 우리 주장과 겹치는 데가 많습니다."

"겹치다니요?"

"전작권 환수 연기가 동족대결 책동이자 군사주권의 포기라고 논평했습니다."

"뭐예요?"

새정치민주연합은 전작권 연기가 군사주권 포기라며 대정부 공세를 가하고 있었다. 그런데 북한이 똑같은 용어를 사용한 것이다. 보나마나 SNS에 종북정당 새정치민주연합이 북한의 입장을 대변하고 있다는 말이 떠돌 것이다. 위원장이 긴 한숨을 토해 낸다.

"종북이라는 말 때문에 정말 힘드네요. 옛날로 치면 빨갱이라는 말 아닙니까?"

"그렇죠. 옛날에는 빨갱이로 낙인찍히면 신세 조지는 것이었는데 요즘에는 종북으로 찍히면 그렇답니다. 평화통일 얘기만 해도 종북으로 몰린다는데요."

"어쩌다 이 지경이 되었는지 정말 큰일입니다. 북한의 도발을 유도하거나 급변사태가 발생했을 때 치고 올라가 통일하겠다는 발상이 오히려 헌법에 반하는 것인데, 대한민국 헌법의 지상명령이자 대통령의 책무인 평화통일을 추구하는 것이 종북이라니, 이게 말이 됩니까?"

제4조 대한민국은 통일을 지향하며, 자유민주적 기본질서에 입각한 평화적 통일정책을 수립하고 이를 추진한다.
제66조 ③ 대통령은 조국의 평화적 통일을 위한 성실한 의무를 진다.

"그 사람들 관점에서 보면 대한민국 헌법 자체가 종북이지요. 그들은 항상 북한의 핵공격을 전제로 이야기를 풀어 갑니다. 정말 북한이 핵도발을 할 것이라고 생각하는 건지…? 한미군사동맹 체제가 유지되고 미국이 세계 최고의 전력을 구사하는 한 북한이 도발할 가능성은 없는 것 아닙니까?"

"그런데 그게 꼭 그렇지만도 않은 것 같습니다. 천안함 사건이나 연평도 포격사건 같은 것은 어떻게 설명할 방법이 없습니다."

"천안함 사건이나 연평도 포격사건은 모두 이명박 대통령이 초래한 일입니다."

"이명박 대통령이 초래하다니요?"

"북한 붕괴론이 낳은 비극이다 그 말입니다."

이명박 대통령의 대북정책인 '비핵개방3000'은 김대중, 노무현 대통령의 햇볕정책에 대한 반발의 성격이 강했다. 그러니 이 대통령 취임 이후 남북관계가 경색 국면으로 흘러가는 것은 당연지사였다.

게다가 2008년 8월 김정일이 뇌졸중으로 쓰러지면서 이명박 정권의 관료들은 북한 붕괴론에 빠져 버렸다. 그들은 김정일의 건강이 악화되고 김정은에게 권력이 승계되는 과정에서 북한이 붕괴될 것이라는 확신을 가졌고 이러한 관점에서 대북정책을 수립, 운용하였다.

그들은 상황이 매우 위중하다고 보았고 대한민국과 미국이 조금만 몰아붙이면 북한이 붕괴될 것이라고 생각했다. 이명박 정권의 관료들은 이러한 관점에서 오바마 행정부를 설득했다.

북한의 경제적 혼란이 가중되고 엘리트들 사이에 불만이 고조되고 있다. 김정일의 건강이 악화되면서 김정일이 육체적, 심리적 트라우마를 겪고 있다. 북한이 심각한 식량난과 엄청난 경제위기를 겪고 있고 김정일의 건강이 계속 나빠지고 있다. 북한이 당분간은 지속될 수 있겠지만 오래 버티지 못할 것이다.

미국과 한국이 인내심을 가지고 계속 압박해야 한다. 김정은으로의 권력 이양이 어려움을 겪고 있다. 해외에서 근무하는 북한의 고위 관리 여러 명이 한국으로 망명했고 중국으로 탈출하는 숫자 또한 늘고 있다. 북한 당국이 평양에서 베이징으로 가는 열차에서 폭탄을 찾아내는 등 북한 내부가 점점 더 불안정해지고 있다. 북한은 이미 경제적으로 붕괴됐고 김정일 위원장이 사망하면 2-3년 내에 정치적으로 붕괴될 것이다.

중국의 노련한 관리들은 완충국으로서 북한의 가치가 거의 없어졌다는 새로운 현실을 맞이할 준비가 되어 있고, 대한민국이 주도하고 미국이 뒷받침하는 통일을 편하게 받아들일 것이다.

오바마 행정부는 이명박 정부의 입장을 수용하였고, 6자회담 재개와 관련해 북한이 수용하기 어려운 전제 조건들을 제시하면서 한미동맹을 강화하고 대북 제재 강도를 높여 갔다.

"이런 상황 끝에 천안함 사건과 연평도 포격사건이 터진 것입니다."

비대위원장이 문득 생각에 빠져들었다.

'매번 북한 붕괴론이 발목을 잡는단 말이야.'

1993년 김영삼 대통령 때에는 김일성 사망과 함께 북한 붕괴론이 대두되었고, 2009년에는 김정일 건강이상설, 2013년 12월에는 장성택 처형설, 2014년에는 김정은 건강이상설과 함께 북한 붕괴론이 제시되었다.

북한 붕괴론의 위력은 실로 대단했다. 북한에 급변사태가 발생할 가능성이 크다는 분석은 북한이 정국 타개를 위해 대남 도발을 할 수 있다는 우려로 이어지고 국민들의 불안감을 가중시켰다. 이런 불안감은 대한민국의 미국 의존 정책을 심화시켰고 이것이 다시 남북관계 경색으로 이어졌다. 이상한 순환 고리였다.

지금 상황도 똑같은 구조였다. 2013년 12월 12일 장성택이 처형되면서 북한에 급변사태가 발생할 것이라는 예측이 있었고, 2014년 3월경 북한의 대남도발설이 제기되었다. 국민들의 불안감이 커졌고 그 상황에서 전작권 연기가 합의된 것이다.

이러한 상황에서 전작권 연기를 보이콧하는 것은 리스크가 너무 컸다. 게다가 국민들의 야당 지지율 또한 바닥을 치고 있었다. 아마도 저들은 이런 판국에 야당이 강하게 반발할 수 없을 것이라는 계산하에 일을 벌였을 것이다.

'그럼 그것도 다 계산된 일이었나?'

지난여름 김정은 건강이상설이 대두되었다. 김정은이 40여 일 가까이 두문불출한 것을 두고 여론은 연일 북한 권력구조에 심각한 문제가 발생한 것 같다는 기사를 찍어 냈다. 북한 권력구조의 불안정은 대남도발 가능성으로 연계된다.

'당 지도부는 지난 2년간 도대체 뭘 했단 말인가?'

민주당은 2012년 대선에 패배하자 2013년 내내 부정선거에 매달려 있었다. 그러다가 2014년 새해 벽두부터 박근혜 대통령의 통일대박론에 치여 정국 주도권을 빼앗겨 버렸다.

국정은 돌보지 않고 정권투쟁에 골몰하는 모습에 민심은 이반되기 시작하였고 위기감을 느낀 당 지도부는 새정치연합과의 합당으로 민심을 수습하고자 했다.

그러다가 2014년 4월 16일 세월호 참사가 발생했고 새정치민주연합은 세월호 이슈에 골몰했다. 패착이었다. 민심은 또다시 이반되기 시작했고 결국 전작권 연기 사태에 직면하게 된 것이다.

이건 뭔가 문제가 있다. 야당은 여당의 국정 운영 전반에 걸쳐 감시와 비판, 견제 기능을 수행하며 국가가 한쪽으로 경도되는 것을 막아야 한다.

그런데 지난 2년간 야당은 부정선거와 세월호 이슈에만 매달려 국정에 무관심했다.

'정책적 포트폴리오가 없기 때문이다. 이걸 바로잡아야 한다. 당장 눈앞의 이슈에만 매달려서 몰빵하는 방식으로는 민심을 끌어안을 수 없다. 국정 전반을 바라보는 폭넓은 시야가 필요하다.'

2014년 10월 30일 미 국무부.

"전작권 환수 연기 이후 남한 동향에 대해 보고드리겠습니다."

"반응이 어떤가?"

일주일 전인 10월 23일 한민구 국방부장관과 척 헤이글(Chuck Hagel) 미국 국방장관이 미국 국방부 청사 펜타곤에서 전작권 전환 연기를 위한 각서에 서명하였고 이 사실이 언론에 대서특필되었다.

"예상대로 반발이 거세지는 않습니다."

"야당이 그냥 넘어가지 않을 텐데?"

"국회 국정감사장에서 공방이 있기는 한데, 한발 물러선 듯한 입장입니다. 전작권 연기 자체를 비판하기보다는 대통령의 공약 파기를 물고 늘어지는 모습입니다."

"북한의 핵무기 보유 사실이 상당한 압박으로 작용했나 보네?"

"네. 예상하신 대로 전개되고 있습니다. 남한 주민들 또한 전작권 환수 연기에 오히려 안도하는 분위기입니다."

"그것참, 다행이군."

"그런데 문제가 하나 있습니다. 남한 내에 핵무장 여론이 확산되고 있습니다."

미 국무부는 이 문제에 촉각을 곤두세우고 있었다. 북한이 사실상 핵보유국이라는 사실은 변화된 세계정세하에서 미국에 여러모로 유리하게 작용하고 있었다. 단 하나 부작용이 있는데 바로 남한의 핵무장론이었다.

북한이 핵무기를 보유하기 전까지 남한의 핵무장론은 설 자리가 없었다. 하지만 북한이 핵무장을 한 이상 막을 명분이 많지 않다. 게다가 남한의 핵무장론은 매우 세련된 형태로 제기되고 있었다. 이른바 조건부 핵무장론이었다.

대한민국은 원칙적으로 핵무장에 반대한다. 하지만 북한이 핵무장에 성공한 이상 자위적 차원에서라도 핵무장을 추진하지 않을 수 없다. 다만, 대한민국은 비밀리에 핵무장을 추진하지 않을 것이다. 모든 과정을 투명하게 공개하고 국제사회의 철저한 감독하에 추진할 것이며, 만일 북한이 핵무기를 폐기한다면 당장 중지할 것이다.

이러한 조건부 핵무장론은 남한 국민들 사이에 상당한 호응을 얻고 있었고 여론 조사 결과 남한 국민 상당수가 핵무장 추진에 찬성하는 것으로 나타나고 있었다.

반면 대한민국 정부는 여전히 한반도의 비핵화를 주장하고 있었다. 이른바 투 트랙 전략이다. 정부와 국민여론이 서로 상반된 주장을 하는 것이다. 이런 상황에서 만약 북한이 4차 핵실험이라도 강행한다면 남한 정부도 핵무장 추진을 천명할 수밖에 없을 것이다.

남한의 핵무장론을 잠재우기 위해서는 미국이 전술핵을 재배치하겠다고 선수를 쳐야 한다. 하지만 이것은 향후 남한에 끌려다니는 결과를 초래하고 말 것이다.

'이걸 어떻게 풀어야 하나?'

국제사법재판소 제3호 법정.

김명찬 변호사가 중국의 북한 점령의 부당성에 대해 열변을 토하고 있다.

"보시는 바와 같이 피고 중화인민공화국은 그동안 수차례의 성명을 통해 한반도 통일을 지지한다고 천명해 왔습니다. 그런 피고가 북한 지역은 대한민국 영토가 아니라고 하면서 점령하고 있는 것은 금반언의 원칙에 반하는 행위로서 결코 용납될 수 없습니다."

김 변호사가 발언을 마치고 자리에 앉자 재판장이 중국 소송팀의 왕 교수를 바라본다. 반박해 보라는 의미이다.

왕 교수가 자리에서 천천히 일어나 발언하기 시작한다.

"원고 대한민국은 역대 중한공동성명을 증거로 제출하면서 피고가 한반도 통일을 지지해 왔다고 주장합니다. 맞습니다. 피고는 한반도 통일을 지지해 왔으며 그러한 입장은 지금도 변함이 없습니다. 김 변호사님, 죄송하지만 방금 보여 주셨던 중한수교공동성명문을 다시 한 번 보여 주실 수 있겠습니까?"

왕 교수가 김 변호사에게 정중하게 부탁한다는 제스처를 취한다. 김 변호사가 떨떠름한 표정으로 파워스위치를 누르자 화면에 한중수교공동성명문이 나타난다.

5. 중화인민공화국 정부는 한반도가 조기에 평화적으로 통일되는 것이 한민족의 염원임을 존중하고, 한반도가 한민족에 의해 평화적으로 통일되는 것을 지지한다.

왕 교수가 스크린을 보면서 발언을 이어 간다.

"여기 이 부분입니다. '평화적으로'라는 표현이 두 번이나 반복되고 있다는 점에 주목할 필요가 있습니다. 보시는 바와 같이 우리 중국이 지지하는 한반도의 통일은 평화통일입니다. 이후에 이어진 공동성명에도 모두 똑같이 평화통일을 지지한다고 되어 있습니다. 원고 측에 한 가지 묻고 싶습니다."

왕 교수가 재판관들에게 향했던 몸을 원고석 쪽으로 돌리자 사람들 시선이 일제히 대한민국 소송팀으로 향한다.

"김 변호사님, 북한에 내란이 일어나 유혈사태가 발생한 상황을 틈타 대한민국이 군사력을 앞세워 북한을 점령하는 것이 대한민국이 말하는 평화통일인가요?"

왕 교수 질문에 사람들 시선이 김 변호사 입으로 향한다. 설득력 있는 변론이다. 왕 교수의 갑작스런 질문에 김 변호사가 대답하지 못한다. 그럴 줄 알았다는 듯 왕 교수가 다시 재판관들 쪽으로 몸을 돌리고 발언을 마무리한다.

"존경하는 재판장님. 원고 대한민국은 중한공동성명을 비롯한 역대 공동선언문을 증거로 제시하며 피고가 북한을 점령한 것이 금반언의 원칙에 반한다고 주장하였습니다. 그러나 방금 보셨던 것처럼 원고 측은 중대한 착각을 하고 있습니다. 피고가 지지하는 한반도 통일은 평화통일입니다. 수차례에 걸친 중한공동성명에는 이러한 취지가 분명히 명시되어 있습니다. 바야흐로 세계는 피비린내 나는 전쟁을 피하고 대화와 타협에 의해 분쟁을 해결하는 시대로 접어들었습니다. 피고는 평화애호국가로서 이러한 시대정신을 존중하며 적극 동참하고 있습니다. 한반도의 통일 또한 마찬가지입니다. 남북 당국이 대화와 타협에 의한 평화로운 방법으로 통일을 달성하고자 한다면 피고가 반대할 이유가 전혀 없습니다. 아니 오히려 이를 환영하고 적극 지지할 것입니다. 그러나 무력에 의한 통일은 결코 용납될 수 없습니다. 특히 일방이 타방의 곤궁한 상황을 이용하여 강제로 흡수해 버리는 일은 결코 허용되어서는 안 됩니다. 이런 식의 통일은 한쪽의 일방적인 희생을 초래할 것이 분명하기 때문입니다.

원고 대한민국은 북한에 내란이 일어날 경우 북한 지역을 무력으로 제압하기 위한 이른바 '작전계획 5029'라는 것을 수립해 두고 있습니다. 5029가 실행될 경우 선량하고 무고한 북한 주민들이 희생될 것은 불 보듯 뻔한 일입니다. 목적이 수단을 정당화할 수 없다는 것은 인류가 오랜 시행착오를 거쳐 얻은 금과옥조입니다. 피고가 북한 지역에 진주한 것은 무고한 북한 주민들의 희생을 방지하기 위한 것입니다. 요컨대, 피고가 북한 지역에 개입한 것이 평화통일을 지지해 온 피고의 기존 입장과 상반된다는 주장은 부당합니다. 이상입니다."

이날 변론은 이렇게 끝이 났다. 대한민국의 참패였다.

"이게 뭡니까? 평화통일을 지지하는 것이지 그냥 통일을 지지하는 것이 아니라니요. 도대체 이런 궤변이 어디 있습니까?"

외무부장관이 분통 터진다는 듯 울분을 토해 내지만 모두들 말이 없다.

"그나저나 이제 어떻게 해야 하는 겁니까?"

국방부장관이 무거운 침묵이 버거운 듯 조심스럽게 운을 뗀다. 깊은 생각에 빠져 있던 통일부장관이 기다렸다는 듯 대답한다.

"지금까지 남북이 통일을 위해 노력해 온 성과물들을 증거로 제시하면 어떨까요? 남북이 무력이 아닌 평화통일을 달성하기 위해 많은 노력을 해 왔다는 점을 부각하는 것입니다. 다행히 증거로 제출할 만한 것이 꽤 많습니다."

준비서면

사건	북한반환 청구소송
원고	대한민국
피고	중화인민공화국

위 사건에 대하여 원고 대한민국은 다음과 같이 변론을 준비합니다.

다 음

1. 남북한 정부 당국과 국민들은 분단 이후 지금까지 한반도의 통일을 달성하기 위해 분골쇄신(粉骨碎身) 노력해 왔습니다.

2. 1950년 6월 25일 발생한 한국전쟁은 한국인들에게 씻지 못할 아픔과 상처를 주었습니다. 수많은 생명이 희생되고 한반도는 폐허가 되고 말았습니다. 휴전협정 체결 이후 남북 정부는 전후 복구에 혼신의 노력을 기울일 수밖에 없었습니다. 그리고 어느 정도 전화가 복구되자 통일을 위해 노력했습니다. 1972년 7·4남북공동성명, 1991년 남북기본합의서, 2000년 제1차 남북정상회담, 2007년 제2차 남북정상회담 등이 바로 그것입니다.

3. 피고 중화인민공화국이 남북한 정부 당국과 남북 주민들의 통일 염원에 반해 북한 지역에 군대를 주둔시킨 행위는 민족자결의 원칙에 반하는 것으로서 부당합니다.

4. 무엇보다도 북한의 내란이 진정된 이상 피고 중화인민공화국은 더 이상 이 지역에 남아 있을 하등의 이유가 없습니다.

증 거

1. 갑제8호증의1   7·4남북공동성명
1. 갑제8호증의2   남북기본합의서

1. 갑제8호증의3   6 · 15남북공동선언

1. 갑제8호증의4   10 · 4공동선언

원고 대한민국

소송대리인 김명찬

준비서면

사건   북한반환 청구소송
원고   대한민국
피고   중화인민공화국

위 사건에 대하여 피고 중화인민공화국은 다음과 같이 변론을 준비합니다.

다 음

1. 원고는 남북한 정부 당국과 국민들이 분단 이후 지금까지 통일을 이루기 위해 많은 노력을 기울여 왔다고 주장합니다. 그러나 이는 결코 사실이 아닙니다.

2. 남북한의 기득권 세력들은 결코 통일을 원하지 않습니다. 그들은 겉으로는 통일을 이야기하지만 그것은 자신들의 기득권을 지키기

위한 정치적 쇼(show)에 불과합니다.

(1) 북한은 사회주의를 표방하고 있지만 김일성, 김정일, 김정은으로 이어지는 3대 세습 왕정국가나 마찬가지입니다. 그들이 이런 체제를 유지할 수 있는 동력은 과연 어디에서 나오는 것일까요?

그들은 남한을 미국의 식민지배에서 해방시켜야 한다는 명분을 내세워 북한 주민들을 억압하고 착취하면서 자신들의 기득권을 유지하고 있습니다.

이들에게 통일이란 남한을 무력으로 흡수하는 적화통일 내지 연방제통일을 의미할 뿐입니다. 남한에 흡수되는 경우 세습정권과 이를 추종하는 기득권 세력의 몰락이 불 보듯 뻔하기 때문입니다. 이처럼 남한에 흡수될 바에야 차라리 분단 상태로 있는 것이 백번 낫습니다.

(2) 남한의 기득권 세력 또한 마찬가지입니다. 일제 식민지 시절 친일 활동을 통해 부와 명예를 축적했던 친일파들은 해방이 되자 두려움에 떨었습니다. 반민족 행위에 대한 책임 추궁을 당할 것이 분명했기 때문입니다. 하지만 이들에게 천우신조와 같은 기회가 찾아왔습니다.

해방과 함께 찾아온 남북 분단과 한국전쟁이 바로 그것이었습니다. 이들은 이러한 역사의 소용돌이 속에서 처벌을 면하고 자신들의 기득권을 유지할 수 있었습니다. 게다가 휴전협정에 의한 분단 상황은 그들의 기득권을 확대재생산할 수 있는 기회까지 제공해 주었습니다.

해방 이후 남한을 직접 통치하게 된 미군정 당국은 남한을 통치하기 위해 일제 식민지 치하의 행정관료들을 그대로 기용했고, 한국전쟁은 친일 민족반역자들에 대한 남한 민중의 분노를 북한 정권으로 돌려놓았습니다.

그들은 이 기회를 놓치지 않았습니다. 아니 놓칠 수 없었습니다. 그들은 북한 정권을 방패 삼아 그들의 죄과를 덮고 전후 복구 과정에서 기득권을 확대재생산하였고 우월한 경제적 기반을 이용하여 정치권력을 장악하는 데 성공했습니다. 이들에게 남북 분단은 지옥에서 천국으로 가는 동아줄이었던 것입니다.

그들에게 통일은 북한을 흡수하는 통일이 아니면 안 됩니다. 해방 이후 북한 지역에서 광범위한 친일파 숙청 작업이 진행된 사실을 너무나 잘 알고 있기 때문입니다. 적화통일이나 합의통일이 이루어질 경우 친일 청산 문제가 대두될 것이고 이것은 그들의 기반을 송두리째 흔들어 버릴 것이 분명합니다. 이에 그들 또한 흡수통일이 아닌 한 분단 상태를 선호할 수밖에 없습니다.

(3) 요컨대, 북한에서는 김일성 1인 독재체제를 통해 공산당과 군부 세력이 모든 기득권을 장악하였고, 남한에서는 남북 북단과 한국전쟁의 소용돌이 속에 친일파들이 기득권을 유지·확대·재생산할 수 있었습니다.

이들은 분단 상황을 통해 자신들의 기득권을 확대재생산할 수 있다는 점에서 이해관계가 완전히 일치합니다. 이들은 참혹한 전쟁 경험을 가진 남북 주민들에게 제2의 한국전쟁 가능성을 부추기며 주민들을 전쟁 준비와 체제 경쟁에 동원시켰습니다. 순진한 남북 주민들은 이들의 책동에 휘둘릴 수밖에 없었습니다.

3. 원고는 남북한 간에 있었던 1972년 7·4남북공동성명, 1991년 남북기본합의서, 2000년 6·15남북공동선언, 2007년 10·4공동선언 등을 예로 들면서 남북한 정부 당국이 통일 달성을 위해 노력했다고 주장하나 실질은 전혀 그렇지 않습니다.

(1) 박정희 대통령 시절 일시 통일을 모색하는 듯하였으나 이내 경색 국면으로 돌아섰습니다. 노태우 대통령 시절에도 남북기본합의서가 체결되는 등 남북관계가 개선되는 듯하였으나 김영삼 대통령 취임 이후 다시 경색되었고, 김대중·노무현 대통령 시절 남북정상회담이 개최되었지만 이명박·박근혜 대통령 시절에는 오히려 더 악화되었습니다. 이러한 사실들은 남북한 기득권 세력이 말하는 통일에 진정성이 없다는 사실을 반증하는 것입니다.

(2) 남북은 이미 70년이 넘는 오랜 세월 동안 분단 상태에 놓여 있었습니다. 장기간의 분단은 분단구조에 기생하는 계층을 양산해 냈고, 통일은 이들의 생존을 위협하는 것이 되고 말았습니다. 그들은 분단이 지속되고 체제 경쟁과 군비 경쟁이 가열되기를 바랍니다.

(3) 이러한 남북한의 기득권 세력들 사이에 묵시적인 교감이 형성되었습니다. 겉으로는 통일을 이야기하지만 속으로는 분단을 획책합니다. 분단체제를 영속화하여 대대손손 기득권을 누리고자 하는 것입니다.

4. 원고는 대다수 남북한 주민들이 오매불망 통일을 염원하고 있다고 주장하지만 이 또한 사실이 아닙니다. 남북한 주민들 중 남북통일을 원하는 사람은 소수에 불과합니다.

⑴ 남한 주민들은 급작스런 통일이 남한 경제에 미칠 파장을 우려하며 통일에 극히 냉소적입니다. 2014년 1월 6일 박근혜 대통령이 신년 기자회견에서 밝힌 '통일대박론'이 통일에 냉담한 남한 여론을 고양시켰다는 평가 그 자체가 이를 반증하는 것입니다.

⑵ 북한 주민들 또한 남한과 통일될 경우 하층민으로 전락할 것을 우려하고 있습니다. 북한 주민들은 오히려 중국과의 통합이 더 바람직하다고 생각하고 있습니다.

5. 이상 살펴본 바와 같이 남북한의 기득권 세력과 남북한 주민들 다수는 통일을 바라지 않습니다. 요컨대, 피고 중화인민공화국이 북한에 진주한 것이 남북 정부 당국의 통일 노력과 한국인의 통일 염원에 반한다는 주장은 부당합니다.

피고 중화인민공화국

소송대리인 왕하오

국제사법재판소 제3호 법정. 왕 교수가 변론하고 있다.

"원고 대한민국은 1972년 7·4남북공동성명이 남북 간 대결 국면을 종식시키고 평화통일을 모색하는 시발점이었다고 주장합니다. 그러나 실상은 전혀 그렇지 않습니다. 7·4남북공동성명은 남북 당국이 자신들의 지배체제를 공고히 하기 위한 쇼에 불과했습니다."

왕 교수가 스크린에 파워포인트를 띄운다.

"7·4남북공동성명 이후 남북 정부 당국의 행보를 시계열표로 대비하여 정리한 것입니다. 먼저 남한 쪽을 보겠습니다. 1972년 10월 17일 비상계엄령이 선포됩니다. 11월 21일 유신헌법 개헌안이 통과되고, 12월 23일 통일주체국민회의에서 단독 후보인 박정희가 대통령으로 선출됩니다. 그리고 12월 27일 유신헌법이 공포되면서 유신체제 형성이 마무리됩니다.

같은 기간 북한은 어떠했을까요? 1972년 10월 23일 조선로동당 중앙위원회 제5기 5차 전원회의에서 헌법 개정 문제가 공식 제기되고 12월 16일 조국통일민주주의전선 중앙위원회 제57차 회의에서 사회주의 헌법 초안이 검토되고, 12월 27일 최고인민회의에서 사회주의 헌법이 채택·공포·발효되었습니다. 공교롭게도 이날은 남한의 유신헌법이 공포된 날과 같은 날입니다."

왕 교수가 리모컨을 눌러 미 국무부 정보조사국 리포트를 보여 준다.

"여기를 보시지요. 당시 미 국무부 정보조사국에서 작성된 보고서입니다. 남북한의 개정 헌법 모두 한 사람의 집권자에게 권력이 집중되는 것을 보장하고, 같은 날 공포된 것은 우연은 아니라고 되어 있습니다. 양쪽이 같은 날 공포하기로 모의했거나 아니면 뒤늦게 헌법 개정에 착수한 북한이 일부러 남측의 헌법 공포일에 맞추어 사회주의 헌법을 공포한 것으로 본 것입니다. 이상입니다."

다음 날 열린 대한민국 소송팀의 긴급회의 분위기가 착 가라앉아 있다.

"이게 무슨 말입니까? 지금까지 정부가 추진해 온 통일 노력들이 모두 쓸모없게 되어 버린 것 아닌가요?"

국방부장관이 어처구니없다는 표정으로 곱씹는다. 강 교수가 말을 받는다.

"1972년 당시 남북이 대화와 접촉에 나선 것은 국제외교적 차원에서 한반도 문제에 대한 자기주도권 또는 자기결정권을 높여야 했기 때문이었습니다."

"그게 무슨 말이죠?"

"당시 남과 북은 미국과 중국의 데탕트 상황에서 각자의 동맹국과의 관계 유지를 위해 한반도 긴장완화에 협력하지 않을 수 없었습니다."

데탕트(détente)란 불어로 완화, 휴식이라는 뜻으로, 1970년대 동서 진영이 냉전에서 긴장완화 국면으로 전환되는 일련의 상황을 일컫는 말이다.

강 교수 말에 한 교수가 바로 되묻는다.

"그럼 박정희 대통령과 김일성 주석이 7·4남북공동성명을 추진한 것이 데탕트 분위기에서 국제적으로 고립되지 않기 위해 공모한 것이 맞다는 말이에요?"

"그랬을 가능성도 무시할 수 없다는 말입니다. 남북한의 최대 후견인인 미국과 중국이 한반도 문제를 거론하기 시작한 상황에서 가만히 있다가는 양쪽 모두 입지가 축소될 수밖에 없는 상황이었습니다. 미국과 중국이 한반도 문제를 일방적으로 처리하지 않도록 하려면 남북 당국이 주도권을 쥐고 있을 필요가 있었던 것이지요."

"그럼 남북 당국이 활로를 찾기 위해 7·4남북공동성명을 수단으로 활용했다는 것이네요?"

한 교수가 뭔가를 생각하며 급히 되묻는다. 당시 상황에 비추어 보면 강교수 이야기가 상당한 설득력을 갖고 있었기 때문이다.

"네, 분명 그렇습니다. 그 무렵 북한은 미국과 일본, 유럽의 서방국가들과 접촉하려고 노력하고 있었고, 남한 또한 소련과 중국을 비롯한 동유럽 공산국가들과 접촉하려고 시도하고 있었습니다. 여기에 주한미군 문제도 한몫했습니다."

"주한미군 문제라니요?"

국방부장관이 끼어들었다.

"남한은 주한미군 감축 및 철수를 지연시키기 위해, 북한은 주한미군 철수를 추동하기 위해 남북 대화를 시도했습니다. 7·4남북공동성명 직후 미국무부 동아시아태평양 담당 차관보 마셜 그린(Marshall Green)이 방한했을 때 박정희 대통령이 한 말입니다."

주한미군의 추가 감축은 남북 대화에서 남측의 협상력을 약화시킬 것이니 절대 그리해서는 안 됩니다.

"신임 UN군 사령관 베니트(Donald V. Bennett)가 박정희 대통령과 김종필 총리를 방문했을 때에도 같은 이야기가 있었습니다. 남북 대화에서 남측이 힘의 우위를 유지하려면 주한미군의 역할이 중요하다고 강조했지요. 협상을 하려면 힘의 우위 또는 균형을 확보해야 하는데 갑작스러운 주한미군 감축은 남측의 협상력을 약화시켜 남북 대화를 어렵게 만든다는 논리였습니다."

"그래서 그런 전략이 성공했나요?"

한 교수가 다시 물었다.

"1972년 5월 닉슨 대통령이 더 이상의 주한미군 감축은 없을 것이라고 통보해 왔습니다. 어느 정도 상황이 정리되자 1973년 8월 남북 대화가 중단되었고, 한반도 상황은 다시 군사적 긴장이 고조되는 방향으로 바뀌어 갔습니다."

"북한은요? 북한은 주한미군 감축을 목적으로 대화에 나섰다면서요?"

김 변호사가 믿기 어렵다는 표정으로 묻는다.

"북한은 북중군사관계 강화라는 결실을 얻었습니다. 남북 대화가 시작될 즈음인 1971년 8월 17일 오진우 참모총장을 단장으로 한 북한 군사대표단이 중국을 방문합니다."

"3주간의 체류 기간 동안 중국군 총참모장 황용성과 무상군사 원조조약을 체결하였지요?"

한 교수가 끼어들었다.

"맞습니다."

"그럼 북한도 남북 대화에서 주도적 지위를 확보하기 위해 중국을 등에 업었다는 말인가요?"

김 변호사가 다시 물었다.

"그렇습니다. 호가호위(狐假虎威)라는 말이 딱 들어맞는 상황이었습니다. 결국 남북 정부 당국은 데탕트 분위기에서 활로를 모색하기 위해 남북 대화라는 채널을 이용했던 것입니다. 이러한 측면에서 남북 양쪽의 이해관계가 맞아떨어졌던 것이지요."

강 교수 설명을 듣던 한 교수의 머릿속이 복잡해졌다.

'그럼 뭐야, 남북 대화가 변화하는 국제 정세 속에서 살아남기 위한 하나의 전술이었단 말이잖아. 그럼 이후에도 같은 패턴이 반복된 건가?'

제6부

신천지 정책

궁지에 몰린 대한민국 소송팀은 연일 회의를 거듭하며 대응 전략을 모색하고 있었다. 사전에 충분한 소송 전략을 수립하지 않은 채 소송을 제기한 대가였다.

정확히 2주 뒤, 중국 측 준비서면이 송달되었다. 지금까지 수세적으로 대응해 오던 중국이 먼저 준비서면을 제출하며 공세로 돌아선 것이다. 소송의 흐름을 바꿔 보겠다는 의도였다. 중국은 우선 북한 당국의 통치권 위임장을 증거로 제출하며 중국의 북한 개입은 당국의 초청에 의한 것으로 국제법상 문제될 것이 없다고 주장해 왔다.

★⦂	준비서면	
사건	북한반환 청구소송	
원고	대한민국	
피고	중화인민공화국	

위 사건에 대하여 피고 중화인민공화국은 다음과 같이 변론을 준비합니다.

다 음

1. 피고 중화인민공화국이 북한 지역에 개입한 것은 순전히 북한 당국의 요청 때문이었습니다. 지난 3월 10일 북한에 내란이 일어나자 북한 최고지도자는 피고에게 통치권을 위임하며 내란 진압을 요청했습니다. 국제법상 정부 당국의 요청에 의한 개입은 적법합니다. 증거로 을제3호증을 제출합니다.

2. 피고는 북한 당국의 요청에 따라 즉시 개입할 수 있었음에도 불구하고 불의의 사태가 발생할 것을 우려하여 사전에 UN 안전보장이사회에 이러한 사실을 통보하고 양해를 구했습니다. 당시 피고는 북한의 요청을 받자마자 즉시 UN 안전보장이사회 소집을 요청하였고 안전보장이사회에서 북한의 당시 상황을 충분히 설명하였습니다. 아울러 피고가 북한 지역에 개입할 경우 UN 헌장의 이념에 따라 북한 주민들의 생명과 재산 보호에 주력할 것임을 천명하였습니다.

3. 이러한 과정을 거쳐 피고가 북한에 개입한 것을 위법하다고 할 수는 없을 것입니다. 요컨대, 피고 중화인민공화국이 북한 당국의 의사에 반하여 이 지역을 점령하였다는 대한민국의 주장은 부당합니다.

증거

1. 을제3호증 통치권 위임장

피고 중화인민공화국

소송대리인 왕하오

2018년 2월 28일 청와대 대통령 집무실.

취임한 지 불과 3일밖에 안 된 대한민국 제19대 대통령이 국가 안보실장으로부터 긴급보고를 받고 있다.

"북한 내부 분위기가 심상치 않습니다. 지금까지와는 전혀 다른 양상입니다. 자칫 무슨 일이 생길지도 모르겠습니다."

"그게 무슨 말입니까? 북한은 3대 세습정권 체제가 안정적으로 운용되고 있는 상황 아닙니까?"

2013년 12월 조선민주주의인민공화국 김정은 제1국방위원장은 고모부 장성택과 그 일파를 제거함으로써 명실상부한 1인 독재체제를 구축하였다. 김정은을 정점으로 한 지배체제는 예상과 달리 순식간에 안정되었다.

"지금까지는 특별한 문제가 없었습니다. 그런데, 작년, 재작년에 홍수와 가뭄이 번갈아 일어나면서 식량난이 최악에 이르렀습니다. 게다가 무슨 이유에서인지 중국이 식량 원조를 중단하면서 굶어 죽어 가는 사람들이 속출하고 있습니다. 이 때문에 민심이 크게 동요하고 있습니다."

"그래요? 각별히 예의 주시하고 변동 사항이 있으면 즉시 보고하세요."

"네."

조선민주주의인민공화국의 상황은 말이 아니었다. 주민들은 헐벗고 굶주려 있었고 평양직할시를 제외한 기타 지역의 민심은 이미 정권을 외면한 지 오래였다.

2017년 겨울 평양직할시의 민심 또한 요동치기 시작했다. 간헐적으로나마 공급되던 난방이 완전히 멈춰 서고 식량도 바닥을 드러낸 지 오래였다. 어린아이들과 노인들이 죽어 나가기 시작했고 살아남은 사람들의 얼굴도 누렇게 떠 있었다. 굶주림에 지친 주민들은 먹을 것을 찾아 헤매고 있었다.

연 2년간 가뭄과 홍수, 태풍이 번갈아 한반도를 휩쓸었고, 한반도 전체에 극심한 흉년이 들었다. 남한은 외국에서 수입하는 곡물로 그나마 괜찮았지만 북한 상황은 심각했다.

대한민국을 비롯한 세계 각국들이 식량과 의료품 등 구호물품을 지원하였고 북한 주민들은 이에 의존하여 생명을 이어 가고 있었다.

그러나 구호물품은 공정하게 배분되지 않고 온갖 비리가 판치고 있었다. 구호물품은 최우선적으로 평양직할시에 공급되고 나머지가 지방으로 배분되었다. 각 도에 배분된 물품들은 먼저 고위층에 할당되고 나머지가 일반 주민들에게 할당되는 구조였다. 부족한 가운데에서도 호의호식하는 계층이 있어 일반 주민들의 불만은 나날이 커져만 갔다.

문제는 지방에서부터 발생하기 시작했다. 배고픔에 지친 주민들이 구호물품 수송 차량을 노리기 시작한 것이다. 곳곳에서 구호물품 수송 차량 탈취 사건이 발생했다.

북한 당국은 구호물품 수송에 군대를 동원하고 탈취 세력을 추적하는 데 몰두했다. 이에 탈취 세력들이 점점 조직화되기 시작하였고 수송 차량을 둘러싼 정부군과 반란군의 대립 양상으로 발전하고 있었다.

나진·선봉에서 평양직할시로 이어지는 수송로를 따라 일촉즉발의 긴장감이 감돌고 있었다. 벌써 수십 차례 수송 차량을 둘러싼 접전이 벌어졌다.

지방에서 구호물품 수송 차량 탈취 사건이 잇달아 일어나면서 굶주림에 지친 평양직할시 시민들 또한 조직화되기 시작했고, 주석궁으로 들어가는 차량 탈취 계획이 세워졌다.

2018년 3월 9일 새벽 5시.

수송 차량이 평양직할시 시내로 들어오고 있다. 호위하던 정부군 차량이 떨어져 나가고 수송 차량은 새벽안개를 가르며 주석궁으로 향해 가고 있다.

그때, 조수석에 앉아 있던 수송책임자가 시력을 돋구며 앞쪽을 가리킨다.

"저거이 뭐래? 사람들 아님메?"

운전수가 머리를 앞으로 내밀며 눈을 크게 뜨고 살펴본다. 맞다. 사람들이다. 손에 뭔가를 든 30여 명이 도로를 가로막고 서 있는 것이다.

'드디어 올 것이 오고야 말았구나.'

"어떻게 할까요?"

"뭘 어떻게 해. 밀어 버려!"

수송책임자가 단호하게 소리쳤고 운전병은 액셀러레이터에 올려져 있는 발에 힘을 주었다. 엔진이 요란한 소리를 내고 수송차가 앞으로 치고 나가기 시작한다.

100미터나 갔을까. 요란한 소리와 함께 앞바퀴가 터지면서 차가 기우뚱거리기 시작했다. 놀란 운전수가 브레이크를 밟자, 무거운 짐이 실린 화물칸이 앞으로 밀리더니 쿵 하는 소리와 함께 고꾸라지며 미끄러진다.

기다렸다는 듯 도로 양쪽에서 사람들이 뛰쳐나와 넘어진 차량에 올라 운전석을 열고 죽창을 찔러 넣는다.

한 시간 뒤. 요란한 사이렌 소리가 온 평양 시내에 울려 퍼졌다.

수송 차량이 탈취된 사실을 안 주석궁은 즉시 수도방위호위군을 집결시켰고 즉시 탈취범 색출을 지시하였다.

식량과 의약품을 챙긴 탈주범들은 각자 집으로 숨어 들어가 가족들을 챙겼다. 벌써 며칠째 아무것도 먹지 못해 병자나 다름없는 가족들을 먹이고 다가올 상황에 촉각을 곤두세우고 있었다. 분명 사달이 날 것이다. 하지만 어쩔 수 없었다. 가장으로서 굶어 죽어 가는 가족들을 더 이상 모른 척할 수는 없었던 것이다.

수송 차량이 탈취되었다는 소식이 평양직할시 전체로 조용히 퍼져 나갔다. 수도방위호위군 소속 인민군들이 탈취범들을 색출한다며 집집마다 수색을 벌이기 시작했다. 인민군들은 집집마다 발칵 뒤집어 놓고, 배고픔에 거동조차 하기 어려운 사람들을 거리로 내몰았다. 두려움에 떨며 거리로 내몰린 주민들 속에 탈취범들이 뒤섞여 있었다.

그들이 앞장섰고 다른 사람들은 따랐다. 그들은 인민군들의 총을 빼앗아 무장하기 시작했고 거리로 내몰린 시민들은 어느새 반란군이 되어 있었다.

평양직할시에 사달이 일어났다는 소식이 주변 지역으로 퍼져 나갔고 곳곳에서 기다렸다는 듯 호응하는 세력들이 생겨났다.

평양직할시를 제외한 다른 지역들은 이미 일촉즉발의 상황이었다. 평양직할시에서 내란이 일어났다는 소식은 불에 기름을 붓는 것이나 마찬가지였다. 각 지역에서 일어난 시민군들이 관공서를 장악하고 무기고를 탈취하여 무장하기 시작했다.

"북조선에 내란이 일어났다는 첩보입니다."

"쿠데타인가?"

"아닙니다. 인민봉기로 코드 72 상황입니다."

"그래. 그럼 계획대로 진행시켜."

중국 또한 북한의 급변사태에 대비한 다양한 작전계획을 세워 두고 있었다. 코드 72 상황이란 북한에 인민반란이 일어났을 때를 대비한 계획을 말한다. 중국의 작전계획은 인민반란의 원인에 따라 대응 방법을 달리 정하고 있었다.

"이거이 어드래 된 일임메?"

주석궁 안에서 굵직한 고함 소리가 터져 나온다.

"날래 날래 보고하라우?"

상황은 심각했다. 북한 전 지역에 내란이 발생한 것이다. 관공서가 탈취당하고 반란군들은 속속 무장을 갖추고 있었다.

북한 주민들은 전 인민의 군사화 정책에 따라 각종 화기들을 능숙하게 다룰 수 있다. 게다가 인민군 내부에서도 이탈자가 발생하고 있었다. 전군 중 유일하게 수도방위호위군만 믿을 수 있는 상황이었다.

"아무래도 큰일이 나겠습네다. 중화인민공화국에 도움을 요청하는 것이 좋겠습네다."

"고거이 무슨 말임메?"

"수도방위호위군을 제외하고 속속 이탈자가 생겨나고 있습네다. 반란군에 투항하여 같이 행동하고 있다 이 말입네다. 조금 더 지나면 상황이 역전될 것입네다. 날래 중국에 도움을 요청하는 수밖에 없습네다."

"핫라인으로 연결해 보라우."

북한에 긴급사태가 발생했다는 사실은 즉각 한미연합사령부에도 보고되었다. 북한을 감시하고 있는 인공위성을 통해 상황이 실시간으로 체크되고 있었다.

한미연합사령부는 북한의 움직임을 예의 주시하며 작전계획 5029를 준비하고 있었다. 작전계획 5026이 실행되기 직전이었다.

"중국에서 조건을 걸어 왔습네다."

"조건?"

"전쟁이 아닌 내란 상황이기 때문에 중국군이 무조건 개입할 수는 없다고 합네다. 공문을 보내랍네다."

"무슨 공문?"

"조선민주주의인민공화국에 내란이 발생하였는데 수습이 어려우니 동맹국인 중화인민공화국이 내란을 평정해 달라고 정식 요청하랍네 다. 내란 평정 및 상황 수습을 위한 통치권 일체를 중화인민공화국에 위임한다는 내용이 들어간 공문을 작성하고 국새를 찍어 보내라고 합 네."

"뭐이 어드래? 고거이 무슨 말임메?"

"국제법상 내란이 발생했다고 하더라도 주변국은 개입할 수 없습네 다. 해당국의 정식 요청이 있어야만 도울 수 있다는 겁네다."

"고거이 맞는 말임메?"

"그렇습네다. 내정 간섭 금지 원칙에 따라 설사 동맹국 내부에 내란 이 발생하더라도 정식 요청이 없는 한 개입할 수 없습네다."

"고래. 그러면 날래 공문을 보내야 할 것 아님메?"

"그런데 문제가 있습네다. 단순히 내란 진압 지원 요청에 그치는 것 이 아니라 통치권을 위임하라는 부분이 걸립네다. 요거이 우리나라를 송두리째 넘기라는 말이나 마찬가지입네다."

그때였다. 멀리서 요란한 총소리가 들려왔다. 호위군과 반란군 사이 에 전투가 벌어진 것이 분명했다. 총소리는 점점 커지고 있었다.

"지금 이 상황에서 고거이 문젭메. 날래 써 달라는 대로 써서 보내라 우."

네 시간 뒤, 중화인민공화국 육·해·공군이 일시에 진격하기 시작했 다. 중국 공군이 북한 영공을 커버하며 정찰비행을 개시했고 중국 해 군이 NLL을 수호하기 위해 이동하기 시작했다.

주력부대는 북해함대였다. 북해함대는 산둥 성 칭다오[青島]에 사령부를 두고 있는 중국 해군의 주력부대로 한반도 유사시에 동원되게 되어 있다.

북해함대는 그동안 북한과 인접한 보하이 만[渤海灣]에서 수시로 야간상륙훈련을 실시해 오고 있었다. 바로 이 북해함대의 자랑거리인 항공모함 랴오닝함이 서해 NLL 근처로 이동하기 시작한 것이다.

중국은 서태평양 지역에 최대 규모의 잠수함과 전투함을 보유하고 있다. 대륙간탄도미사일(ICBM)과 대함순항미사일을 탑재한 잠수함이 60척, 다양한 형태의 전투함이 75척에 달한다.

대공방어능력을 강화한 052C구축함, 054A호위함, 056경량호위함 등 중국형 이지스함들이 신속하게 이동하기 시작했다. 이 전함들은 대함미사일 요격이 가능한 근접방어무기체계(CIWS)를 갖추고 있어 결코 무시할 수 없다.

중국의 핵추진잠수함은 사정거리 7천 킬로미터의 잠수함발사탄도미사일(SLBM) 쥐랑[巨浪]-2를 탑재하고 있는데, 미국 본토까지 도달할 수 있다. 중국이 보유하고 있는 대륙간탄도미사일 둥펑[東風]-41 또한 미국에 위협적인 존재이다. 둥펑-41은 사정거리가 1만 4천 킬로미터에 달하고 최대 10개의 핵탄두를 탑재할 수 있다.

같은 시각 미국 태평양사령부. 북한에 내란이 발생한 직후부터 사령부의 전 인력이 분주하게 움직이고 있다.

북한에 내란이 발생한 이상 언제 핵무기가 가동될지 모른다. 북한의 핵무기는 자칫 제3차 세계대전을 초래할 수 있다. 이러한 상황에서는 무엇보다 북한의 핵무기를 무력화하는 것이 가장 중요하다.

태평양사령부는 즉시 작전계획 5026 프로그램을 가동시키고 대기 상태에 들어갔다.

초정밀 공습 작전은 1981년 이스라엘 공군이 이라크의 오시라크 원전 공사 현장을 초토화한 이후 새로운 작전 방식으로 주목받기 시작했다. 제1차 북핵 위기가 높아 가던 1993년 6월 태평양사령부는 영변을 비롯한 북한의 핵시설을 초정밀 공습할 계획을 수립하였고 1994년 6월 실행 직전 단계까지 운용된 바 있다.

이미 B-2 스텔스 폭격기가 괌 미군기지로 날아와 있었다. 이것은 북한 핵시설을 정밀폭격하는 작전계획 5026이 실행 가능하다는 것을 의미한다. B-2 스텔스 폭격기는 출격 명령만 떨어지면 즉시 이륙할 수 있는 상태로 대기 중이다.

그런데 시간이 흘러도 5026이 실행될 기미는 보이지 않았다. 5026은 일정한 징후가 포착되어야만 실행 가능하다. 예컨대 휴전선 일대의 북한군이 장사정포와 방사포, 스커드 미사일 발사 등 선제공격을 준비하고 있다는 징후가 확실해져야 한다.

이러한 징후가 나타날 때 장사정포 등을 선제공격하여 수도권 및 아군 시설의 피해를 최소화하고, 북한군 수뇌부의 지휘 능력을 조기에 무력화하고, 북한의 핵 및 생화학무기·미사일기지·공군기지·지휘소 및 통신시설 등을 정밀공격하게 되는 것이다. 5026은 북한 내 700여 개의 지점을 타격 목표로 설정하고 있다.

그런데 징후가 없는 것이다.

5029 또한 실행되지 못하고 있었다. 작전을 전개하기 위해서는 연합사령부의 실행 명령이 떨어져야 한다. 그런데 아직까지도 연합사령부에서 명령이 떨어지지 않고 있었다. 도대체 무슨 일이 있는 것일까?

미국 뉴욕 UN본부 안전보장이사회 회의실.

중화인민공화국의 요청으로 긴급 소집된 UN 안전보장이사회 긴급 회의가 의장국 대표 주재하에 진행되고 있다.

UN 안전보장이사회는 5개 상임이사국과 10개 비상임이사국 대표 15인으로 이루어진다. 대한민국 대표는 없다. 대한민국은 2013년 비상임이사국으로 선출되어 2년간 활동하였다. 임기의 제한이 없는 5개 상임이사국과 달리 비상임이사국 대표의 임기는 2년이며 연임할 수 없다.

제23조 ① 안전보장이사회는 15개 UN 회원국으로 구성된다. 중화민국, 불란서, 소비에트사회주의공화국연방, 영국 및 미합중국은 안전보장이사회의 상임이사국이다. 총회는 국제평화와 안전의 유지 및 기구의 기타 목적에 대한 UN 회원국의 공헌과 공평한 지리적 배분을 고려하여 10개의 UN 회원국을 안전보장이사회의 비상임이사국으로 선출한다.

② 안전보장이사회의 비상임이사국은 2년의 임기로 선출된다. 퇴임이사국은 연이어 재선될 자격을 가지지 아니한다.

③ 안전보장이사회의 각 이사국은 1인의 대표를 가진다.

제28조 ① 안전보장이사회는 계속적으로 임무를 수행할 수 있도록 조직된다. 이를 위하여 안전보장이사회의 각 이사국은 기구의 소재지에 항상 대표를 둔다.

대한민국은 1991년 UN 가입 이후 세계에서 10번째로 많은 UN 운영비를 분담하고 있고, UN 사무총장을 배출한 바 있다. 2007년 취임한 반기문 UN 사무총장의 임기는 2016년 말 만료되었다.

"중화인민공화국 대표께서 긴급회의를 요청한 이유를 밝혀 주시겠습니다."

의장국 대표의 발언이 끝나자 중화인민공화국 대표가 서둘러 자리에서 일어선다.

"안녕하십니까? 갑작스럽게 소집을 요청하였음에도 불구하고 이렇게 회의를 소집해 주신 의장국 대표님과 바쁘신 일정에도 불구하고 참석해 주신 안전보장이사회 각 이사국 대표님들께 먼저 감사드립니다. 상황이 긴급하기 때문에 바로 본론으로 들어가겠습니다. 몇 시간 전 우리 중화인민공화국은 조선민주주의인민공화국으로부터 급박한 요청을 받았습니다. 방금 나누어 드린 통치권 위임장을 봐 주시기 바랍니다. 북한에 긴급사태가 발생하였고 사태 수습을 위하여 북한 최고 통치권자가 저희 중화인민공화국에 통치권을 위임한다는 내용입니다."

안전보장이사회 이사국 대표들이 중국 대표의 설명에 따라 통치권 위임장의 내용을 자세히 살펴본다. 서류를 살펴보는 미국 대표의 표정이 심상치 않다. 중국 대표의 발언이 이어진다.

"우리 중화인민공화국은 조선민주주의인민공화국의 요청에 따라 즉시 긴급사태를 진정시키기 위해 필요한 모든 조치를 취할 예정입니다. 우리가 안전보장이사회 긴급회의 소집을 요청한 것은 현재 상황에서 중화인민공화국이 조선민주주의인민공화국에 개입하는 것은 국제법상 초청에 의한 개입(invitational intervention)으로 적법한 것이라는 점을 사전에 설명드리기 위한 것입니다.

현재 북한에 구체적으로 무슨 일이 벌어졌는지 어느 나라도 정확히 모르는 상황입니다. 우리 중화인민공화국 또한 마찬가지입니다. 우리는 북한의 요청에 따라 필요한 모든 조치를 취할 것이며 여기에는 군사적 조치가 포함될 수도 있을 것입니다.

하지만 우리 중화인민공화국은 평화를 사랑하는 국가로서 북한에서 진행되고 있는 상황을 가능한 한 평화적으로 해결할 것이며 그 과정에 북한 주민이 무고하게 희생당하지 않도록 최대한 인권을 보장할 것입니다.

아울러 이번 사태가 세계 평화를 위협하는 계기가 되어서도 안 될 것입니다. 저희가 안전보장이사회 긴급회의를 요청한 가장 큰 이유가 바로 이것입니다.

현재 중화인민공화국은 북한에 개입하기 위한 모든 준비를 마친 상태입니다. 북한의 합법적인 요청에 따라 개입하는 것이고 촌각을 다투는 긴급한 일이기 때문에 바로 실행에 옮길 수도 있었지만, 그 전에 안전보장이사회 대표님들께 알리고 협조를 구하는 것이 바람직하다는 본국 최고 통치권자의 판단에 따라 긴급회의 소집을 요청하게 되었으니 너그럽게 이해하여 주시기 바랍니다. 감사합니다."

중화인민공화국 대표의 발언이 끝나자 미국 대표가 의장에게 발언권을 요청한다.

"우선 이 서류의 진위 여부가 확인되어야 할 것입니다. 현재 북한에 무언가 긴급한 상황이 벌어졌다는 것은 우리도 이미 감지하고 있는 일입니다. 이런 긴급한 상황에서 갑자기 이런 서류 한 장 달랑 던져 놓고 개입한다는 것은 납득하기 어렵습니다."

미국 대표의 발언이 끝나자 의장이 답변한다.

"중국 대표의 긴급회의 소집 요청 직후 통치권 위임장의 진위 여부를 확인했습니다. 그 결과 위임장에 찍힌 북한 최고지도자의 서명과 조선민주주의인민공화국의 국새가 모두 UN에 신고된 것과 일치함을 확인할 수 있었습니다. 또한 UN 주재 북한대사에게 확인한 결과 사실이라고 합니다."

의장의 발언에 안전보장이사회 각국 대표들이 고개를 끄덕인다. 미국 대표 또한 더 이상 할 말이 없다.

한미연합사령부 사령관실.

북한의 이상 징후가 포착되고 도발 가능성이 점쳐지면서 데프콘 3가 발령된 지 4시간이 경과하고 있었다.

평상시 한국 합동참모본부가 행사하는 작전통제권은 데프콘 3가 발령되면 주한미군사령관 겸 한미연합사령관에게 넘어가고, 한국군 합참의장은 부사령관의 직책을 수행하게 된다. 미국인 사령관과 한국인 부사령관이 논쟁을 벌이고 있다.

"도대체 출격 명령은 언제 떨어지는 겁니까? 벌써 4시간이 지났습니다. 중국군이 북한을 장악하고 있다는 정보입니다. 더 이상 늦추다가는 주도권을 완전히 빼앗기고 말 것입니다."

"조금만 더 기다려 봅시다. 나도 마음이 급하기는 마찬가지입니다. 하지만 위에서 명령이 떨어져야 할 것 아닙니까?"

그랬다. 한미연합사령부는 미 국무부의 명령을 기다리고 있었다. 안전보장이사회가 소집되었으니 기다려 보라는 것이 마지막 전갈이었다. 지금쯤 결론이 났을 텐데 영 소식이 없다. 그때였다.

"사령관님, 큰일 났습니다. 중국 공군 전투기들이 이륙했습니다."

"뭐야, 어디에서?"

"산둥기지 근처 항공모함에서 발진했습니다."

"개체수는?"

"100여 기가 넘습니다."

"국무부에서 연락은?"

"아직 없습니다. 어떻게 할까요? 우리도 대응 출격해야 하지 않을까요?"

"음…."

명분이 없었다. 작계 5029를 전개하기 위해서는 뚜렷한 명분이 있어야 한다. 하지만 아직 아무런 징후도 포착되지 않고 있었다. 게다가 상부 명령조차 없는 상황이다.

"국무장관 연결해 봐."

"네."

잠시 후.

"장관님, 상황이 급박합니다. 더 이상 지체하다가는 주도권을 뺏기고 맙니다."

한미연합사령관의 다급한 목소리와는 달리 저쪽에서는 담담한 목소리다.

"별도 명령이 있을 때까지 현재 상태를 유지하세요. 지금은 때가 아닙니다."

통화는 그것으로 끝이었다. 부사령관이 사령관을 바라본다. 사령관이 고개를 가로젓자 부사령관이 급히 자리에서 일어나 사령관실을 빠져 나간다.

청와대 지하벙커.

대통령과 국가 안보실장, 국방부장관, 통일부장관, 외교부장관이 대책을 논의하고 있다.

"그래, 현재 상황이 어떻습니까?"

대통령 질문에 국가 안보실장이 급히 대답한다.

"상황이 복합적으로 돌아가고 있습니다. 안보리가 소집됨과 동시에 중국군의 활발한 움직임이 포착되고 있습니다."

"북한 상황은 어떻습니까?"

"정확한 상황은 알 수 없습니다만 위성사진 분석 결과 인민봉기가 일어난 것은 분명합니다. 도처에서 화염이 일고 소규모 전투가 벌어지고 있습니다."

"핫라인은 어떻습니까? 주석궁은 아직 연결되지 않고 있나요?"

이번에는 통일부장관이 대답한다.

"연결이 안 됩니다. 아마 연결을 원하지 않는 것 같습니다. 내부 상황이 알려져서 좋을 것이 없다고 생각하는 것 같습니다."

"안보리는 왜 소집된 겁니까? 아직 회의 결과가 나오지 않았나요?"

"중국과 미국이 거의 동시에 소집을 요청했습니다. 미국은 북한 급변사태에 따른 북한 핵무기 등 대량살상무기 무력화 및 장악 방안 논의의 건으로 소집했는데, 중국의 요청 사항은 아직 파악되지 않고 있습니다. 회의가 시작된 지 2시간이 지났는데 아직 회의가 끝나지 않았다고 합니다."

한국군 합참의장으로부터 긴급 전화가 걸려 온 것은 바로 그 순간이었다.

"각하, 중국 공군이 방금 출격했다고 합니다."

"뭐예요? 누가 그럽니까?"

"한미연합사령관에게 방금 보고된 내용입니다."

한국의 정보력은 미국에 비해 뒤떨어지고 있었다. 첨단 기기가 부족하기도 했지만 1950년 작전통제권이 이양된 후 발생한 부작용 중 하나였다. 미국이 정보를 수집·제공해 주는 상황에서 굳이 독자적인 정보력을 갖출 필요가 없었던 것이다.

"이게 어떻게 돼 가는 겁니까? 이 상황에서 중국이 출격할 권한이 있나요?"

대통령이 외교부장관에게 물었다.

"중국과 북한은 군사동맹관계입니다. 한미군사동맹과 같습니다. 군사동맹은 외적의 침입이 있을 때 작동되는 것으로 국내적인 소요나 분규의 경우에는 작동되지 않습니다. 북한의 급변사태를 이유로 중국군이 개입할 수는 없습니다. 현 상황에서 중국군이 개입한다는 것이 이해되지 않습니다. 중국군의 개입은 주변국들의 반발을 초래하여 상황을 악화시킬 수 있기 때문에 중국으로서도 다른 명분이 없는 한 실행하기 어려운 일입니다. 뭔가 착오가 있는 것이 분명합니다."

"그 다른 명분이라는 것에 어떤 것이 있을 수 있죠?"

대통령이 핵심을 짚어 되묻는다.

"여러 가지를 생각해 볼 수 있지만 당장 두 가지 가능성이 있습니다. 북한이 중국에 SOS를 청한 경우 또는 북한 내에 거주하는 중국 국민들의 생명과 재산에 위협이 가해지고 있어 이들을 보호할 필요가 있는 경우입니다."

외교부장관 답변에 대통령을 비롯한 각부 장관들이 더는 말이 없다. 잠시 후 생각에 잠겨 있던 대통령이 말문을 열었다.

"만약 이대로 손 놓고 있다가 중국이 북한을 장악하면 어떻게 되는 겁니까? 미국은 다른 명분이 필요할지 모르지만 우리에게는 분단된 조국을 통일해야 한다는 확실한 명분이 있습니다. 만일 중국이 북한에 진주하게 된다면 통일은 더욱 요원해지고 말 것입니다. 우리 군이라도 움직여야 할 것 아닙니까?"

대통령 발언에 국가 안보실장이 기어들어 가는 목소리로 대답한다.

"그것이 전작권 때문에 불가능합니다."

                                    준비서면

사건   북한반환 청구소송
원고   대한민국
피고   중화인민공화국

위 사건에 대하여 원고 대한민국은 다음과 같이 변론을 준비합니다.

다 음

1. 피고는 북한 최고지도자의 통치권 위임장에 근거하여 개입하였으므로 적법한 개입이라고 주장합니다. 그러나 이는 부당합니다.

2. 북한 지역에서 주민들이 내란을 일으켰다는 것은 북한 당국이 더 이상 북한을 대표할 자격이 없다는 것을 의미합니다. 북한 주

민들의 신임을 잃어버린 북한 당국의 요청은 국제법상 북한을 대표하는 의사로 인정될 수 없는바, 피고 측의 주장은 부당합니다.

3. 요컨대, 피고는 북한 주민들의 신임을 잃어버린 북한 당국의 요청에 의하여 개입한 것으로 그것은 북한 주민들의 의사에 반하는 것이 분명합니다. 따라서 북한 최고지도자의 통치권 위임장은 법적 효력이 없습니다.

원고 대한민국

소송대리인 김명찬

준비서면

사건　　북한반환 청구소송

원고　　대한민국

피고　　중화인민공화국

위 사건에 대하여 피고 중화인민공화국은 다음과 같이 변론을 준비합니다.

다 음

1. 원고 대한민국은 북한 주민들이 내란을 일으킨 이상 북한 당

국이 북한을 대표할 권한이 없으므로 통치권 위임장은 무효이고, 무엇보다 피고 중화인민공화국이 북한 주민들의 의사에 반하여 북한에 개입한 것이기 때문에 부당하다고 주장합니다. 그러나 이는 사실이 아닙니다.

2. 북한 주민들은 피고 중화인민공화국의 개입을 열렬히 환영하였고, 피고의 개입 과정에서 단 한 사람의 희생도 없었습니다.

3. 현재 북한은 평화로운 상태이며 피고의 개입에 반대하는 분위기 또한 전혀 없습니다. 그동안 북한 주민들을 핍박해 온 북한 최고지도층만 전전긍긍하고 있을 뿐입니다. 피고 중화인민공화국은 이들이 법의 심판을 받아야 한다고 생각하고 있으며, 이를 위하여 UN과 협의하고 있습니다. 이들은 국제형사재판소에 인도되어 합당한 법의 처벌을 받게 될 것입니다.

4. 요컨대 북한 주민들은 피고의 개입을 환영하고 있는바, 피고의 개입이 북한 주민들의 의사에 반한다는 원고의 주장은 부당합니다.

피고 중화인민공화국

소송대리인 왕하오

"대장 동지, 대장 동지."

야전 사령부 막사에 급보가 전해졌다. 중국군이 압록강과 두만강을 건너 남하하고 있다는 첩보였다.

반란군이 체제를 정비했을 때는 이미 중국군이 압록강, 두만강 건너 편에 집결한 상태였고 도강을 막을 진지를 구축할 시간적 여유가 없었 다. 이에 반란군은 압록강, 두만강에서 20여 킬로미터 떨어진 남쪽에 방어선을 구축하였다.

중국은 전국을 7개 방위 구역으로 나누어 7대 군구(軍區) 체제로 운 영하고 있다. 내륙인 베이징, 선양, 란저우, 청두에 4개 군구가 있는데, 한반도 유사시에 투입되는 것이 바로 선양[瀋陽]군구다.

선양군구는 랴오닝 성[遼寧省], 지린 성[吉林省], 헤이룽장 성[黑龍江省] 등 동북 3성과 네이멍구 자치구 일부를 관할하는데, 군단급인 16, 23, 39, 40 집단군으로 구성되어 있다. 한반도 유사시에는 39, 40집단군이 선봉에 서게 된다.

39집단군은 랴오닝 성 잉커우[營口]에 사령부를 두고 있는 중무장 기계화부대이고, 40집단군은 진저우[錦州]에 사령부를 둔 경무장 신속 대응군 성격이다.

선양군구는 2013년 12월 장성택 처형 이후 백두산과 헤이룽 강 사 이 지역에서 10만여 명의 병력과 탱크 등 수천대의 대형 군장비를 동 원해 수시로 군사훈련을 해 왔다.

평소 북한은 접경 지역에 정규군 3개 군단을 배치해 두고 있다. 평 안북도의 8군단, 함경북도의 9군단, 양강도의 12군단. 특히 양강도에는 42기계화여단이 배치되어 있다.

신의주와 마주하고 있는 랴오닝 성 단둥[丹東]에서 평양까지 220킬로미터. 시속 40킬로미터 탱크로 압록강을 건너면 6시간 만에 도착할 수 있다.

비록 정규군은 아니지만 반란군의 기세는 드높았다. 이들은 전 인민의 군사화 정책에 따라 상시적으로 군사훈련을 받아 왔기 때문에 정규군 못지않은 전투능력을 갖추고 있다. 하지만 실전은 역시 실전. 반란군 진영에는 팽팽한 긴장감이 감돌고 있었다.

북한 당국의 요청으로 중국군이 남하하리라는 것은 이미 예견된 일이었다. 신변의 위협을 느낀 북한 당국이 의지할 곳은 중국밖에 없다.

반란군 대장 석현진은 남한의 동정에 촉각을 곤두세우고 있었다. 남한과 미국이 이런 상황을 결코 좌시하지 않을 것이다. 반드시 개입할 것이고 반란군은 남한과 공동전선을 구축해야만 한다.

그런데, 전혀 연락이 없었다. 접선을 요청해 올 때가 되었는데 감감무소식이다. 당초 예상과는 전혀 다른 양상이었다.

'우리가 봉기하면 반드시 남한에서 호응할 것입네. 남한에서 호응할 때까지만 버티면 그때부터는 걱정할 것이 없습네. 남한 뒤에는 그 무시무시한 미국이 있지 않습네까? 중국이 아무리 세졌다고 하드래도 아직까지는 미국이 최고 아닙네까?'

모두들 이렇게 기대하고 있었다. 미국 태평양사령부가 주석궁을 공습하여 초토화시키면 지도부를 상실한 군부가 반란군에 투항할 것이고, 그러면 중국도 쉽사리 넘보지 못할 것이라 생각했던 것이다.

하지만 상황은 완전히 다르게 돌아가고 있었다. 대한민국과 미국은 미동도 하지 않고, 중국 전투기가 북한 영공을 휩쓸고 다녔다. 방송과 통신이 마비되어 외부 상황이 어떻게 돌아가는지도 전혀 알 수 없었다.

이런 상황에서 중국군이 도강하여 남하하기 시작한 것이다. 석현진은 즉시 전군에 전투태세를 갖추라고 명령하였다.

'그래, 여기까지 온 이상 죽기 아니면 까무라치기 아님메. 어차피 죽은 목숨 아니갔어.'

전면전은 금물이다. 게릴라전으로 나가야 한다. 다행히 북한 주민들은 유사시에 게릴라전을 펼 수 있도록 훈련되어 있다.

정찰병의 보고에 의하면 중국군은 작정이라도 한 듯 모든 병력을 총동원한 상태였다. 장갑차와 탱크를 앞세우고 끝을 알 수 없는 트럭의 행렬이 뒤를 잇고 있었다. 규모를 헤아리기 어려울 정도였다.

반란군 진영에 죽음의 공포가 자욱이 깔려 가기 시작했다. 어차피 각오하고 벌인 일이었지만, 전선이 무너지고 나면 가족들이 문제다. 설사 살아남더라도 가혹한 보복이 가해질 것이다. 반란의 대가는 오직 죽음뿐이다.

반란군은 결사항전의 각오를 다졌다. 중국군의 전진을 최대한 지연시켜야 한다. 그 사이 남조선 군대가 분명 밀고 올라올 것이고, 그때까지만 버티면 희망이 있는 것이다.

석현진은 초기에 대응할 최소한의 병력만을 남긴 채 나머지 병력 전부를 게릴라전에 대비하여 분산 배치시켰다. 각 부대를 지휘할 부대장들에게 지역을 할당하고 즉시 이동명령을 내렸다.

이곳 전선에 남아 있는 병력은 2만. 죽음을 각오하고 막는다면 최소 2, 3일은 버틸 수 있을 것이다.

평지는 아무래도 불리하기 때문에 산등성이에 진을 쳤다. 내려다보고 싸우는 싸움이 절대적으로 유리한 법. 진지를 구축하고 멀리 중국군의 출현을 기다린다. 석 대장은 2만 병력을 4개로 나누어 4선까지 진을 치도록 했다. 1선이 무너지면 2선이, 2선이 무너지면 3선이 목숨을 걸고 전선을 지킬 것이다.

압록강, 두만강을 건너 평양으로 진격하기 위해서는 이곳을 반드시 거쳐 갈 수밖에 없다. 다른 길은 한참 돌아가야 한다.

드디어 멀리서 중국군의 선봉이 보이기 시작했다. 망원경으로 살펴보니 그 위용이 어마어마하다. 최신 장비로 무장한 기갑부대가 선두에 서고 그 뒤에 완전 무장한 지상군들이 새까맣게 뒤따르고 있다.

그들은 반란군의 위치를 확인하는 대로 공중 지원을 요청할 것이다. 반란군 진영에 대규모 공습을 감행할 것이 분명하다. 이것이 현대전의 기본이다. 중요한 것은 공습의 피해를 최대한 줄이는 것이다. 그러기 위해서는 진지의 위치를 들켜서는 안 된다. 최대한 위장하여 폭격을 피해야 한다.

중국군 선봉이 멈춰 섰다. 그들 또한 이 지역에 매복이 있을 가능성을 염두에 두고 있는 것이 분명했다.

중국군은 북한에 급변사태가 일어날 경우에 대비하여 압록강, 두만강 도하 훈련을 비롯한 진격 훈련을 해 왔기 때문에 북한의 지형지물을 샅샅이 꿰고 있었고 진군 루트 또한 상세히 계획해 두고 있었다.

중국군의 선봉이 시야에 들어오기 시작한 시각이 오후 5시.

해가 짧은 초봄, 이미 어스름이 지고 있다. 예상대로 중국군은 진격을 멈추고 진지를 구축하기 시작했다. 이 지역을 격전지로 예상하고 있는 것이 분명했다.

석 대장은 오늘 밤이 전세를 좌우할 분수령이 될 것임을 직감하였다. 전군에 공습 피해를 최소화하도록 만전을 기하라는 명령을 하달하였다.

어둠이 깔리고 난 후에는 한 점의 불빛도 용납되지 않는다. 석현진은 대원들에게 전투용 비상식량을 섭취하고 일절 불을 켜지 말라고 엄명을 내렸다. 불빛 하나가 전선의 위치를 노출시킬 수 있기 때문이다.

북한의 암울한 상황을 알고 있다는 듯 하늘에는 짙은 먹구름이 드리워져 있다. 반란군에게는 여간 다행스러운 일이 아니었다. 달이 뜨면 전선이 노출될 수 있다.

전기가 부족한 북한의 밤하늘에 뜨는 달은 유난히 밝다. 달빛만으로 길을 분간할 수 있을 정도다. 공습을 기다리는 초조한 시간이 달빛 속으로 흩어진다.

최적의 공습시간은 병사들이 지쳐 가기 시작하는 새벽 1시경. 날이 바짝 선 칼처럼 긴장했던 몸이 서서히 무너져 가는 시간이다.

석 대장은 12시 정각 전통을 돌렸다. 비상식량을 섭취하라는 지시였다. 초저녁에 먹은 비상식량 에너지가 고갈될 때가 되기도 했지만, 무엇보다 몸의 활력을 되살리기 위한 조치였다.

새벽 1시부터 3시 사이에 공습이 시작될 가능성이 크다. 공습 이후 새벽 여명과 아침 햇살을 틈타 토벌작전이 전개될 것이다.

물론 반란군의 피로 못지않게 중국군의 피로도 만만치 않을 것이다. 압록강, 두만강 도하작전을 감행하고 여기까지 쉬지 않고 행군했으니 체력에 무리가 따를 것이 분명하다.

중국군도 극도로 긴장하고 있을 것이다. 반란군의 기습공격에 대비해야 하고 토벌작전도 준비해야 하기 때문이다.

그렇게 초조한 시간이 흘러갔다.

그런데, 먼동이 틀 때까지 아무 일도 없었다. 석 대장은 어리둥절했다. 분명 중국군으로서는 오늘 새벽이 최적의 타이밍이다. 시간은 반란군 편이다. 어떤 형태로든 한미연합군과의 내용이 이루어질 것이 분명했기 때문이다.

석 대장은 전군에 아침 비상식량을 섭취하라고 명령했다. 밤을 피해 낮에 접전이 벌어질 수도 있다.

아침 8시. 전선의 살벌한 분위기와 달리 새들이 지저귀고 아침 이슬이 영롱하게 빛을 발하고 있다. 그때였다.

중국군 진영에서 장갑차 두 대와 지프차 한 대가 움직이기 시작했다. 석 대장이 망원경을 바싹 눈에 갖다 댄다. 장갑차 위에는 분명 흰 기가 나부끼고 있다. 대화를 원한다는 뜻이다.

'도대체 무슨 꿍꿍이지?'

전쟁터에는 온갖 술수가 난무한다. 교란작전일 수도 있다. 석 대장은 망원경으로 적진을 샅샅이 훑었다. 특별한 동정은 없다. 모두 평온한 모습이고 오직 장갑차 두 대와 지프차 한 대만 움직일 뿐이다.

15분 뒤 제1전선 전방에 장갑차와 지프차가 도착했다. 그리고 지프차에서 세 명이 내려섰다. 모두 장성급이었다.

"나는 중화인민공화국 인민해방군 육군 중장 장비셩[長必勝]이오. 여기 책임자와 할 말이 있어 왔소."

석 대장이 앞으로 나갔다.

"내가 바로 여기를 책임지고 있는 석현진이오. 전쟁터에서 무슨 할 말이 있다는 거요?"

"아, 석 대장 동지. 내 긴히 하고 싶은 말이 있어 찾아왔소. 막사로 들어가 따뜻한 차라도 한잔 마시면서 이야기합시다."

석 대장은 어리둥절했다. 도대체 무슨 꿍꿍이속인지 알 수가 없다. 하지만 딱히 거절할 이유도 없다. 외부와의 통신이 완전히 두절된 상태였기 때문에 이야기를 나누다 보면 뭔가 유용한 정보를 알아낼 수 있을 것이다.

"기왕에 이렇게 오셨으니 누추하지만 안내하겠소. 따라오기요."

석현진이 앞장서자 중국군 장교들이 뒤를 따른다.

"석 대장 동지, 얼마나 노고가 많으시오."

자리에 앉자마자 장비셩 중장이 너스레를 떤다. 석현진이 굳은 표정으로 그를 바라보고 있다.

"우리 중화인민공화국 군대는 당신들을 토벌하기 위해 온 것이 아니오. 당신들이 무슨 잘못이 있겠소. 굶어 죽어 가는 처자식을 보고 있자니 그냥 있을 수 없었겠지. 죽어 가는 처자식을 보고 가만 있는다면 그건 사내대장부도 아니지요. 우리가 어찌 그 사정을 모르겠소. 우리가 남이오. 주석께서는 한 명도 다치지 않게 살뜰히 챙기라는 특별명령을 내리셨소."

석현진이 못 알아듣겠다는 표정으로 눈을 크게 뜨자 장 중장이 말을 잇는다.

"우리가 셀 수 없이 많은 트럭을 끌고 왔다는 사실을 이미 알고 있을 것이오. 그 안에 무엇이 들어 있을 것 같소?"

장비셩이 입가에 웃음을 머금고 의뭉한 눈빛으로 석현진을 바라본다.

그랬다. 중국군이 끌고 온 트럭에는 병사들이 아니라 식량과 구호물품이 실려 있었다.

중국은 굶주림 때문에 반란을 일으킨 반란군을 토벌하는 대신 식량을 나누어 줄 요량이었다. 소식은 삽시간에 1군을 거쳐 2군, 3군으로 퍼져 나갔고 반란군은 환호성을 질렀다.

"역시 중국은 다르구만. 우리 사정을 훤히 꿰뚫어 보고 있었어. 이제 우리는 살았음메."

이제 그들은 더는 반란군이 아니었다. 굶주리고 있을 가족들에게 식량을 가져다줄 생각에 식량 트럭을 호위하는 호위병이 되어 있었고 누렇게 뜬 얼굴에 생기가 돌기 시작했다.

이렇게 중국군은 피 한 방울 흘리지 않고 북한 전역을 장악할 수 있었다. 중국군의 경계가 삼엄한 곳은 오직 평양 주석궁뿐이었다. 북한 주민들에게 중국군은 해방군이나 마찬가지였다.

한편, 한미연합사령부는 상황을 파악하기 위해 안간힘을 쏟고 있었다. 중국군이 개입하면서 반란군과의 사이에 치열한 전투가 벌어질 것이다. 화력에서 앞서는 중국군에 맞서 반란군이 오래 버티기는 어려울 것이다. 반란군이 궤멸되기 전에 공동전선을 구축해야 한다.

내란 발생 직후 북한 각 지역에서 후방 교란 임무를 수행할 특전사 부대가 투입될 계획이었지만, 중국 공군이 북한 영공을 장악하는 바람에 수송기를 투입할 수 없는 상태였다. 하는 수 없이 육로와 수로로 특수요원을 투입하고 있었지만 성공률은 셋 중 하나에 불과했다. 침투에 성공한 특수요원들은 반란군과 접선에 성공하면 전문을 보내오게 되어 있다.

하지만 그들이 보내온 내용은 황당하기 그지없었다. 반란군이 중국군에 모조리 투항하여 접선 상대를 정할 수 없다는 것이었다.

상황은 순식간에 전개되었고 한미연합군은 강 건너 불구경하듯 지켜보고 있을 수밖에 없었다. 전군이 전투태세를 갖추고 당장이라도 작전을 수행할 만반의 준비가 되어 있었지만 무용지물이었다.

며칠 뒤, 창성회 강인성 회장이 한상국 소장으로부터 전말을 소상히 보고받고 있다. 강인성의 얼굴이 침통하기 그지없다.

"그럼 이것이 모두 계획된 일이란 말인가?"

"예, 현재로선 그렇게 볼 수밖에 없습니다."

그랬다. 식량 지원을 중단한 것부터가 모두 계획된 일이었다. 중국은 식량 지원을 중단하고 폭동이 일어나기를 기다렸고 통치권을 위임하는 위임장을 요구하고 안전보장이사회를 소집했다. 반란군을 진압하는 대신 식량으로 회유했고 그 효과는 강력했다. 피 한 방울 흘리지 않고 북한을 장악해 버린 것이다.

"아니 어떻게 이런 말도 안 되는 계획을."

중국이 북한 전역을 점령한 것이 3월 17일, 봉기가 일어난 지 불과 9일 만의 일이었다. 반란군을 회유하는 데 성공한 중국군은 북한 주민들에게 식량을 나누어 주었고 굶주림에 허덕이던 주민들은 환호했다.

북한 주민들의 주린 배가 채워지자 중국은 2천5백만 북한 주민들에게 이른바 '신천지 정책'을 제안했다.

북한 주민들에게 중국 전역 1만여 곳에 각 3천 세대 단위로 신축된 아파트 입주권을 제공하고, 향후 10년간 1인 평균 매월 미화 3백 달러의 생활안정자금을 지급하겠다는 것이었다.

처음 중국 당국이 신천지 정책을 제안했을 때 북한 주민들은 믿지 않았다. 하지만 이어진 중국의 설명은 굉장히 합리적이었다.

북한은 많은 지하자원을 가지고 있으며 동북아시아의 전략적 요충지이기 때문에 그럴만한 값어치가 충분하다는 것이었고 오히려 더 큰 혜택을 부여하지 못하는 것에 대해 양해를 구하는 태도였다. 낙후된 북한을 개발하는 데 많은 시간이 소요되고 여러 가지 리스크 때문에 더 큰 혜택을 주지 못해 미안하다는 것이었다.

이러한 중국 당국의 태도는 북한 주민들의 공감을 자아내기에 충분했다. 그동안 굶주리고 헐벗었던 북한 주민들에게 신천지 정책은 너무나 달콤한 제안이었다. 중국 당국은 이주 대상지로 선정된 1만여 곳의 자세한 정보를 제공하며 이주신청서를 접수하기 시작했다.

1만여 곳 중 어느 곳이나 신청할 수 있지만 지역마다 3천 세대로 한정되어 선착순 마감할 수밖에 없다는 사실은 북한 주민들을 분발시키기에 충분했다. 남들보다 먼저 신청하여 더 좋은 지역을 선점하고 가능하면 일가친지들과 함께 같은 지역으로 이주하고 싶어 했기 때문이다.

이러한 일들이 외부에 공포된 것은 아니었다. 중국 당국은 북한 지역을 장악한 이후 치안 확보를 명분으로 비상계엄령을 선포하고 외부와의 접촉을 일체 차단하고 있었다.

그렇다고 북한 주민들의 인권이 무시된 것도 아니었다. 오히려 UN 사무국에 인권 침해감시단 파견을 요청하여 북한 주민의 인권이 침해되는지 감시해 달라고 요청했다.

중국 당국의 이러한 태도는 UN의 호응을 얻었고 다른 국가들의 개입을 저지하는 효과를 내고 있었다.

준비서면

사건   북한반환 청구소송
원고   대한민국
피고   중화인민공화국

위 사건에 대하여 원고 대한민국은 다음과 같이 변론을 준비합니다.

다 음

1. 피고 중화인민공화국은 이른바 '신천지 정책'을 통해 북한 주민들을 중국 각지에 분산시키고, 북한 지역에 중화인민공화국 국민들을 이주시켜 북한을 아예 피고의 영토로 만들려고 획책하고 있습니다.

2. 이러한 신천지 정책은 북한 지역을 중국에 부속시키려는 간악한 의도에서 추진되는 것이며, 이러한 피고의 행위는 타국의 영토를 침해하고 정치적 독립을 침해하는 명백한 위법 행위입니다.

UN 헌장

제2조 ④ 모든 회원국은 그 국제관계에 있어서 다른 국가의 영토 보전이

나 정치적 독립에 대하여 또는 UN의 목적과 양립하지 아니하는 어떠한 기타 방식으로도 무력의 위협이나 무력행사를 삼간다.

3. 만일 이대로 시간이 지체된다면 북한 주민들은 삶의 터전을 잃고 나라 잃은 국민이 되고 말 것입니다. 판결을 내려 주시기 바랍니다.

원고 대한민국

소송대리인 김명찬

제7부

동북공정

국제사법재판소 제3호 법정. 대한민국과 중화인민공화국 소송팀 사이에 치열한 공방전이 벌어지고 있다.

"중화인민공화국이 북한 지역을 점령한 것은 명백한 내정 간섭에 해당합니다."

김명찬 변호사의 발언에 중국 소송팀의 왕하오 교수가 자리에서 벌떡 일어선다.

"내정 간섭이라니요. 을제3호증에서 보는 바와 같이 우리는 조선민주주의인민공화국 최고통치권자인 국방위원장으로부터 통치 권한을 위임받았습니다. 정통정부의 요청에 의한 개입은 국제법상 적법합니다."

"당치 않습니다. 북한 당국은 북한을 대표할 자격이 없습니다. 북한 주민들은 이미 북한 당국을 신임하지 않고 있습니다. 북한 당국이 작성한 통치권 위임 각서는 그 자체로 무효입니다."

김 변호사의 반박에 왕하오 교수가 잠시 템포를 늦춘다.

"허허, 왜 이러십니까? 김 변호사님, 죄송하지만 국제법 전공 안 하셨죠?"

느닷없는 왕 교수의 질문에 김 변호사가 대답하지 못한다.

"그럴 줄 알았습니다. 북한 정권의 통치권 위임장은 유효합니다. 반란 정부가 실권을 움켜지기 전까지는 기존 정권이 정통정부로서의 자격을 갖는다는 것은 국제법상 상식입니다. 단순히 내란이 일어났다는 사실만으로 북한 당국이 대표성을 상실한다는 것은 말도 안 되는 주장입니다."

왕 교수 말에 김 변호사 얼굴이 벌겋게 달아오른다. 김 변호사가 마음을 가라앉히며 뭐라고 반박할 것인지 머리를 쥐어짜 보지만 딱히 할 말이 없다. 그렇다고 응수를 안 할 수는 없다. 이럴 때는 원론으로 되돌아가야 한다.

"전통적 의미의 한국은 1945년 해방과 동시에 남북으로 분단되었고 1950년 한국전쟁과 1953년 정전협정에 의해 오랫동안 휴전 상태에 있었습니다. 이는 전 세계가 다 아는 사실입니다. 특히 피고는 정전협정의 한쪽 당사자로서 이러한 사실을 그 어느 나라보다 잘 알고 있습니다. 그런 피고가 남북이 통일될 수도 있는 이런 중차대한 상황에 개입한 것은 한민족의 민족자결권을 침해하는 행위로서 내정 간섭이 분명합니다. 피고는 즉시 전 병력을 철수시키고 이 지역을 원고에게 반환하여야 합니다."

김 변호사의 차분한 발언에 재판관 일부가 고개를 끄덕거린다. 그 모습을 지켜보는 왕 교수가 무언가 작심한 듯 자리에서 일어나 재판장을 바라본다. 재판장이 고개를 끄덕이자 왕 교수가 발언하기 시작한다.

"원고는 피고가 북한 지역에 개입한 것을 내정 간섭이라고 주장합니다. 하지만 이는 역사적 사실에 반하는 주장입니다. 원래 북한 지역은 피고의 고유 영토로서 피고가 이 지역에 개입한 것은 결코 내정 간섭이 될 수 없습니다."

왕 교수의 갑작스러운 발언에 법정 안이 순식간에 소란스러워진다. 대한민국 측 방청객들이 웅성거리며 격앙된 반응을 보이자 재판장이 의사봉을 두드리며 법정 질서를 바로잡는다.

"방청객들은 조용히 해 주세요. 법정에서의 발언은 재판장의 허가를 받아야 합니다."

법정 안이 순식간에 조용해진다. 재판장이 왕 교수를 보고 묻는다.

"왕 교수님, 방금 북한 지역이 중국의 고유 영토이기 때문에 내정 간섭이 아니라고 주장하신 건가요?"

"네. 그렇습니다."

"그럼 피고가 북한에 개입한 것은 중국의 고유 영토를 수복한 것이라는 주장입니까?"

재판장의 질문에 왕 교수가 자리에서 일어나 답변한다.

"대략 그런 취지입니다. 다만, 예비적 항변으로 처리해 주시기 바랍니다."

예비적 항변으로 처리해 달라는 것은 중국이 북한에 개입한 것이 위법한 것으로 판단될 경우 2차적으로 영토 수복 행위로서 정당한지 검토해 달라는 의미이다. 중국의 개입이 북한 당국의 초청에 의한 것으로 국제법상 적법한 것으로 인정될 경우에는 예비적 항변에 대해 검토할 필요가 없다.

"알겠습니다. 예상치 못한 주장이 나왔는데요. 피고 측에서는 예비적 항변 내용을 서면으로 정리하여 제출해 주시기 바랍니다. 서면을 본 뒤에 다음 변론기일을 잡도록 하겠습니다. 원고 측 괜찮겠습니까?"

재판장이 김 변호사를 바라보자 김 변호사가 고개를 끄덕인다. 전혀 예상하지 못했던 주장이다. 지금 섣불리 대응하기보다는 시간을 갖고 검토한 뒤에 답변하는 것이 훨씬 낫다.

"좋습니다. 오늘 변론은 이것으로 종료하겠습니다. 피고는 가급적 빨리 서면을 제출해 주시기 바랍니다. 아시겠죠?"

"네."

왕 교수가 대답하자 재판장이 의사봉을 치고 자리에서 일어선다.

일주일 뒤 중국 측의 준비서면이 제출되었다.

준비서면

사건   북한반환 청구소송
원고   대한민국
피고   중화인민공화국

위 사건에 대하여 피고 중화인민공화국은 다음과 같이 변론을 준비합니다.

<h1 align="center">다 음</h1>

1. 원고 대한민국은 북한 지역이 한국의 고유 영토라는 전제하에 이 사건 소송을 제기한 듯합니다. 그러나 북한 지역은 원래 중국 영토입니다. 고로 피고가 이 지역에 개입한 것은 역사적인 관점에서 보더라도 정당합니다.

2. 북한 지역은 원래 중국의 고유 영토입니다.

⑴ 한반도 북부에 해당하는 북한 지역은 기원전 108년경 한나라의 지방 행정 구역인 낙랑, 진번, 임둔, 현도 등 한사군(漢四郡)이 설치되어 있던 지역이었습니다.

⑵ 한의 중앙권력이 약해지자 현도군 지역에서 고구려가 기원하였고 차츰 세력을 확장하여 한사군 지역을 모두 차지하게 되었습니다.

⑶ 서기 600년경 한반도에는 고구려, 백제, 신라 삼국이 각축전을 벌이고 있었는데, 고구려는 중국의 소수민족 국가로서 한강을 경계로 백제, 신라와 접하고 있었습니다.
백제와 신라는 남방 민족으로서 농경을 주로 한 반면, 고구려는 반농반목(半農半牧)을 영위하는 중국의 소수민족이었습니다. 즉, 한강을 기점으로 그 이남에는 한민족이, 그 이북에는 중화민족이 살고 있었던 것입니다.

⑷ 삼국 중 고구려가 가장 번성하였는데, 신라가 고구려를 정복하기 위해 고구려와 북쪽에서 접경하고 있던 당에 연합을 요청했습니다. 당시 당은 중앙정권에 복종하지 않는 고구려를 정벌하기 위해 노심초사하던 터라 신라의 연합 요청을 받아들였습니다. 당과 신라는 고구려를 정복한 후 대동강을 기점으로 그 위쪽은 당이, 그 아래쪽은 신라가 차지하기로 하였습니다.

⑸ 당라연합군은 660년 백제를, 668년 고구려를 정복하였습니다. 연합 작전이 성공한 것입니다. 그러나 신라가 약속을 어기고 당을 공격하였고, 매소성 전투와 기벌포 전투에서 패한 당은 본국으로 철수할 수밖에 없었습니다.

⑹ 당이 물러난 이후 698년 고구려의 잔존 세력과 이 지역 토착 세력인 속말말갈족이 주축이 되어 발해를 건국하였습니다. 속말말갈족은 숙신족, 여진족, 만주족으로 불리는 중국의 소수민족 중 하나입니다. 고구려족과 속말말갈족으로 구성된 발해가 중국의 소수민족 지방정권임은 두말할 여지가 없을 것입니다. 발해는 대동강과 영흥강을 자연 국경으로 삼아 신라와 접경하였습니다. 발해는 926년 중국의 소수민족인 거란족에 의해, 통일 신라는 936년 고려에 의해 역사 속으로 사라지고 맙니다.

⑺ 이후 한민족은 조금씩 북쪽으로 영토를 확장하기 시작했습니다. 1044년 천리장성을 축조하여 압록강 하구에서 동해안의 도련포까지 북진하였고, 1440년경 4군 6진을 개척하여 압록강과

두만강까지 영토를 확장하여 오늘날에 이르게 된 것입니다.

(8) 요컨대, 한강 이북 지역은 한사군-고구려-발해로 이어지는 중국 영토로서 중국의 소수민족인 고구려족과 속말말갈족의 터전이었습니다.

3. 사필귀정(事必歸正)이라는 말이 있습니다. 처음에는 시비(是非) 곡직(曲直)을 가리지 못하여 그릇되더라도 결국에 가서는 제자리를 찾아간다는 말입니다.
중국의 고유 영토였던 북한 지역에 피고가 개입한 것은 역사적인 관점에서 보더라도 정당합니다.

피고 중화인민공화국

소송대리인 왕하오

"아니, 무슨 말이 되는 소리를 해야지. 한강 이북 지역이 원래 중국 영토라니요?"

이미주 사무관이 중국 측의 준비서면을 보고 불같이 화를 낸다. 그 모습을 보며 강지성 교수가 입을 연다.

"드디어 동북공정의 실체가 모습을 드러냈군요."

"동북공정의 실체라니요?"

김 변호사가 영문을 모르겠다는 듯 되묻는다.

"중국의 동북공정이 간도 영토 문제에 대비하기 위한 것으로 알고 있지만 동북공정의 진짜 목표는 북한입니다."

강 교수가 이야기를 하면서 한 교수를 바라보자 한 교수가 금방이라도 울음을 터뜨릴 것 같은 표정으로 입을 연다.

"일부 학자들이 동북공정의 궁극적인 목적은 북한이라며 대책을 세워야 한다고 주장했어요. 하지만 모두들 무시해 버렸지요. 저도 마찬가지였고요."

한 교수가 이야기하는 동안 강 교수가 스마트폰을 꺼내 뭔가를 찾아보여 준다.

"미국의 대표적 싱크탱크인 랜드연구소에서 북한에 급변사태가 발생할 경우 한국과 중국이 북한을 나누어 가지게 될 것이라는 보고서를 발표한 일이 있었습니다."

랜드연구소(Rand Corporation)는 세계 최고의 싱크탱크 4위에 랭크될 정도로 권위 있는 기관이다. 스마트폰에 눈에 익은 북한 지도가 띄워져 있다.

지도에는 〈북한 급변사태 시 한국-미국-중국의 예상 관할 구역〉이라는 제목이 붙어 있고 북한을 가로지르는 3개의 선이 그어져 있다.

가장 윗선은 현재의 조·중 국경선에서 남쪽으로 50킬로미터 평행 이동한 선이고, 두 번째 선은 평양 바로 위쪽에서 북한을 동서로 가로지르는 선, 세 번째 선은 평양에서 원산을 잇는 선이다.

이미주 사무관이 지도를 보고 흥분하여 이야기한다.

"말도 안 돼, 아니 왜 자기들 마음대로 마구 선을 그어 놨대요?"

"이 이미지는 랜드연구소의 베넷(Bruce W. Bennett)이라는 연구원이 2013년에 〈북한 붕괴 가능성에 대비하며(Preparing for the Possibility of a North Korean Collapse)〉라는 제목으로 작성한 보고서에 삽입된 지도입니다. 그는 300페이지가 넘는 보고서에서 북한이 향후 수개월 내지 수년 내에 붕괴될 것이고, 북한에 급변사태가 발생할 경우 중국과 한미연합군이 북한에서 각축전을 벌여 종국적으로 이 세 라인 중 하나로 북한을 분할 점령하게 될 것이라고 예측했습니다."

강 교수 설명이 끝나자 한서현 교수가 중얼거린다.

"반은 맞고 반은 틀렸네요. 급변사태는 발생했지만 한미연합군은 개입하지 못했잖아요?"

가만히 듣고 있던 김명찬 변호사가 질문을 던진다.

"이것이 동북공정하고 무슨 관련이 있죠?"

"한 교수님께서 설명해 주시죠."

강 교수가 한 교수에게 답변을 미루자 한 교수가 설명하기 시작한다.

"648년 나당연합 당시 당과 신라는 고구려를 점령하게 되면 대동강을 기준으로 그 이북은 당이, 그 이남은 신라가 차지하기로 합의했습니다. 비록 1300년 전의 것이지만 실현될 가능성이 충분하다고 본 것입니다."

648년 신라의 김춘추와 당나라 태종 사이에 담판이 벌어졌다. 옥신각신하던 차에 당태종이 백제와 평양 이남의 고구려 땅을 신라에게 주겠다고 하자 김춘추가 이를 수락했다.

"발해와 신라는 대동강과 영흥강을 국경으로 삼았습니다. 중국은 발해공정을 벌여 왔습니다. 발해를 중국 역사로 둔갑시키는 작업이었지요. 발해를 중국의 소수민족 국가로 만들면 대동강과 영흥강 이북을 중국 영토라고 주장할 수 있게 되는 것입니다. 그들은 발해를 건국한 대조영이 말갈족으로 고구려와는 아무 상관이 없는 사람이라고 주장했습니다."

《구당서(舊唐書)》에는 발해 말갈의 대조영이 고구려의 별종으로 서술되어 있고, 《신당서(新唐書)》에는 본래 고구려에 복속되어 있던 속말 말갈족의 일파라고 서술되어 있다. 《삼국유사》에 인용된 〈신라고기(新羅古記)〉, 〈제왕운기(帝王韻紀)〉에는 대조영이 고구려 장수라고 기록되어 있다.

"그런데 점점 욕심이 커집니다. 기왕지사 이렇게 된 것, 아예 북한 지역 전부를 차지할 생각을 하게 된 거죠. 그래서 시작된 것이 바로 고구려공정입니다. 고구려를 중국의 소수민족 국가로 만들어 버리면 한강 이북까지도 권리를 주장할 수 있게 된다는 거예요."

한 교수 설명에 강 교수가 고개를 끄덕인다. 그런 강 교수를 보며 한 교수가 이야기를 이어 간다.

"최근에는 만주족의 역사를 재구성하려는 시도가 있었습니다."

"만주족의 역사를요?"

김 변호사가 되묻는다.

"네. 1616년 누르하치가 후금(後金)을 건국하고, 1636년 누르하치의 여덟 번째 아들 홍타이지가 칭기즈칸의 옥새를 찾아낸 다음 국호를 청으로 변경하고 황제를 자처했어요. 후금은 1115년 아골타가 세운 금(金)나라를 계승한다는 의미였지요. 이러한 흐름에 의하면 만주족의 역사는 금-후금-청으로 이어지게 됩니다. 중국은 금 이전의 만주족의 역사를 복원하기 시작했어요. 우선 발해를 타깃으로 삼았는데, 발해를 건국한 대조영을 말갈족으로 만들어 버리면 발해가 만주족의 나라가 되는 겁니다. 그 다음에는 고구려를 타깃으로 삼았습니다. 고구려를 여진족의 나라로 만드는 것이지요. 이것이 성공하면 만주족의 역사가 고구려-발해-금-후금-청으로 이어지게 됩니다."

고개를 끄덕이며 설명을 듣던 김 변호사 뇌리에 의문이 생겼다.

여진족의 아골타가 금을 건국한 것, 누르하치가 후금을 건국한 것, 여진족이 만주에 살았다고 하여 만주족이라고 불린 것 모두 분명한 역사적 사실이다. 1115년 금이 건국된 이후 여진족은 만주 지역에 터전을 두고 거주해 왔다. 고려의 천리장성 이북 지역에 여진족이 거주하고 있었던 것, 조선의 압록강·두만강 이북에 여진족이 거주한 것도 분명 역사적 사실이다.

사람은 특별한 사정이 없는 한 자신이 나고 자란 땅에서 계속 살게 되어 있다. 땅에 토착하여 사는 것이 인간의 속성인 것이다.

'그렇다면 금나라 건국 이전에도 여진족이 이 지역에 살고 있었을 것 아닌가?'

김 변호사가 학교에서 배운 것은 발해의 지배계급은 고구려의 유민들이고 말갈족은 그 피지배계급이었다는 것이었다. 이는 발해 시대에도 여진족이 만주에 거주하고 있었다는 말이 된다.

1910년 대한제국이 일본의 식민지가 되었지만, 식민지 35년의 역사는 분명 한민족의 역사다. 하지만 이것은 또한 일본의 역사이기도 하다.

발해가 망하고 피지배계급이었던 말갈족이 해방되었다. 한민족이 일제 식민 지배에서 해방되어 대한민국을 건국한 것처럼 그들도 1115년 금나라를 건국하게 된다.

요컨대, 발해는 지배계급인 한민족의 역사이기도 하지만 피지배계급인 여진족, 만주족의 역사이기도 한 것이다.

'발해를 여진족의 국가라고 하더라도 틀린 말은 아니잖아?'

생각에 빠져 있던 김 변호사가 한 교수에게 묻는다.

"피지배계급인 말갈족 입장에서 보면 발해를 만주족의 역사라고 주장할 수도 있는 것 아닌가요?"

"네?"

"일제 식민지 35년의 역사가 우리 한민족의 역사이기도 하지만 일본의 역사이기도 하잖아요?"

"그렇지요."

한 교수의 뇌리에 일사양용(一史兩用)이라는 단어가 스쳐 지나간다. 칭기즈칸의 원나라를 중국은 중국 역사로, 몽골은 몽골 역사로 쓰고 있다. 하나의 역사가 두 나라의 역사로 쓰이고 있는 것이다.

김 변호사 말처럼 발해를 지배계급 입장에서 보면 한민족의 역사로, 피지배계급 입장에서 본다면 여진족의 역사로 볼 수도 있다. 이것을 역사 왜곡이라고 할 수는 없다.

김 변호사의 질문이 이어졌다.

"만일 여진족이 고구려의 피지배계급이었다면 어떻게 될까요? 여진족 입장에서야 자랑스럽지 못한 굴종의 역사지만 고구려가 자신들의 역사라고 주장할 수도 있지 않나요?"

요 며칠 한 교수의 머릿속은 온통 김 변호사가 던진 질문으로 요동치고 있었다. 그동안 한 번도 그런 생각을 해 본 적이 없었다. 당연히 지배계급 중심으로 역사를 인식해 온 것이다.

'피지배계급 입장에서 역사를 인식한다? 지배계급의 역사와 피지배계급의 역사가 공존한다?'

중국의 한족(漢族)이 원나라나 청나라의 역사를 부정하지 않고 중국의 역사로 서술하는 것도 이러한 차원에서 보면 이해할 수 있다. 비록 지배계급은 몽골족과 만주족이었지만 다수를 차지하는 피지배계급은 분명 한족이었기 때문에 한족의 역사라고 할 수 있는 것이다.

'그럼, 고구려나 발해도 여진족의 역사라고 할 수 있단 말인가?'

며칠 뒤 한 교수가 김 변호사를 찾았다.

"일리가 없는 말은 아니에요. 하지만 한 가지 간과한 것이 있어요. 그건 바로 당시 국가들의 성격이에요. 오늘날의 관점으로 국가를 바라보아서는 안 돼요."

"그게 무슨 말이지요?"

"당시는 정복국가 시대였어요. 강력한 왕권과 강력한 군사력이 필수이고, 정복당한 나라의 주민들은 모두 노예로 전락하게 되어 있어요. 결국 지배계급의 역사만 있을 뿐 피지배계급의 역사는 없는 것이나 마찬가지예요. 모든 것이 말살되기 때문이죠. 중국이 발해공정이나 고구려공정을 할 때 지배계급을 조작하는 것도 그런 이유 때문입니다."

고대 국가가 형성되는 과정은 대체로 군집사회-부족사회-군장국가-연맹왕국-중앙집권국가의 단계를 거치게 된다.

군집사회와 부족사회는 구석기와 신석기시대의 유형이며, 청동기를 사용하게 되면서 군장국가가 등장하게 된다.

이후 철기가 보급되면서 농업이 발달하고 지배층이 부를 축적하면서 정복전쟁이 벌어지는데, 그 주요 목적은 재화와 노동력을 확보하기 위한 것이었다.

정복전쟁에 대비하여 부족들이 자연스럽게 연맹을 결성하게 되고 가장 강력한 부족의 군장이 왕의 칭호를 사용하게 된다. 이후 왕에게 권력이 집중되면서 중앙집권화가 이루어지고 고대국가의 면모를 갖추게 되는 것이다.

"정복전쟁에서 가장 중요한 것이 전투력인데 무기의 수준과 수적 우위가 전투력을 결정하게 됩니다. 전쟁에서 패한 부족은 승리한 부족의 노예로 끌려가게 됩니다. 때로는 승리한 부족이 새로 정복한 지역으로 이주하기도 하는데, 지배와 피지배의 질서를 유지하기 위해서는 수적으로 우월해야 하기 때문에 지배 부족의 숫자가 더 많은 것이 일반적입니다. 패한 부족은 포로로 잡혀 노예가 되거나 멀리 도주하기 때문에 피지배 부족은 지배 부족에 동화되어 소멸하는 것이 일반적입니다."

한 교수의 설명에 김 변호사가 연신 고개를 끄덕인다. 충분히 납득할 수 있는 내용인 것이다.

"그러니까 고대국가 단계에서는 일사양용이 허용되기 어렵다는 거네요."

"네."

한 교수 덕분에 방향감을 되찾게 된 김 변호사는 발해의 멸망과 그 이후 상황을 면밀히 살펴보았다. 한 교수의 도움 없이는 불가능한 일이었다. 발해의 멸망 과정에 대해서는 대체로 비슷한 서술이었다.

916년 거란의 여러 부족을 통일한 야율아보기(耶律阿保機)는 중원으로의 진출에 앞서 배후를 위협할 수 있는 발해에 대한 공격에 나섰다. 발해는 925년 12월 말부터 다음 해 1월 초에 걸친 거란의 대대적인 공격을 받아 별다른 저항도 해 보지 못하고 1월 14일 수도가 함락됨으로써 멸망했다. 거란은 발해의 옛 땅에 동단국(東丹國)을 세워 거란 태조의 맏아들로 하여금 다스리게 했다. 그러나 발해유민의 부흥운동이 전개되기 시작하자 928년 유민들을 요동으로 강제 이주시키고, 동단국도 동평[東平, 지금의 요양(遼陽)]으로 옮겼다.

발해가 망하자 발해의 지배계급은 고려로 내투(來投)했다. 고려사에 거란의 침공 이전인 925년 가을부터 겨울까지 발해인들이 대거 고려로 망명했다는 내용이 기록되어 있다. 《고려사》 권1 〈태조세가〉 태조 을유 8년(925년)의 내용이다.

8년 가을 9월 병신일 발해 장군 신덕 등 500명 내투하다(八年秋九月丙申渤海將軍申德等伍白人來投).

경자일에 발해 예부경 대화균, 균노 사정 대원균, 공부경 대복모, 좌우위장군 대심리 등이 100호의 백성을 이끌고 내부하다(庚子渤海禮部卿大和鈞均老司政大元鈞工部卿大福謨左右衛將軍大審理等率民一白戶來附).

12월 무자일에 발해 좌수위소장 모두간, 검교개, 국남, 박어 등이 1000호의 백성을 이끌고 내부하다(十二月戊子渤海左首衛小將冒豆干檢校開國男朴漁等率民一千戶來附).

발해가 망한 926년 이후에도 고려 태조 10년(927년), 11년, 12년, 17년, 21년, 경종 4년(979년)까지 발해 유민이 많게는 수만 명씩 이주해 온 것으로 기록되어 있다. 《고려사》와 《동국통감》을 종합해 보면 50년 동안 내투한 발해 유민이 10만 여 명에 달한다고 한다. 기록된 것만 이 정도니 실제로는 훨씬 더 많았을 것이다.

한민족은 고조선, 고구려, 발해로 이어지는 수천 년 동안 한반도를 비롯한 요동, 만주, 연해주 지역을 경영하다가 거란이 침입하자 이 지역을 등지고 한반도로 남하한 것이다. 한민족이 남하한 이후 여진족이 이 지역을 확보하게 된 것이다.

대한민국 소송팀 긴급회의.

한서현 교수가 중국의 역사 서술에 대해 설명하고 있다.

"중국은 1949년 중화인민공화국 정부 수립 이후 중화민족이라는 개념을 새로 만들어 내고, 현재의 영토를 중심으로 그 안에 살고 있는 모든 민족의 역사가 중국의 역사라는 식으로 역사를 새로 서술하고 있어요."

"중화민족요?"

"현재 중화인민공화국은 다수의 한족과 55개의 소수민족으로 구성되어 있습니다. 중국은 56개 민족이 현재의 중국을 형성하고 있다는 점에 착안하여 중화민족이라는 새로운 개념을 만들어 내고 한족 중심적 역사 서술을 지양하게 됩니다."

한족이 세운 국가를 중국과 동일시하는 것은 봉건정통주의 사상이자 일종의 대한족주의적 표현으로 척결되어야 한다.

중국은 하나의 통일적 다민족국가이다. 중국의 역사는 중화인민공화국 경내의 각 민족이 공동으로 창조한 역사로서 일찍이 광대한 영토상에 생존·번영하였으나 현재는 소멸된 민족의 역사도 포함된다.

"그러니까 동북 3성이 현재 중국 영토이니 이 지역에서 일어났던 역사도 모두 중국 역사로 봐야 한다는 이야기네요?"

이미주 사무관이 내용을 정리하여 묻는다.

"그렇습니다. 중국 역사는 중화인민공화국 영토 내에 존재하고 존재했던 모든 민족의 역사를 모두 포괄한다, 따라서 56개 민족의 역사는 모두 중국 역사라는 것입니다. 이것이 중국의 서북공정, 서남공정, 대만공정, 동북공정의 근본 전제가 된 논리입니다."

서북공정은 신장 위구르족, 서남공정은 티베트족을 겨냥한 것이고, 대만공정은 대만의 분리를 막기 위한 것이다.

"이전에는 어땠죠? 중화인민공화국 이전의 중국 역사가들의 관점 말입니다."

김 변호사의 질문이다.

"당연히 한족 중심의 역사관이었지요. 중국 역사가들은 정통성을 매우 중시했어요. 중국의 역사는 은-주-춘추전국-진-한-위진남북조-수-당-5호16국-송으로 이어지는데, 송대에 이르러 정통성을 매우 중시하게 됩니다. 당나라 시대에는 문화적 측면을 중심으로 정통성을 해석하려는 움직임이 강했던 반면 송나라 시대에는 역사적 사실에 의거하여 정통성을 해석하게 되는데 특히 남송시대에는 민족주의적 사고방식에서 정통성을 논하게 됩니다."

정통론(正統論)은 중국 전통사학의 중요한 특색으로 춘추시대 이후 중국 사가를 지배한 주요 사조의 하나였다. 중국 사학을 이해하기 위해서는 반드시 정통론을 검토하지 않으면 안 된다.

"정통론은 춘추전국시대나 위진남북조, 5호16국시대처럼 중국이 혼란스럽던 시절 어느 국가가 정통성을 갖고 있느냐 하는 논쟁을 초래했어요. 송, 요, 금이 각축전을 벌이던 시절 어느 나라가 정통성을 갖느냐 하는 논란에도 불을 지폈지요."

한 교수의 설명에 강 교수가 말을 덧붙인다.

"금의 침입으로 강남으로 수도를 옮길 수밖에 없었던 남송인들로서는 금에 대한 반감이 클 수밖에 없었고 이러한 시절에 민족주의적 정통론이 등장한 것은 지극히 자연스러운 현상이었겠지요?"

"맞아요. 남송시대의 정통론에서 중국의 한족과 이민족을 구별하는 화이(華夷)관이 출현하게 됩니다."

한 교수의 설명이 더 자세해진다.

북송 시절 구양수(歐陽修)가 정통론을 발표하면서 논쟁이 시작되었고 남송 시대에는 주희(朱熹)의 정통론이 주류를 이룬다. 주희의 정통론은 민족사상에 바탕을 두고 있었는데, 원·명·청대의 사가에 큰 영향을 미치게 된다.

"구양수의 정통론은 이전의 오행설에 따른 정통론과는 차원을 달리하는 것이었어요.

정통이란 천하의 올바른 곳에 머물고 천하를 하나로 종합하는 것이다. 종전의 정통을 논한 사람들 모두가 정통은 서로 계승하여 단절되지 않는 것으로 봄으로써 그 결과 왕조가 끊어져서 종통을 속하게 할 곳이 없어지면 함부로 딴 것을 갖다 붙여 그것을 잇게 하니 그 논의가 왜곡되어 소통되지 않는다.

구양수는 이전 사가들을 비판하면서 정통이 단절될 수 있다는 주장을 폈어요.

정통은 때에 따라 중단될 수 있다. 그러므로 정통의 차례는 위로 요-순부터 하-상-주-진을 거쳐 한에 이르러 단절되었다가 진(晉)이 정통을 획득하였으나 다시 단절되었고, 수-당이 얻었다가 다시 단절되었으니 요-순 이후 세 번 단절되었다가 다시 계속되었다. 단절될 때도 있고 계속될 때도 있음으로써 정통 논의의 시비가 공정해지고 정통 부여 여부가 타당케 되어 정통이 분명해진다.

구양수는 역사적 사실을 기준으로 정통의 지위를 논해야 한다는 입장이었어요."

한 교수 설명에 모두 고개를 끄덕인다. 난생처음 들어 보는 이야기니 그럴 수밖에. 김 변호사가 질문을 던진다.

"여진족이 건국한 청이 중국을 지배하는 데에도 한족의 저항이 만만치 않았을 텐데, 청은 어떤 정통성을 내세운 건가요?"

"청의 옹정제(雍正帝)는 한인의 의식 속에 깊이 잠재해 있는 화이사상(華夷思想)을 극복함으로써 청조 지배의 정통성을 사상적으로 극복하고자 했어요."

중국이 중화인 것은 한민족(漢民族)이기 때문이 아니라 높은 문화지대(文化地帶)이기 때문이다. 이 높은 문화지대의 통치자를 한민족이 독점할 수는 없다. 한민족이 아니라도 덕(德)을 가지고 통치할 수 있는 민족이라면 북방민족도 중화의 담당자가 될 수 있다.

"한인(漢人)들의 저항이 만만치 않았겠는데요?"

"그럼요. 옹정제는 화이사상을 한민족만의 사상으로 강조하는 사고

방식에 대해 '문자(文字)의 옥(獄)'으로 철저히 탄압했어요."

"문자의 옥요?"

"네. 청대의 금서는 538종, 1만 3800여 권에 달했고 이에 반발하는 많은 한인이 참수형을 당했어요."

결국 힘으로 눌러 버린 것이다. 일제 식민지 시절에도 그랬다.

"청의 정통성과 관련해서 재미있는 이야기가 전해지고 있어요. 칭기즈칸이 원을 건국하여 몽골족과 여진족, 한족을 모두 다스리게 되었잖아요. 명이 건국되어 원이 물러난 후 이들 세 민족 간에 암묵적인 합의가 이루어졌다는 거예요."

"합의라니요?"

"칭기즈칸의 옥새를 가진 자가 이들 세 민족을 다스릴 수 있다는 묵약이 있었다는 겁니다."

"음…, 홍타이지가 1636년 몽골 초원에서 칭기즈칸의 옥새를 발견함으로써 세 민족을 다스릴 수 있는 정통성을 획득했다는 거네요?"

"네."

회의가 끝나고 김 변호사가 준비서면 초안을 잡기 시작한다. 자료를 찾아 내용을 정리하고 검토하며 문장을 고치고 또 고친다.

서면에서 가장 중요한 것은 논리적 비약이 없으면서도 간결성을 유지하는 것이다.

컴퓨터 모니터를 들여다보며 깊은 생각에 잠겨 있던 김 변호사가 책상에 펼쳐져 있는 자료 몇 가지를 황급하게 챙기더니 문을 박차고 나간다. 한 교수에게 가는 것이다.

"홍산문화를 어떻게 접목해야 할까요? 매끄럽게 연결되지가 않네요."

홍산문화[紅山文化]란 일본의 인류학자 도리이 류조[鳥居龍藏]가 1908년경 중국 네이멍구 자치구 츠펑시[赤峰市] 홍산[紅山] 일대에서 발견한 선사유적지 문화를 가리킨다.

인접한 링위안[凌源], 젠핑[建平], 차오양[朝陽] 등에서 500여 곳의 선사유적지가 발굴되었는데, 1980년대 본격적인 발굴이 이루어지면서 싱룽와문화[興隆窪文化], 홍산문화, 자오바오거우문화[趙寶溝文化], 신러문화[新樂文化] 등으로 분류되고 있다.

방사성탄소연대측정법으로 추정해 보면 기원전 8000년에서 7000년 사이의 신러문화, 기원전 6200년에서 5200년까지의 싱룽와문화, 기원전 5000년에서 4400년까지의 자오바오거우문화, 기원전 4500년에서 3000년까지의 홍산문화 순이다. 중국은 이를 요하문명(遼河文明)이라 명명했다.

"이런 선사유적지의 발굴로 중국 사학계가 발칵 뒤집어지고 말았어요."

"왜요?"

"중국은 세계 4대 문명의 하나인 기원전 2000년경의 밭농사 중심의 황허문명과 1973년 양쯔강 하류에서 발견된 기원전 5000년경의 벼농사 중심의 허무두문화[河姆渡文化]를 합쳐 하강문명(河江文明)이라 명명했어요. 그리고 황허와 양쯔강을 중심으로 일찍이 중국의 문명이 시작되었고 이것이 주변 지역으로 문명을 전파한 것이라고 주장해 왔어요. 그런데, 갑자기 요하 주변에서 이보다 오래된 문명이 발견되어 버린 거예요. 게다가 요하문명은 하강문명과는 성격이 완전히 다른 것이었어요."

"발굴되는 문물들이 완전히 다르다는 거잖아요? 무덤의 모양이나
형식, 토기의 모양새도 다르고 기타 유물도 많이 다르다면서요. 나도
봤습니다. 그래서 고민이라는 것입니다. 이것을 어떻게 이해해야 하는
건가요?"

요하문명권에서는 적석총 유적이 발견되고 있다. 돌을 쌓아 무덤을
만드는 적석총 형태는 동북, 만주, 한반도 일대에서만 발견되는 무덤
형태이다. 옥으로 만든 옥기(玉器)들도 발견되고 있는데 이것도 이 지
역에서만 발견되는 유물이다. 토기 형태도 완전히 다르다.

중국은 2002년부터 2005년까지 통일적다민족국가론에 입각한 공
정 연구의 일환으로 2003년 6월부터 '중화문명탐원공정(中華文明探源工
程)'을 전개하고 있는데, 이를 통해 요하문명을 중화문명의 뿌리로 규
정하기 시작했다. 야만인인 동이족(東夷族)의 땅을 중국 문명의 시발점
으로 보기 시작한 것이다.

"어떻게 이해하다니요?"

"중국은 동북공정을 통해 고구려족이 중국에서 건너간 민족이고,
이들이 건국한 고구려 또한 중국의 변방 국가 중 하나라고 주장하잖아
요?"

"그렇지요."

"그런데 선사유적에 의하면 중국 한족의 선사문명과 북방의 선사문
명이 완전히 다르잖아요. 결국 서로 다른 문화권이기 때문에 동북공정
은 이미 실패한 것 아니냐는 겁니다."

김 변호사 말에 한 교수가 고개를 끄덕이며 공감을 표한다.

"물론 선사유적지의 발굴로 한족의 선사문명과 북방민족의 선사문

명이 다르다는 점이 밝혀지고 있는 것은 맞아요. 하지만 이것만으로는 부족해요. 중국의 주장은 한족이 이 지역으로 건너와 지배계급이 되었다는 주장이거든요."

중국은 기자조선, 위만조선, 한사군, 고구려가 모두 중국 계통이라고 주장하고 있다.

준비서면

사건   북한반환 청구소송
원고   대한민국
피고   중화인민공화국

위 사건에 관하여 원고 대한민국은 다음과 같이 변론을 준비합니다.

다 음

1. 북한 지역이 과거 중국 영토였다는 주장은 허황된 역사 왜곡에 불과합니다. 한반도를 포함한 요동, 만주, 연해주 지역은 원래 한민족(韓民族)의 영토였습니다.

2. 중국과 한국의 역사는 엄연히 다릅니다. 한국의 역사는 고조선-부족국가시대-고구려, 백제, 신라-발해, 신라-고려-조선-대

한민국, 조선민주주의인민공화국으로 이어지는 역사이고, 중국의 역사는 은-주-춘추전국시대-진-한-5호16국-수-당-5대10국-송-원-명-청-중화민국-중화인민공화국으로 이어지는 역사입니다.

3. 중국은 원래 한족의 나라였습니다. 1616년에 건국된 청이 한족을 비롯한 아시아의 많은 민족을 정복하여 광활한 영토를 지배하기 전까지 한족은 주로 만리장성 이남에서 왕조를 유지해 왔습니다. 한족은 세계 4대 문명이라 불리는 황허문명에서 기원하였습니다. 황허문명은 남방민족의 문명입니다.

4. BC 2333년 한반도를 비롯한 만주, 요동 지역에 단군조선이 건국되었습니다. 단군조선의 문화유산들은 요하문명에서 발견되는 문화유산과 동일합니다. 이는 한민족이 북방민족과 맥을 같이한다는 증거입니다.

5. 피고는 고구려가 중국 소수민족의 역사라고 주장하나 고구려의 문화유산은 고조선의 문화유산을 이어받은 것으로 한족의 그것과는 엄연히 다릅니다.

6. 피고가 고구려를 중국 소수민족의 역사라고 하는 것은 현재의 중국 영토와 그 안에 살고 있는 민족들을 기준으로 역사를 재구성하였기 때문입니다.
피고의 영토 중 동북 3성이라 불리는 랴오닝 성, 지린 성, 헤이룽장 성에는 많은 한민족이 살고 있습니다. 과거 이 지역이 한민족의 영토였기 때문에 나타나는 당연한 현상입니다.

피고 중화인민공화국에는 한족을 비롯한 56개 민족이 섞여 살고 있는데, 이 중에는 당연히 한민족도 포함됩니다. 피고 중화인민공화국의 입장에서 볼 때 한민족은 현재 중국을 구성하는 소수민족 중 하나였고 이러한 맥락에서 한민족의 국가였던 고구려는 중국 소수민족의 국가였다고 주장할 수는 있습니다.

하지만 여기에서 비약은 금물입니다. 고구려가 중국 소수민족의 국가였다는 것과 과거 고구려의 영토가 현재 중국 영토가 되었다는 것은 엄연히 다른 이야기입니다. 요컨대 북한 지역이 역사적으로 중국 영토라는 주장은 부당합니다.

7. 피고 중화인민공화국의 역대 지도자들과 관리들은 북한 지역을 비롯한 요동, 만주 지역이 한민족의 영토라는 것을 잘 알고 있었습니다. 이에 관한 증거들을 제출합니다.

증거

1. 갑제9호증의1   마오쩌둥[毛澤東] 담화문
1. 갑제9호증의2   저우언라이[周恩來] 연설문
1. 갑제9호증의3   녹취록

원고 대한민국

소송대리인 김명찬

증거를 보겠습니다. 먼저 갑제9호증의1 마오쩌둥의 담화문입니다. 1958년 11월 25일 김일성의 인솔 아래 북경을 방문한 북한 정부 대표단과의 담화에서 한 말입니다.

역사상 중국은 조선에 대해 좋지 않았다. 우리 조상은 당신들 조상에게 빚을 졌다. 중국인들은 과거에 당신들을 침략했고 베트남도 침략했다. … 당신들 선조는 당신들의 영토가 요하를 경계로 한다고 말했으며, 당신들은 현재 당신들이 압록강변까지 밀려서 쫓겨 왔다고 생각한다.

첫 번째 침략은 수양제의 조선 정벌인데 실패했다. 당태종도 실패했으나 그의 아들 고종과 측천무후 대에 이르러 조선을 정벌하였다. 당시 조선은 신라, 백제, 고구려로 3분되어 있었고 그들 내부에서 모순이 발생하여 연개소문의 부하도 그를 반대했기 때문에 정복할 수 있었다. 당신들이 역사를 기술할 때 이것을 써 넣어야 한다. 이것이 역사인데 그것은 봉건 제국시대이고 우리 인민정부가 아니다.

다음은 갑제9호증의2 저우언라이의 연설문입니다. 1963년 6월 28일 저우언라이 총리가 조선과학원대표단을 접견하는 자리에서 한 연설입니다.

이러한 시기에 한족 또한 일부가 동북 지역으로 옮겨 거주하게 되었다. 만주족 통치자는 당신들을 계속 동쪽으로 밀어냈고, 결국 압록강, 두만강 동쪽까지 밀리게 되었다.

만주족은 중국에 대해 공헌한 바가 있는데 바로 중국 땅을 크게 넓힌 것이다. 왕성한 시기에는 지금의 중국 땅보다도 더 컸다. 만주족 이전, 원나라 역시 매우 크게 확장했지만 곧바로 사라졌기 때문에 논외로 치자. 한족이 통치한 시기에는 국토가 이렇게 큰 적이 없었다.

다만 이런 것들은 모두 역사의 흔적이고 지나간 일들이다. 이런 사정들은 우리가 책임질 일이 아니고 조상들의 일이다. 우리는 이런 현상을 인정할 수 있을 뿐이다.

이렇게 된 이상 우리는 당신들의 땅을 밀어붙여 작게 만들고 우리들이 살고 있는 땅이 커진 것에 대해 조상을 대신하여 당신들에게 사과해야 한다.

그래서 반드시 역사의 진실을 회복해야 한다. 역사를 왜곡할 수는 없다. 두만강, 압록강 서쪽은 역사 이래 중국 땅이었다거나 심지어 고대부터 조선은 중국의 속국이었다고 말하는 것은 황당한 이야기다.

중국의 이런 대국 쇼비니즘이 봉건시대에는 상당히 강했다. 다른 나라에서 선물을 보내면 조공이라 했고, 다른 나라에서 사절을 보내 서로 우호 교류할 때도 알현하러 왔다고 불렀으며, 쌍방이 전쟁을 끝내고 강화할 때도 당신들이 신하로 복종한다고 말했다. 그들은 스스로 천조(天朝), 상방(上邦)으로 칭했는데 이것은 불평등한 것이다. 모두 역사학자의 붓끝에서 나온 오류이다. 우리는 이런 것들을 바로잡아야 한다.…

1949년 10월 1일 중화인민공화국을 수립한 중국의 최고지도자 마오쩌둥과 저우언라이 모두 요동 지역이 원래 조선의 영토였음을 인정하고 있습니다. 이후에는 어떨까요? 갑제9호증의3 녹취록입니다. 이것은 2004년 8월 피고 중화인민공화국의 외교부 부부장이었던 우다웨이[武大偉]의 발언을 녹취한 것입니다.

한국에서 간도가 조선 땅이라고 주장하지 않는다면 우리도 고구려가 중국의 소수민족 국가였다고 주장하지 않을 것입니다.

2004년 8월은 소위 동북공정이 한창이던 시절이었습니다.

동북공정이란 고조선, 고구려, 발해의 역사를 중국사로 편입시키기 위한 프로젝트로 중국 사회과학원 산하 변강사지연구중심(邊疆史地研究中心)이 2002년부터 진행해 오고 있는 것입니다.

이 발언은 동북공정의 목적이 역사 왜곡을 넘어 한중 간 영토 분쟁 지역인 간도를 피고 중화인민공화국에 귀속시키기 위한 작업임을 자백한 것입니다. 실제 동북공정의 27개 연구 과제 중 15개 과제가 간도에 관한 것이었습니다.

요컨대, 피고가 고구려를 중국 소수민족 국가라고 주장하는 것은 역사를 왜곡하는 것입니다.

피고 측 역대 정치인들은 한반도를 비롯한 만주, 요동 일대가 원래 한민족의 영토라는 인식을 가지고 있었습니다.

북한 지역이 원래 중국 영토라는 주장은 허황된 역사 왜곡에 불과합니다. 이상입니다.

"중국의 영토 중심적 역사 서술 방식은 심각한 결함을 가지고 있어요. 우리가 먼 훗날 중국과 일본을 병합하여 동북아시아의 패권국가가 되었다고 가정해 볼게요. 그리고 그 상태에서 이런 식의 역사 서술을

했다고 하자구요. 한번 보세요."

오늘날 대한민국의 영토 내에 살고 있는 민족을 대한민족(大韓民族)이라 한다. 과거 이 안에는 대한민족의 소수민족이었던 일본족이 세운 일본과 한족이 세운 중국이라는 나라가 있었다. 이들 국가들은 대한민국의 소수민족 국가로서 대한민국 역사임이 명백하다.

"어때요? 괜찮은가요?"
"마음에 드는데요."
김 변호사 대답에 한 교수가 소리 내어 웃으며 다시 종이 한 장을 건네준다.
"물론 마음에 드시겠지요. 문제는 이런 식의 역사 서술은 올바르지 않다는 거예요. 이번에는 이걸 한 번 읽어 보세요."

과거 대한민국의 영토 안에서는 한국, 중국, 일본이 각축전을 벌이고 있었다. 한국은 한민족이, 중국은 한족이, 일본은 일본족(日本族)이 수립한 국가였다. 이들 삼국은 수천 년 동안 각축전을 벌이며 고유한 문화를 꽃피웠다. 그러다가 문화적으로 가장 융성한 한국이 중국과 일본을 합병하기에 이르렀고 이후 국호를 대한민국이라 하여 오늘에 이르고 있다.

제8부

쪽박

준비서면

사건 북한반환 청구소송
원고 대한민국
피고 중화인민공화국

위 사건에 관하여 피고 중화인민공화국은 다음과 같이 변론을 준비합니다.

다음

1. 피고 중화인민공화국이 북한에 개입한 것은 북한에 거주하고 있는 중화인민공화국 국민들의 생명과 재산을 지키기 위한 것으로 정당합니다.

2. 1945년 남북 분단 이후 피고 중화인민공화국과 조선민주주의 인민공화국은 한국전쟁을 같이 치르는 등 생사고락을 같이해 왔습니다. 냉전시대에는 같은 사회주의 국가로, 데탕트 이후에는 북한의 최대 교역 상대국으로 협력관계를 유지해 온 것입니다. 특히 북한이 세계 대다수 국가로부터 외면당해 힘든 상황에서도 피고는 북한을 원조하며 혈맹관계를 유지해 왔습니다.

3. 북한은 1992년부터 경제 활성화를 위하여 26개에 달하는 경제 특구를 조성하고 해외 기업들의 투자를 유치하기 위해 노력해 왔습니다. 특히 2012년 김정은 정권이 들어선 이후 해외자본을 유치하는 데 더욱 적극적이었습니다. 2013년 5월 '경제개발구법'을 제정하고, 같은 해 11월 청진·북청·흥남·현동·신평·온성섬·어랑·혜산·만포·위원·압록강·와우도·송림 등 13개 지역을 경제개발구로 지정했습니다. 경제개발구가 있는 도의 인민위원회가 건물·도로 건설, 전기·통신 시설 구축 등을 내용으로 하는 개발총계획을 수립했고, 각종 전람회·전시회·박람회에서 경제개발구 총계획들을 소개하는 투자설명회를 개최하였습니다.

4. 그러나 미국을 비롯한 많은 국가는 북한을 외면하였고 피고와 러시아, 동구 유럽 몇몇 국가만 호응하였을 뿐입니다. 결국 북한은 투자를 꺼리는 해외자본 유치를 위해 각종 보장책을 강구해야 했습니다. 해외 기업의 자유로운 경제활동을 보장하기 위해 각종 법안을 만들고, 만일의 사태를 우려하는 해외자본들을 안심시키기 위해 지하자원을 담보로 제공한 것입니다.

5. 이러한 조치들은 주효했습니다. 북한에 우호적인 국가들의 민간 자본이 북한에 유입되었고 북한은 최소한의 경제활력을 얻을 수 있었습니다. 혈맹관계이자 지리적으로 인접한 중화인민공화국 국민들이 북한에 투자하는 것은 지극히 자연스러운 일이었고 결국 중화인민공화국 국민들의 북한 26개 경제특구 점유율이 50퍼센트를 넘게 되고, 이들이 제공한 인적·물적 인프라는 북한 경제를 지탱하는 든든한 기둥이 되었습니다.

6. 북한은 투자 유치 당시 북한에 내란이나 전쟁 등 만일의 사태가 발생할 경우 투자자들이 속한 국가가 자국민의 생명과 재산을 보호하기 위해 군사 조치를 취할 수 있다는 점을 법으로 보장하고 이에 관한 각서를 작성해 주었습니다. 이를 증거로 제출합니다.

7. 요컨대, 피고 중화인민공화국이 북한에 개입한 것은 중화인민공화국 국민들의 생명과 재산을 보호하기 위한 조치로서 북한 당국이 인정한 적법한 조치인바, 원고의 이 사건 청구를 기각하여 주시기 바랍니다.

증거

1. 을제4호증 북한 내 외국자본 투자 현황표
1. 을제5호증 보장 각서

증거를 보겠습니다. 먼저 을제4호증 '북한 내 외국자본 투자 현황
표'입니다. 북한의 적극적인 투자 유치로 현재 북한에는 많은 외국자
본이 유입되어 있습니다. 그러나 북한에 투자한 국가가 많은 것은 아
닙니다. 보시다시피 중국, 러시아, 동구 유럽 국가들이 주류를 이루고
있습니다. 표를 보시지요. 중국이 51.78퍼센트, 러시아가 27.32퍼센트
를 차지하고 있습니다. 현재 중화인민공화국 국민들이 북한 내 26개
경제특구에 투자한 금액이 400억 달러가 넘으며 상주하는 인원만 150
만 명에 달합니다. 그럼 을제5호증 보장 각서를 보겠습니다.

조선민주주의인민공화국은 귀국 국민들의 투자를 고맙게 생각합니다. 귀국
국민들은 투자 이후 한반도 정세 악화 등의 요인으로 생명과 재산에 위해가
가해지는 상황이 발생할 것을 우려하고 있으며 만에 하나 이러한 상황이 벌
어질 경우 귀국 정부가 자신들의 생명과 재산을 직접 보호해 줄 것을 희망하
고 있습니다. 이에 당국은 이러한 상황이 발생할 경우 귀국 정부가 귀국 국
민들의 생명과 재산을 직접 보호하기 위하여 취하는 제반 조치에 적극 협력
할 것을 각서합니다.

어떻습니까? 북한 당국은 만약의 사태가 발생할 경우 투자자들의
본국이 자국민의 생명과 재산을 보호하기 위해 조치하는 것을 보장했
습니다.

피고 중화인민공화국이 북한에 개입한 것은 이러한 각서에 따라 자국민의 생명과 재산을 보호하기 위한 조치로서 정당합니다. 이상입니다.

2014년 10월 24일.

종합편성채널 프로그램에서 전작권 환수 연기와 북한의 핵무기 보유에 관해 패널들이 이야기를 나누고 있다.

"플루토늄 핵무기 한 발을 생산하고 핵실험을 하는 데 최소 3억 달러에서 8억 달러의 돈이 듭니다. 북한은 6발 내지 12발의 핵무기를 제조할 수 있는 플루토늄을 보유하고 있는 것으로 알려져 있습니다. 북한이 무슨 돈으로 이걸 마련했을까요?"

갑작스런 패널의 질문에 진행자가 당황한 듯싶었지만 노련하게 즉답을 피해 나간다.

"글쎄요? 3억 달러라면 우리 돈으로 3천억 원에 달하는 큰돈이고, 북한의 핵무기가 열 발이라고 할 경우 최소 3조 원이 필요한데 어디에서 그렇게 큰돈이 나왔을까요?"

"조금만 생각해 보면 바로 답이 나옵니다. 북한의 1차 핵실험이 2006년도입니다. 김대중 정부는 남북정상회담의 대가로 현금 5억 달러와 8557억 원 상당의 쌀과 비료를 제공했고, 노무현 정부는 1조 4446억 원 상당의 쌀과 비료, 시멘트를 지원했습니다. 현대의 금강산

관광 등 7개 사업과 개성공단 추진에 현금 9억 8천 달러가 지불되었습니다. 여기에 지자체와 민간단체의 대북 지원도 있었습니다. 당시 북한 경제는 주민들의 생계조차 해결하지 못할 정도로 심각한 상황이었습니다."

패널의 발언에 진행자가 재빨리 정리한다.

"그러니까 그렇게 지원된 자금들이 북한 핵실험 비용으로 쓰였다 그런 말씀이네요?"

"그렇습니다. 북한은 선군(先軍)정치를 표방하는 국가입니다. 군이 모든 것에 우선하는 나라라는 말입니다. 우리가 북한에 뭔가를 지원하면 어떻게 되겠습니까? 각종 대북 지원금과 물품들은 당연히 군으로 들어가게 되어 있습니다."

"일리 있는 말씀입니다."

"일리 있는 것이 아니라 북한의 메커니즘상 분명한 사실입니다. 대북 지원은 결국 북한의 핵무기 생산을 지원하는 것이었습니다."

그때 반대 패널이 발언권을 요청한다.

"북한의 1차 핵실험은 2006년 10월 9일, 2차 핵실험은 2009년 5월 25일, 3차 핵실험은 2013년 2월 12일에 실시되었습니다. 이명박 대통령 집권 이후 남북관계가 완전히 경색되면서 더는 지원이 없었는데요. 2차, 3차 핵실험 비용은 어디에서 조달한 것일까요?"

중국의 준비서면이 제출되자, 대한민국 소송팀은 그 진위 여부를 확인하기 위해 동분서주하고 있었다. 이미주 사무관이 1차 조사 결과를 브리핑하고 있다.

"2012년 4월 11일 노동당 제1비서로 추대된 김정은은 무역을 다각화, 다양화하고 외국인 투자를 적극 유치하여 북한 경제를 활성화해야 한다고 강조했고, 6·28조치와 12·1조치로 인센티브 제도를 도입하고 이윤을 중시하는 기업 경영, 시장 가격 중시, 시장 활성화 등의 시장경제적 요소를 도입하여 경제 회생을 추진했습니다. 김정은이 북한 경제 회생을 최고 목표로 설정한 것은 당시 북한의 경제 상황상 불가피한 것이었습니다."

당시 북한 주민들은 기본적인 의식주도 해결하지 못한 채 기아에 허덕이고 있었다. 이 시기 대한민국 내에는 대북 퍼 주기 정책을 중단하라는 여론이 득세하고 있었고 남북관계는 전면 단절된 상태였다.

"결국 북한은 대한민국이 아닌 다른 나라로부터 활로를 찾아야 했고, 외국자본을 통한 경제·관광특구 및 교통 인프라 사업을 적극 추진하기 시작했습니다."

경제관광특구로는 1991년에 지정된 나진·선봉경제무역지대, 2002년에 지정된 개성공업지구, 금강산관광특구, 신의주특별행정구, 2010년에 지정된 황금평·위화도경제지대 등이 대표적이다.

"중국은 신의주, 황금평, 위화도지구 개발에 적극 참여했습니다. 2010년 12월 북한과 중국 정부 간에 '나선경제무역지대와 황금평·위화도경제지대 공동 개발 및 공동 관리에 관한 협정'이 체결되었습니다."

이후 훈춘과 북한 원정리 사이에 신두만강대교, 훈춘·라선 철도가 개설되고, 훈춘에서 라진까지 송전선로가 설치되고 라진시에 변전소가 건설되었다. 라진지구의 상점과 식당, 호텔 등이 포함된 16개 동 규모의 대형 국제무역센터 또한 중국 자본에 의해 건설되었다.

중국으로서는 손해 볼 것이 없었다. 북한은 풍부한 지하자원을 담보로 제공했고 특별법을 제정하여 외국자본들이 안심하고 들어올 수 있도록 환경을 조성해 주었다. 주민들이 굶어 죽어 가고 있는 북한으로서는 어쩔 수 없는 선택이었다.

2013년 5월 지방급 경제특구 추진을 지원할 '경제개발구법'이 제정되고 2013년 11월 13개 경제개발구가 발표되면서 중국의 대북투자는 더욱 가속화되었다.

중국은 매우 적극적이었다. 경제특구에 투자했다가 손실을 보게 될 경우 투자금의 80퍼센트까지 보전해 주는 정책을 제시하였고 중국 기업들은 앞다투어 투자했다.

"2013년 12월 8일 북한 조선경제개발협회와 중국 관군투자유한공사를 대표로 하는 국제투자집단 간에 '조선민주주의인민공화국의 신의주-평양-개성 사이 고속철도 및 고속도로 건설에 관한 합의서'가 체결되었습니다."

이 사업은 신의주, 해주, 개성 등 북한의 주요 경제특구와 평양 등 북한 서부 지역의 주요 도시를 연결하는 것으로 북한 발전의 주요 인프라를 구축하는 핵심 사업 중 하나였다. 같은 달 중국 투먼[圖們]시와 함경북도 온성섬 경제개발구 사이에 특구 조성을 위한 계약이 체결되었다. 지방 소도시를 개발하기 위한 경제개발구에도 투자하기 시작한 것이다.

이후 중국 자본이 급속도로 북한 구석구석까지 침투하기 시작하였고, 북한 26개 경제특구의 50퍼센트 이상의 지분을 차지하게 된 것이다.

"도대체 우리는 뭘 하고 있었던 거죠?"

이미주 사무관의 설명을 묵묵히 듣고 있던 한서현 교수가 안타깝다는 듯 묻는다.

"이명박 대통령 시절 경색된 대북관계는 박근혜 정부로 이어졌습니다. 박근혜 대통령이 통일대박론을 주창하고 드레스덴 선언과 UN 연설 등을 통해 교류를 추진했지만 경색된 대북관계는 쉽게 풀리지 않았습니다. 그 사이 중국, 러시아, 일본, 유럽의 자본들이 북한을 공략한 것입니다."

이명박 대통령의 대북정책은 '비핵개방3000'으로 요약된다. 북한과의 경제 교류는 북한의 핵무장을 지원하는 것이나 마찬가지이기 때문에 북한이 먼저 핵을 포기하지 않는 한 일절 교류할 수 없다는 것이다. 박근혜 대통령도 이러한 기조를 이어 나갔다.

"이명박 대통령의 5·24조치 이후 외자를 유치해야 하는 북한은 결국 대한민국과 미국을 제외한 다른 국가들과 교섭을 벌였습니다. 북한은 매우 적극적이었습니다. 국가 차원에서 투자설명회를 개최하고 홍보에도 열심이었습니다."

김정은은 마식령에 스키장을 건설하여 외국 관광객을 유치하였고 투자 유치 홍보 포스터에 직접 참여하기도 했다.

마식령 일대는 겨울 종합 레저타운으로 개발되고 원산 지역에는 종합 휴양지 개발 사업이 추진되었는데, 원산 전체를 금융무역지구, 공원체육오락시설지구, 관광숙박시설지구, 체육촌지구 등으로 나누고, 송도원 해수욕장과 명사십리, 갈마반도 등의 해안을 여름 휴양지로 개발하였다.

이 사업에도 많은 중국 기업이 진출했는데 대한민국 기업들은 전혀 참여하지 못했다. 북한에 의욕을 가지고 진출했던 현대의 금강산관광특구 관광사업은 여전히 중단 상태였다. 남북 경색으로 인하여 60조

원 규모로 추정되는 건설 물량을 모두 중국 등 다른 나라들에게 빼앗기고 만 것이다.

"5·24조치가 뭔가요?"

한 교수가 물었다.

"2010년 3월 26일 천안함 사건 발생 직후인 2010년 5월 24일에 취해진 대북 제재 조치를 말합니다. 대한민국 국민들의 방북을 불허하고 개성공단사업을 제외한 남북 교역 중단, 신규투자 및 확대투자 금지, 대북 지원 사업의 원칙적 보류, 북한 선박의 우리 해역 운항 전면 불허 등을 주요 골자로 하고 있습니다. 이 조치는 박근혜 대통령 시절에도 유지되었습니다. 야당의 해제 요구가 계속되고 여당 내에서도 일부 해제 의견이 제기되었지만 북한의 핵무기 개발 포기가 선행되지 않는 한 해제할 수 없다는 것이 박근혜 대통령의 기본 방침이었습니다."

"상당히 강력한 내용인데, 그런 조치를 국회 동의 없이 행정부 단독으로 발할 수 있는 건가요?"

한 교수가 동의할 수 없다는 표정으로 반문하지만 이미주 사무관이 대답할 수 있는 사안이 아니다. 강지성 교수가 거들고 나선다.

"5·24조치의 적법성과 관련하여 소송이 한 건 있었습니다."

2011년 10월 11일 개성공단 입주 예정 기업인 (주)겨레사랑이 5·24조치로 재산권 행사와 영업의 자유를 침해당했다며 정부를 상대로 손해배상청구소송을 제기했다. 겨레사랑은 개성공업지구지원에 관한 법률에 따라 2007년 6월 개성공단 토지를 분양받고 2008년 3월 설계, 사업 승인 등 허가를 받은 상태였다. 개성공단에 지하 4층, 지상 14층의 복합 상업건물을 건축할 계획이었는데 5·24조치로 사업을 추진할 수 없게 되자 소송을 제기한 것이다.

"결론이 어떻게 되었는데요?"

김 변호사가 궁금하다는 듯 대답을 재촉한다.

"2012년 3월 29일 원고 패소 판결이 내려졌습니다. 5·24조치는 고도의 통치 행위로서 불법 행위가 될 수 없다는 취지였습니다."

5·24조치는 2008년 이후 남북관계가 전반적으로 경색되어 있는 상황에서 천안함 피격사건이 발생하자 국민의 생명과 재산을 보호하고 북한의 군사 도발에 대한 강력한 제재가 필요하다는 판단 아래 이루어졌다. ··· 이 조치는 국가 안보를 위하여 행한 고도의 정치적 판단에 따른 행정적 행위라 판단될 뿐, 이를 피고 대한민국의 고의 또는 과실에 의한 위법한 공무집행으로 볼 수 없다. ··· 국가 안보를 최우선 목표로 한 정책 판단이 이루어질 수밖에 없었던 점, 남북관계의 특성상 국가 안보에 관한 대북정책은 국가의 다양한 정책 분야 중에서 가장 높은 수준의 정치적, 군사적 판단이 필요한 영역인 점 등을 고려해야 한다.

"천안함 사건은 이명박 대통령 집권 3년차에 일어난 사건이잖아요? 이명박 대통령이 집권하면서 남북관계가 경색된 이유가 무엇인가요?"

아직 의문이 풀리지 않았다는 듯 한 교수의 질문이 이어진다. 이미 주 사무관이 자료를 보며 대답한다.

"이명박 대통령은 북한이 핵을 포기하고 개혁개방을 하면 경제지원을 통해 10년 안에 북한 주민 1인당 국민소득을 3천 불 이상으로 만들어 주겠다는 '비핵개방3000' 정책을 내세웠습니다. 하지만 북한이 이를 수용하지 않았고, 결국 모든 대화 채널이 중단되고 만 것입니다. 이후 금강산 관광객 피살사건, 2차 핵실험, 천안함 사건, 연평도 폭격사건 등이 잇달아 일어난 것입니다.”

2008년 3월 현대아산이 금강산 승용차관광을 실시하였다. 그런데 7월 11일 금강산에서 관광객 피격 사망 사건이 발생하고 만다. 8월 27일에는 북한의 원정화가 위장 탈북하여 간첩 행위를 하다 구속되는 사건이 발생했고, 2009년 4월 5일에는 북한이 ‘광명성 2호’를 발사한다. 위성을 가장한 장거리 로켓 발사 실험이었다. 5월 25일에는 2차 핵실험을 강행하였다. 결정적으로 2010년 3월 26일 백령도 해상에서 천안함 침몰 사건이 발생하여 해군 46명이 수몰되면서 긴장이 최고조에 이르고, 이명박 대통령은 5·24조치를 내린다. 11월 23일에는 북한이 연평도를 포격하여 해병대원 2명과 민간인 2명이 사망하고 일부 건물이 무너지는 사건이 발생한다. 이 사건은 정전 이후 상대의 영토에 무력을 가한 최초의 사건이었다.

“이명박 대통령이 집권 초기에 그런 조건을 제시한 이유가 뭐죠?”

한 교수가 다시 묻자 이번에는 강 교수가 답변한다.

“한마디로 정권이 바뀌었다는 거죠? 김대중, 노무현 정권과는 성격을 달리하는 정권이라는 것을 보여 줄 필요가 있었던 것입니다.”

“박근혜 대통령도 마찬가지였나요? 박근혜 대통령은 통일대박론을 주창하면서 북한과 적극적으로 대화하려고 한 것 아닌가요?”

“박근혜 대통령은 집권 1년차인 2013년 10월 7일 인도네시아 발리에서 시진핑 중국 주석과 회담하면서 북한이 핵 폐기 의사를 분명히 밝히지 않는 한 6자회담을 열지 않겠다고 공언하였습니다.”

“비핵개방3000 정책을 그대로 계승한 것인가요?”

“박근혜 대통령의 대북정책은 ‘한반도 신뢰 프로세스’로 일컬어지는데, 기본적인 기조는 비핵개방3000과 동일합니다. 남북관계는 여전히 경색 국면을 유지하게 됩니다."

북한은 3년 전의 패턴을 되풀이했다. 2012년 12월 12일 장거리 로켓을 이용하여 광명성 3호 위성을 발사하고, 2013년 2월 12일 제3차 핵실험을 강행하였다. 이어 3월에 실시된 한미합동 군사훈련을 비난하면서 개성공단 통행을 일방적으로 막아 버렸고, 정전협정의 무효를 선언하고, 10월에는 미 해군 7함대 항공모함 조지워싱턴호의 한반도 군사훈련 참가를 비난하면서 인민군 동원 태세를 선포하였다.

"잠깐 여쭙고 싶은 게 있는데요. 북한이 자꾸 도발하는 이유가 도대체 뭔가요?"

강 교수의 설명을 듣던 이미주 사무관이 이해가 안 된다는 표정으로 묻는다.

북한은 2015년 8월 목함지뢰 사건, 확성기 포격 사건을 일으켰다. 브리핑을 준비하면서 북한이 도대체 왜 그러는 것인지 도저히 이해가 안 되었던 것이다.

"북한의 기득권층은 통일을 원하지 않습니다. 그들에게는 적화통일이 아니면 차라리 분단 상태가 낫습니다. 도발 이유는 크게 두 가지입니다."

"두 가지요?"

"첫째, 북한 주민들을 자기들이 원하는 방향으로 끌고 가기 위한 것이고, 둘째, 남북 간 통일 분위기 조성을 저지하려는 것입니다."

강 교수가 말을 끊고 이 사무관을 바라본다. 자신의 말이 소화되기를 기다리는 것이다. 이 사무관이 생각을 정리한 듯 다시 묻는다.

"그럼 우리는 그런 북한의 도발에 대해 어떻게 대응해야 하죠?"

김 교수가 드디어 원하는 질문이 나왔다는 듯 빙그레 웃음을 지으며 대답한다.

"헌법 제4조를 염두에 두고 생각해 보면 답이 나옵니다."

"헌법 제4조요?"

제4조 (평화통일정책) 대한민국은 통일을 지향하며, 자유민주적 기본질서에 입각한 평화적 통일정책을 수립하고 이를 추진한다.

"평화통일은 대한민국 헌법의 지상 명령입니다. 헌법은 대통령에게도 평화통일 의무를 부여하고 있습니다."

제66조 (대통령의 지위, 책임) ④ 대통령은 조국의 평화적 통일을 위한 성실한 의무를 진다.

제68조 (대통령의 취임선서) 대통령은 취임에 즈음하여 다음의 선서를 한다.

"나는 헌법을 준수하고 국가를 보위하며 조국의 평화적 통일과 국민의 자유와 복리의 증진 및 민족문화의 창달에 노력하여 대통령으로서의 직책을 성실히 수행할 것을 국민 앞에 엄숙히 선서합니다."

강 교수가 잠시 생각을 정리하더니 이내 답변을 시작한다.

"북한의 도발에 대한 대응 방안은 바로 이러한 평화통일의 관점에서 도출되어야 합니다. 목적에 부합하는 수단이 동원되어야 한다는 말입니다."

강 교수 설명에 이미주 사무관이 고개를 끄덕인다.

"북한의 기득권층이 체제 안정과 분단 고착화를 목적으로 도발하는 것에 대해 부화뇌동해서는 안 된다는 말씀이네요?"

"그렇습니다. 저들의 장단에 놀아나서는 안 됩니다. 오히려 저들이 그러한 목적을 달성하지 못하도록 역전술을 써야 합니다."

어느 정도 이야기가 마무리된 듯하자 김명찬 변호사가 주의를 환기시킨다.

"자, 이 정도면 어느 정도 이해가 된 것 같습니다. 중요한 것은 중국 측 주장이 상당한 설득력을 가지고 있다는 점입니다. 중국은 긴급사태가 발생할 경우 자국 국민들의 생명과 재산을 지키기 위해 군사 조치를 취할 수 있는 권리를 가지고 있습니다. 중국과 북한이 체결한 개발 협의서와 계약서에도 이러한 내용이 포함되어 있습니다."

유사시 중화인민공화국 정부는 중국 인민과 그들이 투자 건립한 시설들을 보호하기 위하여 조선민주주의인민공화국에 군사력을 요청할 수 있으며, 급박한 경우에는 중화인민공화국의 군사력을 직접 동원하여 자국민과 시설에 대한 보호 조치를 취할 수 있다.

"물론, 이 규정은 경제특구 내에 한정되기 때문에 북한 전역을 점령한 사실을 정당화할 수는 없습니다. 하지만, 이것이 중국의 북한 진주를 상당 부분 허용하는 것만은 틀림없는 사실입니다. 이것을 어떻게 반박할 것인지 의견을 모아 주시기 바랍니다."

대한민국 소송팀이 마땅한 반박 논리를 찾아내지 못하고 준비서면 제출을 미루고 있던 중 중국 측 준비서면이 또 송달되었다.

준비서면

사건   북한반환 청구소송
원고   대한민국
피고   중화인민공화국

위 사건에 관하여 피고 중화인민공화국은 다음과 같이 변론을 준비합니다.

다 음

1. 원고 대한민국은 북한 주민들이 남한과의 통일을 바란다는 전제하에 이 사건 소송을 제기한 것 같습니다. 하지만 이것은 원고의 착각에 불과합니다. 북한 주민들은 대한민국이 아닌 피고와의 합병을 원하고 있습니다.

2. 1945년 해방 이후 한국은 남북으로 분단되었고, 서로 다른 체제와 문화 속에서 오랜 세월을 보내 왔습니다. 그동안 남북 양측은 체제 및 군비 경쟁을 벌이며 소통하지 않았습니다. 잠시 잠깐 그런 적도 있지만 극히 미미한 수준이었고, 남북 주민들 사이에는 정서적, 문화적으로 도저히 융화될 수 없는 이질감이 형성되고 말았습니다.

3. 반면, 같은 사회주의 국가인 북한과 중화인민공화국 국민들

은 자유롭게 왕래하며 경제 교류를 하는 등 관계를 지속해 왔습니다. 현재 북한 지역에 거주하고 있는 중화인민공화국 국민들이 수백만 명에 이르고, 중화인민공화국에 거주하는 북한 주민들 또한 그 수를 헤아리기 어려울 정도입니다. 오죽하면 북한이 동북 4성이라 불리겠습니까?

4. 요컨대, 북한 주민들과 피고의 국민들은 잦은 왕래와 교역을 통해 문화적, 정서적 동질감이 매우 높을 뿐 아니라 우정과 신뢰 또한 깊습니다. 많은 북한 주민이 중국과 하나 되기를 희망하는 이유입니다.

5. 이와 관련하여 북한 주민들을 상대로 한 여론 조사 결과를 증거로 제출합니다. 여론 조사 결과 중국과의 합병을 원하는 주민은 50퍼센트에 육박하는 반면, 남한과의 합병을 원하는 주민은 10퍼센트에 불과합니다.

증거

1. 을제6호증 북한 주민 여론 조사 결과표

피고 중화인민공화국

소송대리인 왕하오

"동북 4성이 뭐죠?"

중국 측 준비서면을 읽던 한서현 교수가 강지성 교수에게 묻는다.

"중국은 랴오닝 성, 지린 성, 헤이룽장 성에 북한까지 합하여 동북 4
성이라고 부릅니다."

"왜요?"

"중국과 북한 주민들로 하여금 북한을 중국의 일부로 여기게 만드
는 언어전술이지요."

"북한 정권이 그런 말을 듣고도 가만 있나요?"

"중국 사람들은 경제적인 측면에서 봤을 때 그렇다는 것이라고 의
뭉을 떨지만 어찌 북한 정권이라고 그 속뜻을 모르겠습니까? 다만 중
국에 의존해야 하는 처지이다 보니 딱히 반박하지 못하겠지요."

2002년 12월 23일 청와대 오찬장.

김대중 대통령과 노무현 대통령 당선자가 담소를 나누며 만찬 중이
다. 제16대 대통령 당선자가 인사차 청와대를 찾은 것이다.

"1991년은 북한 역사상 획기적인 변화가 일어난 해입니다. 남북이
UN에 동시 가입하고 남북기본합의서가 작성되고 나진·선봉지역이
자유경제무역지대로 지정되었습니다. 이것은 덩샤오핑[鄧小平]의 개혁
개방정책과 같은 것이었습니다. 덩샤오핑처럼 공개적으로 표방하지
않았을 뿐 내용은 똑같습니다."

대통령이 만찬 후반 화두로 등장한 통일정책에 관한 이야기를 이어가고 있다. 당선자가 대통령의 이야기를 경청하며 고개를 끄덕인다.

김 대통령은 평생 통일에 대해 고민한 사람으로 이에 관한 식견이 탁월한 것으로 평가되고 있다. 그런 그가 진지한 표정으로 통일에 대해 이야기하고 있는 것이다.

"노태우 대통령은 러시아, 중국 등 공산국가들과 수교하고 북한과의 관계를 개선해 냈습니다. 정말 높이 평가되어야 할 일입니다. 김영삼 대통령은 김일성과의 정상회담을 추진했습니다. 그때 성사되었어야 했는데, 김일성 주석이 갑작스럽게 사망하자 급변사태가 일어날 것이라는 주장이 대두되고 남북관계는 다시 경색되고 말았습니다. 당시 북한 경제 상황은 정말 암울했습니다. 북한은 외자 유치를 통해 경제를 살리려고 안간힘을 쓰고 있었습니다."

북한은 1984년 합영법을 제정하여 외국인 직접투자 형태의 자본 도입을 추진했고, 1991년 12월 정무원 결정 제74호로 나진·선봉 자유경제무역지대를 지정하는 등 경제특구정책을 추진했다.

1992년에는 북한 대외경제협력추진위원회가 나진·선봉 자유경제무역지대를 자유무역항으로 만들어 화물중계기지, 제조업 중심 수출가능 기지, 관광·금융·상업중심지로 개발하기로 결정했다. 이후 1996년까지 3억 5천만 달러의 투자계약이 체결되었다.

"올해 9월 12일에 신의주특별행정부기본법이 선포되었습니다. 신의주를 경제특구로 지정한다는 내용이지요. 북한은 급변하고 있습니다. 문제는 이런 개혁개방의 상대방이 대부분 화교 자본이나 연변조선족자치주의 중국 기업이라는 점입니다. 가뜩이나 북한의 중국 의존도가 높은 상황에서 중국이 북한 경제를 완전히 장악해 버릴지도 모릅니다.

나는 이것이 안타깝습니다. 북한에는 엄청난 양의 지하자원이 매장되어 있습니다. 상공회의소 보고에 의하면 2조 달러의 가치가 있다고 합니다. 이것들을 전부 중국에 뺏길 판입니다. 나는 남북관계를 돈독하게 하는 것이야말로 대한민국 제2의 부흥을 만들어 내는 길이라고 생각합니다. 그래서 무리를 해 가면서까지 남북정상회담을 추진했던 것입니다. 당선자께서 나의 이런 뜻을 이어 주었으면 하는 바람입니다."

말을 마친 대통령이 그윽한 눈으로 당선자를 바라본다. 노회한 정치가의 눈에 근심이 가득하다.

"남북정상회담 당시 북한에 돈을 퍼 주었다고 말이 많습니다."

"짧은 생각입니다. 북한은 어차피 외국자본을 유치해야 하는 상황입니다. 그렇게 하지 않으면 주민들이 굶주리게 되고 체제가 불안해질 수밖에 없으니까요. 우리가 북한과 물꼬를 트지 않으면 외국자본들이 잠식해 들어갈 겁니다. 그걸 막을 수 있다면 그래서 남북이 온전히 협력할 수만 있다면 그 정도 투자는 아무것도 아닙니다."

"핵문제도 심각합니다."

"그 문제만큼은 북한 입장에서 생각해 볼 필요가 있습니다. 세계가 북한을 압박하면 북한은 어떻게 해서든 핵무기를 개발하려고 할 겁니다. 이 세상 누가 뭐라 해도 절대 포기하지 않을 것입니다. 자신들의 생존이 걸린 문제니까요. 실력 행사로는 북한의 핵개발을 막을 수 없습니다. 활로를 열어 주어야 합니다. 제2의 한국전쟁은 없다는 확신을 심어 주고 경제적으로 살아날 수 있도록 지원해 줄 때 비로소 핵을 포기할 수 있습니다. 그것이 바로 햇볕정책입니다. 바람은 나그네의 외투를 벗기지 못했지만 햇볕은 스스로 벗게 만들었습니다. 북한의 핵개발을 막으려면 우리도 그렇게 해야 합니다."

당선자가 고개를 끄덕이며 대통령을 바라본다. 믿어도 된다는 굳은 의지가 서린 눈빛이다. 대통령의 입가에 비로소 미소가 번진다.

대한민국 소송팀은 중국 소송팀의 연이은 공격에 대응 논리를 찾지 못한 채 노심초사하고 있었다. 반면 중국 소송팀은 쾌재를 부르고 있었다. 그러던 중 국제사법재판소에서 뜻밖의 서류가 송달되었다.

판결에 갈음하는 결정

사건   북한반환 청구소송
원고   대한민국
피고   중화인민공화국

위 사건에 대하여 당 재판소는 재판 과정에서 드러난 여러 가지 정황에 기초하여 다음과 같이 결정한다.

다 음

1. 북한 지역의 귀속에 대해서는 북한 주민들의 자유, 평등, 비밀,

보통 선거에 입각한 주민투표에 의하여 결정하기로 한다.

2. 주민 투표지의 선택 대상은 다음 세 가지로 한다.
  ① 북한 주민 자치
  ② 대한민국과의 통일
  ③ 중화인민공화국과의 합병

3. 투표는 11월 15일 실시한다.

4. 투표와 관련된 제반 절차는 UN사무국에서 공정하게 관리, 운영한다.

국제사법재판소

국제사법재판소의 결정문이 송달되자마자 중국 소송팀의 긴급회의가 소집되었다. 중국 외교부장이 왕 교수에게 묻는다.

"이걸 투표로 결정하라는 것이 말이 됩니까?"

외교부장은 승소를 예상하고 있었다. 소송 초반 다소 밀리는 듯한 느낌이 있었지만 중반부터는 확실히 우세했다. 그런데 느닷없이 이런 결정문이 날아온 것이다.

"영토 문제와 관련하여 주민투표가 하나의 대세가 되어 가고 있습니다."

"주민투표가요?"

"2014년에 크림자치공화국, 스코틀랜드가 주민투표를 통해 거취를 결정한 바 있습니다."

2014년 3월 16일 크림자치공화국은 주민투표를 통해 러시아와의 합병을 결의했고, 2014년 9월 18일 스코틀랜드는 영국으로부터 독립 여부를 놓고 주민투표를 실시했다.

같은 시각 대한민국 소송팀도 회의를 하고 있다.

"크림자치공화국 주민투표는 어떤 것이었습니까?"

한 교수가 묻자 강 교수가 대답한다.

"크림반도는 우리에게 얄타회담으로 익숙한 곳으로 크림반도 남쪽의 유명한 휴양 도시입니다."

얄타회담은 1945년 2월 4일부터 11일까지 미국, 영국, 소련의 수뇌들이 제2차 세계대전과 관련하여 의견을 나눈 회담이다. 이 회담에서 전후 독일 분할 점령 원칙이 수립되었다.

"크림반도 사태는 언젠가는 일어날 일이었습니다."

강 교수가 말을 이었다.

러시아계가 다수를 차지하고 있는 크림반도는 1783년 러시아 제국에 병합된 이래 종주국 러시아의 팽창정책을 위한 전초기지로서의 역할을 해 왔다. 1954년 소비에트연방의 흐루쇼프 수상이 정치적인 이유로 우크라이나에 양여하였는데, 1991년 연방이 해체되면서 우크라이나 영토로 남게 된 것이다. 양여 직후 러시아령으로 환원시켜야 한다는 주장이 제기되기 시작하였고 1997년부터는 러시아가 조차(租借)하여 점유하고 있는 상태였다.

크림반도는 북쪽으로는 우크라이나의 헤르손 주와 동쪽으로는 러시아의 크라스노다르 지방과 접하고 있는데, 총인구 2백만 명 중 러시아인이 58퍼센트, 우크라이나인이 24퍼센트, 크림 타타르족이 12퍼센트를 차지하고 있다.

"크림반도는 주민 대부분이 러시아어를 사용하는 등 친러시아 성향이 굉장히 강한 지역이었습니다. 그런데, 2014년 2월 18일 우크라이나 혁명으로 친러시아 성향인 빅토르 야누코비치 대통령이 탄핵되고 친서방 성향의 올렉산드르 투르치노프가 대통령에 당선되면서 문제가 발생했습니다. 우크라이나 전체가 친유럽 성향의 서부와 친러시아 성향의 동부로 나뉘어 다투기 시작했고 크림반도에서는 아예 러시아로 복귀하자는 움직임이 일어난 것입니다."

2014년 3월 11일 크림지방정부는 크림공화국으로 독립을 결의하고 3월 16일 주민투표를 실시하였는데, 러시아와의 합병이 압도적 다수를 차지하였다. 3월 18일 러시아와 크림공화국 사이에 합병 조약이 체결되었고 3월 20일 러시아 연방 하원, 3월 21일 연방 상원이 조약을 비준하였다.

"스코틀랜드 국민투표는 뭔가요?"

"그것도 모르세요? 세상일에 너무 무관심한 것 아닙니까?"

강 교수가 자료를 찾으며 면박을 주자 한 교수가 민망하다는 듯 웃음을 지어 보인다.

"2014년 9월 18일 스코틀랜드에서 16세 이상 주민투표가 실시되었습니다. '스코틀랜드가 독립국가가 되어야 하는가?'라는 문항에 찬반투표를 하는 것이었습니다."

"아니 왜요? 영국에도 무슨 갈등이 있나요?"

"영국의 정식 국명은 그레이트 브리튼 북아일랜드 연합 왕국(United

Kingdom of Great Britain and Northern Ireland)입니다. 영국은 잉글랜드, 스코틀랜드, 웨일스와 북아일랜드 네 나라가 연합하여 형성된 국가입니다.

1707년 연합법을 통해 스코틀랜드와 잉글랜드가 합병되었습니다. 연합법 시행으로 스코틀랜드 의회는 잉글랜드 의회와 통합되었는데, 1998년 스코틀랜드법이 시행되면서 의회가 부활했습니다. 스코틀랜드 자체 의회와 행정부가 잉글랜드와 대등한 관계에서 영국 연방을 구성하게 된 것입니다. 상호 자치권을 보장하기로 했기 때문에 교육 제도를 비롯해 행정적인 면에서도 완전히 분리되어 있고 국교도 잉글랜드는 성공회, 스코틀랜드는 장로회입니다."

스코틀랜드 왕국은 1706년 12월 31일까지는 독립 왕국이었다. 북대서양과 북해에 접해 있고 유럽연합 중 가장 많은 석유 매장량을 자랑한다. 스코틀랜드 제3의 도시이자 유럽의 석유 수도로 불리는 애버딘에서 석유 채굴이 활발하게 이루어지고 있다.

"잉글랜드 주민들은 앵글로색슨족인 반면 스코틀랜드 주민들은 켈트족으로 문화와 국민성이 서로 다릅니다. 영어와 다른 스코틀랜드 게일어와 스코트어를 사용했는데 지금은 사용 인구가 많이 줄었습니다."

영국 정계가 보수당(보수주의)과 노동당(진보주의)의 대립 구도인 반면, 스코틀랜드는 국민당(민족주의)과 노동당(진보주의)의 대립 구도다. 스코틀랜드 국민당은 스코틀랜드의 완전한 분리 독립을 추구하는 민족주의 성향의 정당이다. 2011년 5월 스코틀랜드 의회 선거에서 스코틀랜드 국민당이 단독 과반을 차지하면서 스코틀랜드 독립을 위한 주민투표를 주도하게 된 것이다.

"결과는요?"

"부결되었습니다."

투표 결과 찬성 45퍼센트, 반대 55퍼센트였다. 지역별로는 32개 행정 구역 가운데 4곳에서만 찬성표가 많았다.

"스코틀랜드 분리 독립 움직임은 세계 각 지역의 지역감정과 민족주의를 자극했습니다."

"그런 갈등을 겪고 있는 지역이 많은가요?"

"그럼요. 미국 텍사스, 이탈리아 북부, 스페인 카탈루냐, 캐나다 퀘벡, 터키의 쿠르드 자치지역, 중국 신장 위구르와 티베트, 일본 오키나와 등이 모두 그런 지역입니다."

가만히 듣고 있던 김 변호사가 질문을 던진다.

"주민투표와 민족자결주의가 관련이 있죠?"

"그럼요. 각 민족 집단이 스스로의 의지에 따라 그 귀속과 정치 조직 등 정치적 운명을 결정하고 타민족이나 타국가의 간섭을 인정하지 않겠다는 것이 바로 민족자결주의잖아요?"

민족자결주의는 1918년 11월 11일 제1차 세계대전 직후 미국의 윌슨 대통령에 의해 확립된 것으로 전후 유럽의 국경과 영토 조정의 기본 원칙이 되었고 이후 전 세계로 확산되어 식민지 상태의 약소민족들의 독립 쟁취를 위한 이념적 근거로 활용되었다. 3·1운동 또한 이러한 정신의 영향을 받은 것이다.

"민족자결주의는 제2차 세계대전 이후 식민지 독립에 큰 영향을 주었고 UN 헌장, 1954년 인도차이나 문제에 관한 제네바협정, 1960년 UN 총회의 식민지독립선언 등에 포함되어 국제법상 하나의 확고한 원칙이 되었습니다. 국제사법재판소가 북한 주민들로 하여금 자신들의 운명을 스스로 결정짓도록 한 것 또한 이에 입각한 것입니다."

국제사법재판소가 주민투표를 권고하자 대한민국과 중화인민공화국 모두 분주하게 표 계산을 하기 시작했다. 대한민국은 내심 다행스럽게 여기고 있었다. 같은 언어를 쓰는 같은 민족 아닌가? 하지만 중국 소송팀의 분위기 또한 의외로 차분했다.

"결코 우리가 불리하지 않습니다. 북한 주민들은 남한에 대한 반감이 아주 큽니다. 북한 주민들이 한국전쟁 이후 지금까지 아등바등 살아온 것도 따지고 보면 남한 때문 아닙니까? 게다가 남한으로 넘어간 탈북자들이 제대로 적응하지 못하고 낙오되고 있다는 소문이 파다합니다. 많은 주민이 중국과의 합병을 원하고 있습니다."

"그래요? 그럼 우리도 뭔가 확실한 밑밥을 던져야 하는 것 아닙니까? 북한 지역을 소수민족 자치구로 인정해서 독립적 지위를 보장해 준다던가 하는 것 말입니다."

"그거 아주 좋은 생각입니다. 북한 주민들도 급격한 변화에 대한 두려움을 가지고 있고 우리 또한 낙후된 북한을 떠안음으로써 경제적 타격을 입을 수 있습니다. 우선 소수민족 자치구로 인정해서 상호 충격을 완화하는 것이 최선의 방법입니다."

중국 당국은 즉각 성명을 발표했다. 조선민주주의인민공화국 주민들이 중국과의 합병을 결정할 경우 북한을 조선족 자치구로 인정하여 독립적인 지위를 보장할 것이라는 내용이었다.

투표일은 성큼성큼 다가오고 있었다. UN 주민투표감시위원회의 감독하에 중국합병론자들과 남북통일론자들이 표를 모으느라 분주하게 움직이고 있었다. 대한민국은 통일론자들을 지원하며 북한 주민들을 설득하는 데 만전을 기하고 있었고 중국 또한 마찬가지였다.

어느새 주민투표일이 2주 앞으로 다가왔다. 중국합병론이 여전히 우세했다. 투표일을 14일 앞두고 이루어진 여론 조사 결과 중국합병론이 15퍼센트 이상 우세한 것으로 나타나고 있었다.

이명박 대통령 이후 조성된 남북긴장관계에 대한 북한 주민들의 반감이 해소되지 않고 있었고 대한민국 내에서 일어난 통일 반대 여론 또한 북한 주민들의 반감을 부채질하고 있었다.

"통일이 되어도 우리에게 이득될 게 없습니다. 중국이 이권의 50퍼센트 이상을 차지하고 있다잖습니까? 러시아나 기타 동구 유럽 국가들의 지분도 만만치 않습니다. 이들 국가들이 노른자를 다 차지해 버린 상태 아닙니까? 통일은 대박이라고 했는데 그건 북한이 온전할 때 이야기입니다. 현재의 북한은 깨진 쪽박이나 마찬가지입니다. 이걸 가져다 어디 쓰겠습니까? 통일해 봐야 뒤치다꺼리는 우리가 다 하고 이득은 다른 나라들이 다 챙길 것 아닙니까?"

에필로그

대한민국 소송팀 김명찬 변호사가 소송 서류를 뒤적이고 있다. 주민 투표를 막을 방법을 찾는 것이다. 그러나 방법이 없다. 북한에 살고 있는 주민들의 의사에 따라 투표로 결정하겠다는 것을 막을 논리가 없는 것이다.

　'이러고 있으면 뭐 하나? 집에나 가자.'

　김 변호사가 가방을 챙겨 집무실을 나선다. 벌써 밤이 깊었다.

　'애들은 벌써 잠들었겠지? 이렇게 살아도 되는 건가? 아이들에게 내가 정말 필요한 시기일 텐데.'

　이런저런 생각을 하는 사이 어느덧 집 앞에 도착했다. 거주자 주차 공간에 차를 대고 부지런히 걸음을 옮긴다. 막 대문을 열려는데 누군가 김 변호사를 부른다.

　"변호사님? 김명찬 변호사님 맞으시지요?"

　김 변호사가 화들짝 놀라며 대답한다.

　"네. 그런데요?"

　"드릴 말씀이 있어 기다리고 있었습니다. 잠깐 시간 좀 내 주시지요.”

김 변호사 눈이 상대방을 훑는다. 허름한 양복 차림에 60대 중반 정도로 보이는 처음 보는 남자였지만 악의가 있어 보이지는 않았다.

“네. 그러시지요. 밤이 늦어 마땅히 갈 데도 없을 것 같은데 제 서재로 가시지요.”

“예.”

김 변호사가 대문을 열고 마당을 가로질러 현관문을 연다. 모두 자고 있는지 아무런 기척이 없다.

“이쪽으로 오시지요.”

김 변호사가 남자를 서재로 안내한다. 서재 문을 열고 들어가니 정면에 정원으로 통하는 널찍한 창문이 있고 그 앞에 컴퓨터 모니터가 올려진 책상, 둥그런 테이블, 의자 두 개가 놓여 있다.

“이쪽으로 앉으시지요.”

김 변호사 말에 남자가 테이블 앞 의자에 엉거주춤한 자세로 앉는다. 그 모습을 보며 김 변호사도 맞은편 의자에 앉는다.

“저는 김명찬 변호사입니다.”

김 변호사가 상대방의 신원을 확인하려는 듯 자신의 이름을 말하고 명함을 건넨다.

“저는 명함이 없습니다. 죄송하지만 제가 누군지도 알려 드릴 수 없습니다. 무슨 일이 생길지 몰라서요. 이해해 주십시오.”

남자는 이미 그렇게 작정하고 왔다는 듯 무뚝뚝한 어투로 말을 뱉어낸다. 어딘지 투박함이 묻어나는 말투다.

“네. 편할 대로 하시지요. 그런데 무슨 일이시죠?”

그가 편지 봉투 하나를 건네준다. 한지로 만들어진 평범한 봉투였고 겉에는 아무 글자도 없이 밀봉되어 있을 뿐이다.

"이게 뭐죠?"

"저도 모릅니다. 북한에 급변사태가 발생하고 최후 결단의 순간이 왔을 때, 적당한 사람에게 전달해야 한다는 말씀뿐이셨습니다."

"누가요?"

"노무현 대통령님요."

"네? 이게 노무현 대통령께서 맡겨 두신 것이라고요?"

"네. 그렇습니다. 대통령께서 생전에 어디 맡겨 둘 만한 사람이 없다면서 저에게 맡아 달라고 하셨습니다."

"다른 말씀은 없으셨나요?"

"정말 중요한 것이니 반드시 지켜야 한다고만 하셨습니다."

"그런데 이걸 왜 저에게?"

"대통령님 말씀은 마치 수수께끼 같았습니다. 그것을 받은 지 벌써 10년이 넘었는데, 올봄에 북한에 내란이 발생했다는 뉴스를 들으면서 드디어 올 것이 왔다는 생각이 들었습니다. 문제는 최후 결단의 순간이 언젠가 하는 것이었는데, 북한에서 주민투표가 진행되는 것을 보면서 이때가 아닐까 하는 생각이 들었습니다. 며칠 전에는 대통령님 꿈까지 꾸었습니다. 꿈속에서 '잘 지내지요?' 하시면서 빙그레 웃으시는 것이었습니다. 그게 전부였는데 너무 생생했습니다. 그래서 그 순간이 온 것이라고 생각했습니다. 다음 문제는 이걸 누구에게 건네줘야 하는가 하는 것이었는데 북한반환 청구소송을 진행하시는 변호사님이 바로 그 적임자가 아닌가 하는 생각이 들었습니다. 대통령님도 원래 변호사셨잖아요?"

김 변호사가 알아들었다는 듯 고개를 끄덕이자 사내가 자리에서 벌떡 일어선다.

"와, 정말 마음이 홀가분하네요. 이제야 할 일을 다 했다는 느낌입니다. 나중에 대통령님을 뵈면 잘했다고 하실 것 같습니다. 이만 가 보겠습니다."

더 붙잡기도 뭣했다. 김 변호사가 자리에서 일어서자 사내가 서재 문을 열고 거실로 나간다. 김 변호사가 배웅하기 위해 뒤를 따른다. 사내가 주섬주섬 신발을 신고 현관문을 열더니 인사를 한다.

"나오지 마십시오. 제가 대문 잘 닫고 알아서 가겠습니다. 변호사님 잘 좀 부탁드립니다. 뭔지는 모르지만 분명 중요한 것일 겁니다."

"아, 예."

사내가 마당으로 나간다. 김 변호사가 따라나선다.

"밤공기가 찹니다. 나오지 마십시오."

"예, 예."

김 변호사가 마당을 가로질러 대문을 열어 주자 사내가 다시 한 번 인사를 하고 주위를 한 번 둘러보더니 이내 총총걸음으로 사라져 간다. 김 변호사도 골목길을 살펴보고 사내의 뒷모습이 사라질 때까지 지켜보다 대문을 걸어 잠근다.

'북한에 급변사태가 발생하고 최후 결단을 내려야 하는 순간이라면 바로 지금 아닌가?'

김 변호사 마음이 급해졌다. 급히 서재로 들어가 테이블에 놓인 편지를 뚫어져라 바라본다.

'과연 이게 뭘까?'

김 변호사가 책상 서랍에서 문구용 칼을 찾아 봉투 머리를 잘라내고 내용물을 꺼낸다. 그것은 두 장의 편지였다.

'무슨 편지지?'

김 변호사가 접힌 편지를 펴고 쭉 훑어본다.

'조선민주주의인민공화국 국방위원장 김정일'

놀랍게도 그것은 김정일 국방위원장의 서신이었다. 서신 날짜는 2007년 9월 30일이었다.

'2007년이면 제2차 남북정상회담이 있던 해잖아?'

제2차 남북정상회담은 2007년 10월 2일부터 4일까지 2박 3일 동안 진행되었다.

'그럼 이것이 그때 김정일 국방위원장이 노무현 대통령에게 전달한 편지란 말인가?'

김 변호사는 즉시 서신의 내용을 읽어 보았다. 정말 놀라웠다.

'어쩌면 이것이 투표 결과를 바꿀 수 있을지도 모른다.'

김 변호사는 정신을 가다듬고 즉시 노 대통령의 방북 일정을 살펴보았다. 2000년 제1차 남북정상회담 당시 김대중 대통령은 비행기를 타고 갔지만 노 대통령은 평양개성고속도로를 거쳐 평양을 방문했다.

방문 첫날인 2007년 10월 2일 9시 5분 국가 원수로서는 처음으로 걸어서 군사분계선을 넘었고 자동차를 타고 평양 4·25문화회관 앞에 도착해 김정일 위원장과 악수를 나누었다.

다음 날 백화원 영빈관에서 9시 30분부터 정상회담이 열렸다. 정상회담은 예정과 달리 오후 회담으로 이어졌고 다음 날 오전 남북정상회담선언문이 채택되자 서명 후 오찬을 하고 서울로 복귀했다.

'이 편지가 정말 김정일 위원장의 편지가 맞는지 확인해야 한다. 만일 공개했다가 거짓으로 판명되면 걷잡을 수 없는 사태가 일어날 것이다. 과연 그곳에 똑같은 편지가 있을 것인가?'

이것이 바로 노무현 대통령의 장례식 기간에 요원들이 애타게 찾던 그것이다. 노 대통령 측근들 집에 들었던 좀도둑들은 다름 아닌 중국 국가안전부 소속 정보요원들이었다.

그들이 알아낸 첩보에 의하면 제2차 남북정상회담이 이루어진 2007년 10월 3일 김정일 국방위원장과 노무현 대통령이 독대하였는데, 그때 김 위원장이 노 대통령에게 무언가를 주었다는 것이었다.

김정일 국방위원장이 노무현 대통령에게 은밀히 전달한 것이라면 분명 북한의 운명을 좌지우지할 중요한 것이라고 생각한 중국이 어떻게든 그것을 찾으려 한 것이다.

하지만 노 대통령 또한 주도면밀했다. 그 편지를 누구도 예상하지 못할 인물에게 맡겨 두었던 것이다.

조선민주주의인민공화국 3천만 인민에게 고함

친애하는 인민 동지 여러분.

이 글은 우리 공화국 내에 반란이 일어난 최후의 상황에 공개하도록 되어 있기 때문에 '동지들 안녕하시오'라는 인사는 하지 않겠소.

우리 공화국은 어버이 김일성 수령 동지의 영도하에 모든 인민이 잘살 수 있는 이상적인 사회주의 국가 건설을 위해 매진해 왔소. 하지만 작금의 상황은 우리의 이러한 목표가 이상에 불과하다는 사실을 증명하고 있소. 나는 내 남은 생을 바쳐 지난날의 과오를 바로잡고 우리 인민이 굶주리지 않도록 개혁을 추진할 것이오.

하나 지금 나의 건강 상태가 좋지 않아 얼마나 개혁을 달성할 수 있을지 장담할 수 없소. 나는 만일의 경우에 대비하여 만반의 준비를 갖추어 놓았소. 내 뒤를 이어 혁명 과업을 완수할 후계자와 그를 보필하여 과업을 달성할 인재들을 정해 둔 것이오. 이들이 내 뜻을 이어받아 우리 3천만 인민이 잘살 수 있는 살기 좋은 조국을 건설해 주기를 진심으로 염원하는 바이오.

하나 세상일은 알 수 없는 법. 만에 하나 이들이 잘못된 길을 걷게 된다면 인민들의 삶은 더 큰 질곡으로 빠질 것이고, 분명 인민 봉기로 이어지고 말 것이오. 이것이 내가 가장 우려하는 상황이오.

만에 하나 그런 상황이 벌어질 경우 우리 3천만 인민을 질곡으로 끌어넣은 그들은 자신들의 안위를 위해 중화인민공화국에 도움을 요청할 것이 분명하오.

나는 분명히 선포하나니 이들의 요청은 무효요. 민심이 떠난 정권은 이미 우리 공화국을 대표할 권한이 없는 것이오. 이를 명심하시오.

또 하나 이런 상황이 벌어진다면 우리가 기댈 곳은 오로지 남조선, 대한민국임을 명심하시오. 피는 물보다 진하다고 했소. 우리 북조선은 반드시 남조선과 하나가 되어야 하오.

최후 선택의 순간 우리 인민이 나의 뜻을 헤아려 줄 것이라 믿소. 위대한 조선인의 얼을 되살려 선조들에게 결코 부끄럽지 않을 미래 조국을 건설해 주기 바라오.

나는 이 서신을 대한민국 노무현 대통령께 전달할 것이오. 지난 2000년 6월 김대중 대통령과 정상회담 당시 우리는 언젠가 하나가 되어야 한다는 점에 공감하였고 공동선언문을 작성하였소. 급진적인 통일은 결코 우리 민족에게 바람직하지 않다는 점에 생각을 같이하였고 차츰 하나가 될 수 있도록 노력하기로 약속하였소.

그리고 2007년 10월, 7년 만에 다시 정상회담이 개최될 예정이오.

이미 언급한 것처럼 나의 건강을 장담할 수 없는 상황이기에 만일의 경우에 대비하여 이 편지를 노무현 대통령에게 전달할 것이오.

이 편지의 진위 여부가 논란이 될 수도 있을 것 같아 다른 한 통을 아래 기재한 곳에 보존해 두었으니 진위 여부를 확인하시오.

2007년 9월 30일

조선민주주의인민공화국
국방위원장 김정일

증거 목록
/
참고자료

증거 목록

대한민국 증거 목록
중화인민공화국 증거 목록

참고자료

2014년 박근혜 대통령 신년 기자회견문
역대 한중공동성명들
1988년 민족자존과 번영을 위한 대통령 특별선언(7·7선언)
1989년 한민족 공동체 통일 방안
1991년 남북기본합의서
2000년 6·15남북공동선언
2007년 10·4공동선언

갑제1호증	대한민국 헌법
갑제2호증	UN 헌장
갑제3호증의1	남북기본합의서
갑제3호증의2	남북관계 발전에 관한 법률
갑제4호증	조선민주주의인민공화국 사회주의 헌법
갑제5호증	한국 군사정전에 관한 협정
갑제6호증	1992. 8. 24. 한중수교공동성명
갑제7호증의1	1998. 11. 13. 한중공동성명
갑제7호증의2	2003. 7. 8. 한중공동성명
갑제7호증의3	2005. 11. 17. 한중공동성명
갑제7호증의4	2008. 5. 28. 한중공동성명
갑제7호증의5	2008. 8. 25. 한중공동성명
갑제7호증의6	2014. 7. 4. 한중공동성명
갑제8호증의1	7 · 4남북공동성명
갑제8호증의2	남북기본합의서
갑제8호증의3	6 · 15남북공동선언
갑제8호증의4	10 · 4공동선언
갑제9호증의1	마오쩌둥[毛澤東] 담화문
갑제9호증의2	저우언라이[周恩來] 연설문
갑제9호증의3	녹취록

| 중화인민공화국 증거 목록 |

존경하는 국민 여러분, 올해 국정 운영에 있어 또 하나의 핵심 과제
는 한반도 통일시대의 기반을 구축하는 것입니다. 지금 남북관계는
그 어느 때보다 엄중한 상황입니다. 작년에 북한은 3차 핵실험을 감
행하고 전쟁 위협을 서슴지 않았습니다. 개성공단을 폐쇄 상태로까
지 몰고 갔고 어렵게 마련된 이산가족 상봉을 일방적으로 무산시켰
습니다. 그리고 최근 장성택 처형 등으로 더욱 예측 불가능하게 되었
습니다.

내년이면 분단된 지 70년이 됩니다. 이제 우리 대한민국이 세계적으
로 한 단계 더 도약하기 위해서는 남북한의 대립과 전쟁 위협, 핵 위
협에서 벗어나 한반도 통일시대를 열어 가야만 하고 그것을 위한 준
비에 들어가야 한다고 생각합니다.

통일시대를 준비하는 데 핵심적인 장벽은 북핵문제입니다. 통일을
가로막을 뿐 아니라 세계 평화를 위협하는 북한의 핵개발은 결코 방
치할 수 없습니다. 정부는 주변 국가들과 긴밀히 협력하며 북한 핵능
력의 고도화를 차단하고 북핵의 완전한 폐기를 위한 다양한 방안을

모색하겠습니다. 북한이 비핵화를 위한 진정성 있는 걸음을 내딛는다면 남북한과 국제사회는 한반도의 실질적 평화는 물론 동북아의 공동 번영을 위한 의미 있는 일들을 할 수 있을 것입니다.

정부는 북한 주민들이 겪고 있는 고통과 어려움을 해결하기 위해 지난해 남북관계가 어려운 상황에서도 북한 주민에 대한 인도적 지원을 지속해 왔습니다. 올해도 이러한 인도적 지원을 강화하고 민간 교류도 확대해 나갈 것입니다.

작년에 이산가족 상봉을 나흘 앞두고 갑자기 취소된 것은 너무도 안타까운 일이었습니다. 이번에 설을 맞아 이제 지난 50년을 기다려 온 연로하신 이산가족들이 상봉하도록 해서 마음의 상처가 치유될 수 있도록 해 주기를 바랍니다. 북한이 이산가족 상봉으로 첫 단추를 잘 풀어서 남북관계에 새로운 계기의 대화의 틀을 만들어 갈 수 있길 희망합니다.

앞으로 통일시대를 열어 가기 위해 'DMZ 세계평화공원'을 건설하여 불신과 대결의 장벽을 허물고 '유라시아 철도'를 연결하여 한반도를 신뢰와 평화의 통로로 만든다면 통일은 그만큼 가까워질 것입니다.

기자 질문

저는 두 번째 질문으로 한반도 문제를 여쭤 보겠습니다. 대통령님께서는 국정기조로 한반도 신뢰 프로세스를 통한 평화통일 기반 구축을 추진하고 계십니다. 앞서 신년구상에서도 이산가족 상봉을 제안하기도 하셨는데 평화통일 기반 구축을 위해서 올해 구체적으로 어떤 조치들을 준비하고 계신지 언급 가능한 범위 내에서 구체적인 설명 부탁드립니다. 그리고 한 가지 더 질문드리겠습니다. 앞서도 말씀하셨지만 장성택 처형 등으로 인해 북한 상황이 매우 불안정하다고 수차례 언급하셨습니다. 북한의 급변사태에 대한 여러 가지 시나리오 가운데 가장 심각한 시나리오는 어떤 상황까지로 설정하시고 국가 안보실을 중심으로 대비하고 계신지 설명해 주시기 바랍니다.

평화통일 기반 구축은 남북관계는 물론이고 우리의 외교안보 전반을 아우르는 국정 기조라고 할 수 있습니다. 지금 국민들 중에는 통일비용이 너무 많이 들지 않겠느냐, 그래서 군이 통일을 할 필요가 있겠느냐고 생각하는 분들도 계시는 것으로 압니다.

그러나 저는 한마디로 통일은 대박이다 이렇게 생각합니다. 지금 세계적인 투자 전문가, 얼마 전에도 보도가 됐는데 이분이 '만약 남북통합이 시작되면 자신의 전 재산을 한반도에 쏟겠다. 그럴 가치가 충분히 있다' 그래서 만약 통일이 되면 우리 경제는 굉장히 도약할 수 있다고 보는 것입니다. 저는 한반도의 통일은 우리 경제가 실제로 대도약할 수 있는 기회라고 생각합니다. 그래서 지금 통일 기반 구축을 위한 구체적인 조치에 대해 질문하셨는데, 세 가지로 나누어 말씀드릴 수 있겠습니다.

첫째는 먼저 한반도에 평화를 만드는 것입니다. 우리 국민이 우선 안심하고 살 수 있도록 안보 태세를 튼튼하게 해야 하고, 특히 북한의 핵위협은 이것이 있는 한 어떤 남북경협이라든가 또는 교류, 이런 것이 제대로 이루어질 수 없고 역내의 공동 발전도 이루어질 수 없습니다. 그래서 북한이 핵을 포기하고 국제사회에 책임 있는 일원으로 가겠다고 한다면 우리는 북한을 우리나라뿐 아니라 국제사회와 같이 힘을 합쳐 적극 도우려고 합니다. 그렇게 갈 수 있도록 국제 공조를 더욱 강화해 나갈 것입니다. 그리고 또 그런 과정을 통해서 다양한 해결 방법도 강구하려고 합니다.

두 번째로는 대북 인도적 지원을 강화하고 그것을 통해서 남북 주민 간의 동질성 회복도 좀 더 이루어질 수 있도록 노력하려 합니다. 남북한의 주민들이 그동안 너무 오랜 기간 동안 서로 다른 체제 속에 살았기 때문에 우리가 과연 같은 민족이냐 하는 생각이 들 정도로 생각하는 방식이라든가 생활방식이 너무나 달라졌습니다. 그래서 특히 많은 북한 주민들이 굉장히 열악한 생활환경 속에서 고통받고 있기 때문에 북한 주민들에 대한 인도적 지원은 계속 확대해 나가고, 또 남북 주민 간의 어떤 이해의 폭을 넓힐 수 있는 그런 건전한 민간 교류도 확대하고자 합니다. 예를 들어 이와 관련한 경험이 풍부한 유럽의 NGO들이 있습니다. 그런 NGO들과 또 한국의 NGO들이 힘을 합쳐 북한의 농업이라든가 축산업, 이런 것을 지원한다면 이것이 북한 주민들에게 실질적인 도움도 될 뿐만 아니라 그 과정에서 자연스럽게 북한 주민에 대한 이해라든가 더 가까워질 수 있는 길이 열릴 것이라고 생각합니다. 남북한의 이런 동질성 회복은 탈북민에 대한 관심과 배려에서부터 시작할 수 있다고 봅니다. 탈북민들이 오랫동안 다른 체제에서 살아왔기 때문에 우리가 그 탈북민들이 정착해서 행복하게 살 수 있도록 보듬는다면 그들이 통일 과정에서 정말 중요한 역할을 할 수 있을 것이라 생각합니다.

그리고 마지막으로 통일 공감대 확산을 위한 국제협력을 강화할 것입니다. 통일은 우리만의 노력으로 되는 것이 아니라 국제사회의 어떤 공감대, 국제사회가 지원하고 협력할 때 이루어질 수 있다고 생각합니다. 그래서 작년에 미국, 중국, 러시아 이런 곳에서 정상회담을 하면서 남북통일에 대한 허심탄회한 대화를 나눌 기회를 가졌고 통일에 대한 공감대를 형성했습니다. 그래서 이러한 외교적 노력을 앞으로도 계속해 나갈 것이고 특히 동북아 평화 협력 구상, 또 유라시아 이니셔티브를 중심으로 역내 국가들 모두에게 도움이 되는 그런 한반도 통일, 또 주변에 있는 국가들의 공동 번영이 선순환될 수 있는 그런 방향으로 노력해 나가겠습니다.

그리고 한 가지 질문에 아직 답을 못 드렸는데, 급변사태에 대해 질문하셨죠? 작년에 장성택 처형을 보면서 정말 우리나라 국민뿐 아니라 세계인들이 북한의 실상에 대해 다시 한 번 느낄 수 있었을 것이라고 생각합니다. 앞으로 북한이 어떻게 될 것이고 또 어떤 행동으로 나올 것인지 아마 세계 어느 누구도 확실하게 말할 수 있는 사람은 없다고 생각합니다. 그래서 우리 정부도 어떤 특정 상황을 예단하기보다는 모든 가능성을 염두에 두고 모든 시나리오에 대해 철저하게 대비해 나가겠다는 생각입니다. 그리고 무엇보다 튼튼한 안보 태세를 잘 갖추어서 국민들이 어떠한 경우에도 안심하고 생활하실 수 있도록 평화를 지키는 것을 최우선으로 하고, 이것을 위해서 미국, 중국을 비롯한 우방 국가들과 긴밀하게 협력해 나가겠습니다.

1992년 대한민국과 중화인민공화국 간의 외교관계 수립에 관한 공동성명

1. 대한민국 정부와 중화인민공화국 정부는 양국 국민의 이익과 염원에 부응하여 1992년 8월 24일자로 상호 승인하고 대사급 외교관계를 수립하기로 결정하였다.

2. 대한민국 정부와 중화인민공화국 정부는 UN 헌장의 원칙들과 주권 및 영토 보전의 상호 존중, 상호 불가침, 상호 내정 불간섭, 평등과 호혜, 그리고 평화 공존의 원칙에 입각하여 항구적인 선린우호협력 관계를 발전시켜 나갈 것에 합의한다.

3. 대한민국 정부는 중화인민공화국 정부를 중국의 유일 합법 정부로 승인하며, 오직 하나의 중국만이 있고 대만은 중국의 일부분이라는 중국의 입장을 존중한다.

4. 대한민국 정부와 중화인민공화국 정부는 양국 간의 수교가 한반도 정세의 완화와 안정, 그리고 아시아의 평화와 안정에 기여할 것으로 확신한다.

5. 중화인민공화국 정부는 한반도가 조기에 평화적으로 통일되는 것이 한민족의 염원임을 존중하고, 한반도가 한민족에 의해 평화적으로 통일되는 것을 지지한다.

6. 대한민국 정부와 중화인민공화국 정부는 1961년의 외교관계에 관한 비엔나협약에 따라 각자의 수도에 상대방의 대사관 개설과 공무 수행에 필요한 모든 지원을 제공하고 빠른 시일 내에 대사를 상호 교환하기로 합의한다.

1998년 11월 13일 김대중 대통령 중국 방문 시 한중공동성명

5. 중국 측은 앞으로 한반도의 평화와 안정 유지를 위해 계속 노력해 나갈 것을 재천명하고, 최근 남북한 민간 경제 교류에서 얻어진 긍정적인 진전을 환영하며, 한반도 남북 양측의 대화와 협상을 통한 한반도에서의 자주적인 평화통일 실현을 지지하고, 한반도 비핵화 공동 선언의 목표가 하루속히 실현되기를 희망하였다. 양측은 4자회담의 추진을 통해 한반도에서 항구적인 평화체제가 점진적으로 수립되기를 희망하였다.

2003년 7월 8일 노무현 대통령 중국 방문 시 한중공동성명

4. 양측은 한반도의 평화와 안정을 유지하고, 한반도의 비핵화 지위가 확보되어야 한다는 데 인식을 같이하였다. 양측은 북한 핵문제가

대화를 통해 평화적으로 해결될 수 있다고 확신하였다. 한국 측은 북한 핵문제가 검증 가능하고 불가역적인 방식으로 완전히 해결되어야 한다는 점을 강조하였다. 중국 측은 북한의 안보 우려가 해소되어야 한다고 주장하였다. 양측은 금년 4월 개최된 북경회담이 유익했다고 인식하였다. 한국 측은 중국 측이 동 회담 개최를 위해 기울인 노력을 평가하고 지지하였다. 양측은 북경회담으로부터 시작된 대화의 모멘텀이 지속되어 나가고, 정세를 긍정적인 방향으로 발전시켜 나가기를 희망하였다. 중국 측은 한국 측이 남북관계 개선과 긴장 완화를 위해 취해 온 긍정적인 조치들을 평가하고, 한국 측이 한반도 문제의 당사자로서 건설적인 역할을 발휘하는 것을 지지하였다. 양측은 북한 핵문제를 포함한 한반도 문제에 관하여 협조와 협력을 가일층 강화해 나가기로 합의하였다.

2005년 11월 17일 후진타오 주석 대한민국 방문 시 한중공동성명

양측은 북경 제4차 6자회담에서 채택한 공동성명을 환영하고, 동 공동성명을 통해 6자회담의 목표와 원칙에 합의함으로써, 한반도 비핵화 실현을 위한 중요한 기초를 다졌다는 데 인식을 같이하였다. 양측은 관련 각측이 계속 성의를 가지고 신축성을 보여 주어야 하며, 동 성명을 성실히 이행하여 회담의 프로세스가 계속 진전을 이루도록 해야 한다는 데 인식을 같이하였다.

중국 측은 남북한 간 화해 협력이 적극적인 진전을 거두게 된 것을 환영하고, 남북한 양측의 관계가 개선되어 최종적으로는 평화통일이 실현되기를 계속 확고 불변하게 지지한다는 점을 재천명하였다. 중국 측은 한국 측이 남북관계 개선 및 한반도 평화와 안정 유지를 위해 기울여 온 노력을 평가하고, 한국 측이 한반도 문제의 직접 당사국으로서 이를 위해 계속적으로 적극적인 역할을 발휘하기를 바라며, 이를 지지한다고 하였다.

양측은 한반도 및 동북아의 평화와 공동의 번영을 위해 계속 협력해 나가기로 하였다. 양측은 동북아 지역의 교류와 협력이 날로 증대되고 있는 것을 환영하고, 역내 통합과 협력의 질서 창출을 위해 적극 협력하기로 하였다. 중국 측은 한국 측의 '평화와 번영 정책'을 높이 평가하였으며, 한국 측은 중국이 동북아의 평화와 발전을 위해 수행하고 있는 건설적인 역할을 높이 평가하였다.

2008년 5월 28일 이명박 대통령 중국 방문 시 한중공동성명

중국 측은 남북한 양측이 대화와 협상을 통해 관계를 개선하고, 궁극적으로 평화적인 통일을 실현하는 것을 변함없이 지지한다는 점을 재확인하였다. 한국 측은 한반도 평화와 안정 실현을 위한 그간의 중국 측의 역할을 평가하고, 앞으로도 계속 건설적인 역할을 할 것을 기대하였다. 한국 측은 북핵문제의 해결을 진전시키고 남북한 간 경제·사회 등 제반 분야의 교류와 협력의 폭을 확대하고자 하는 입장을 표명하였다. 중국 측은 이에 대해 이해를 표시하고 남북한 화해 협력이 증진되기를 기대하였다.

2008년 8월 25일 후진타오 주석 대한민국 방문 시 한중공동성명

한국 측은 남북한 간 화해와 협력을 통해 상생·공영의 남북관계를 발전시켜 나가고자 하는 입장을 표명하였다. 중국 측은 남북한이 화해·협력하고 남북관계를 개선하여, 궁극적으로 평화통일을 실현하는 것을 계속 지지한다고 재천명하였다.

2014년 7월 4일 시진핑 주석 대한민국 방문 시 한중공동성명

한국 측은 한반도 신뢰 프로세스를 통해 남북 간 상호 신뢰를 형성함으로써 남북관계를 발전시키고 한반도에 평화를 정착시키기를 희망하였다. 또한, 남북한 주민들의 인도적 문제 해결, 남북한 공동 번영을 위한 민생 인프라 구축, 남북 주민 간 동질성 회복을 위한 노력이 한반도 평화통일과 동북아의 공동 번영에 기여하게 될 것임을 강조하였다.

이와 관련하여, 중국 측은 남북관계 개선을 위해 기울인 한국 측의 노력을 적극적으로 평가하였다. 또한, 남북이 대화를 통해 관계를 개선하고 화해와 협력을 해 나가는 것을 지지하고, 한반도의 평화적 통일에 대한 한민족의 염원을 존중하며, 궁극적으로 한반도의 평화적 통일이 실현되기를 지지하였다.

아울러, 양측은 이 지역의 평화와 협력, 신뢰 증진 및 번영을 위하여 양자·다자 차원에서의 협력을 강화하고 소지역 협력을 검토해 나가기로 하였다.

1. 정치인, 경제인, 종교인, 문화예술인, 체육인, 학자 및 학생 등 남북
동포 간의 상호 교류를 적극 추진하며 해외 동포들이 자유로이 남북
을 왕래하도록 문호를 개방한다.

2. 남북적십자회담이 타결되기 이전이라도 인도주의적 견지에서 가
능한 모든 방법을 통해 이산가족들 간에 생사, 주소 확인, 서신 왕래,
상호 방문이 이루어질 수 있도록 적극 주선 지원한다.

3. 남북한 교역의 문호를 개방하고 남북한 교역을 민족 내부 교역으
로 간주한다.

4. 남북 모든 동포의 삶의 질을 향상시킬 수 있도록 민족경제의 균형
적 발전이 이루어지기를 희망하며 비군사적 물자에 대해 우리 우방
과 북한이 교역하는 데 반대하지 않는다.

5. 남북한 간의 소모적인 경쟁, 대결외교를 종결하고 북한이 국제사
회에 발전적 기여를 할 수 있도록 협력하며 또한 남북 대표가 국제
무대에서 자유롭게 만나 민족의 공동 이익을 위하여 서로 협력할 것
을 희망한다.

6. 한반도의 평화를 정착시킬 여건을 조성하기 위하여 북한이 미국·일본 등 우리 우방과의 관계를 개선하는 데 협조할 용의가 있으며 또한 우리는 소련·중국을 비롯한 사회주의 국가들과의 관계 개선을 추구한다.

| 참고자료 4 | 1989년 9월 11일 노태우 대통령의 국회 특별연설을 통해 밝힌 '한민족 공동체 통일 방안'

작년 10월 4일 저는 이 자리에서 우리 겨레의 뜻을 모아 새로운 정세 변화에 부응하여 실현 가능하고 타당한 조국의 평화적 통일 방안을 밝히겠다고 약속드렸습니다. 그동안 정부는 전문가를 포함한 각계 국민들의 광범한 의견과 지혜를 모으고 국회공청회를 거쳐 겨레의 소망을 실현할 새로운 통일 방안을 마련하였습니다. 헌법이 대통령에게 부과하고 있는 엄숙한 의무에 따라 저는 남북이 자주, 평화, 민주의 3원칙을 바탕으로 남북연합의 중간 과정을 거쳐 통일 민주공화국을 실현하는 '한민족 공동체 통일 방안'을 밝히고자 합니다.

의원 여러분 그리고 내외 동포 여러분. 통일된 우리의 조국은 민족 성원 모두가 주인이 되는 하나의 민족 공동체로서 각자의 자유와 인권과 행복이 보장되는 민주국가여야 합니다. 민족 성원 모두의 참여와 기회균등이 보장되고 다양한 주의·주장이 자유로이 표현되고 대변되는 민주공화체제는 온 겨레의 오랜 소망이며 민족의 대단결을 도모할 수 있는 통일된 나라의 유일한 선택일 것입니다. 이에 따라 통일된 조국에서 어느 특정인이나 어느 집단, 어느 계급도 특권이나 주도적인 지위를 누리거나 독재로 전횡하는 일은 용인될 수 없을 것입니다. 통일된 조국은 민족 성원 모두의 복지를 증진하며 민족의 항구적인 안전을 보장하면서 모든 나라와 선린우호관계를 이루어 세계의 평화와 인류의 복리에 기여하는 나라가 되어야 합니다.

우리 민족은 하나입니다. 따라서 통일된 우리나라는 단일국가여야 하며 이것이 민족의 소망입니다. 이념과 체제가 다른 두 개의 나라를 영속시키는 형태는 온전한 통일이라 할 수 없을 것입니다. 통일을 이루는 원칙은 어디까지나 민족자결의 정신에 따라 자주적으로 무력행사에 의거하지 않고 평화적으로 그리고 민족대단결을 도모하고 민주적으로 실현되어야 합니다.

의원 여러분. 통일은 하루빨리 실현되어야 합니다. 그러나 서로 다른 이념과 체제를 가진 남과 북이 분단 40여 년간 누적된 깊은 불신과 오랜 대결, 적대의 관계를 그대로 두고 하루아침에 통일을 이룰 수 없는 것이 우리의 현실입니다. 우리는 분단이 있기까지 5천 년의 긴 역사를 통해 한 핏줄, 같은 언어, 같은 문화전통, 그리고 같은 삶의 터전 위에서 하나의 민족 공동체를 이루어 살아왔습니다. 이 민족 공동체야말로 현재도 남북으로 갈라진 민족을 하나로 묶고 있는 바탕이며 우리 민족의 통합을 이루어야 하는 당위이자 이를 보장하는 근본인 것입니다. 우리나라의 국토 분단은 좌우익 간의 유혈투쟁과 6·25 남침으로 인한 동족 간의 처절한 전쟁을 겪으면서 민족의 분열로 심화되었습니다. 적대하는 두 체제로 나뉘어 반세기 가까이 서로 다른 삶을 살아온 남북의 겨레는 생활양식과 가치관마저 달라지고 있습니다. 이렇게 갈라지고 이질화된 민족사회를 그대로 두고 하나의 국가를 만들 수는 없습니다. 민족 공동체를 올바로 회복·발전시키는 일이야말로 통일을 앞당기는 길입니다.

통일로 가는 중간단계로서 먼저 남과 북은 서로 다른 두 체제가 존재하고 있다는 현실을 바탕으로 서로가 서로를 인정하고 공존공영하면서 민족사회의 동질화와 통합을 촉진해 나가야 합니다. 남북 간에 개방과 교류·협력을 넓혀 신뢰를 심어 민족국가로 통합할 수 있는 바탕을 만들어 가야 합니다. 이와 같이 하여 사회·문화·경제적 공동체를 이루어 나가면서 남북 간에 존재하는 각종 문제를 해결해 간다면 정치적 통합의 여건은 성숙될 것입니다. 통일을 촉진할 이 과정을 제도화하기 위해 쌍방이 합의하는 헌장에 따라 남북이 연합하는 기구를 설치하는 것이 필요합니다. 이러한 연합체제 아래에서 남과 북은 민족 공동생활권을 형성하여 공동의 번영을 이룩하고 민족 동질성을 회복토록 하여 민족 공동체의 발전을 보다 가속화시켜 나가야 할 것입니다. 이것은 완전한 통일국가로 가는 중간 과정의 과도적 통일 체제라 할 수 있습니다.

남북연합은 최고 결정기구로 '남북 정상회의'를 두고 쌍방 정부 대표로 구성되는 '남북 각료회의'와 남북 국회의원으로 구성되는 '남북평의회'를 설치하는 것이 바람직합니다. 남북은 각료회의와 평의회 업무를 지원하고 합의 사항 이행 등 실무를 위해 공동사무처를 두고 서울과 평양에 상주연락대표를 파견할 수 있을 것입니다. 공동사무처를 비롯한 남북연합의 기구와 시설을 비무장지대 안에 평화구역을 만들어 설치할 수 있을 것입니다. 평화구역은 점차 '통일평화시'로 발전시켜 나가는 것이 바람직할 것입니다.

남북각료회의는 남북의 총리를 공동의장으로 하여 각각 10명 내외의 각료급 위원으로 구성하고, 그 안에 인도, 정치·외교, 경제, 군사,

사회·문화 분야 등의 상임위원회를 둘 수 있을 것입니다. 남북각료회의는 남북 간의 모든 현안과 민족문제를 협의·조정하고 그 실행을 보장하되 구체적으로는 각 상임위원별로 다음과 같은 업무를 수행할 수 있습니다. 인도적으로는 1천만 이산가족의 재결합 문제를 해결해 나가야 할 것입니다. 정치·외교 분야에서는 남북 간에 정치적 대결 상황을 완화시키고 국제사회에서 민족 역량의 쓸모없는 낭비를 막으며 해외 동포의 권익은 물론 민족적 이익을 함께 신장시킬 것입니다. 경제 및 사회·문화 분야에서는 우선 남북사회의 개방과 다각적인 교류·교역·협력을 추진하고 민족문화를 함께 창달시켜야 할 것입니다. 특히 공동 번영의 경제권을 형성하면 남북 모두의 발전을 이루고 민족 성원 모두의 삶의 질을 향상시킬 수 있을 것입니다. 군사 분야에서는 과도한 군비 경쟁을 지양하고 무력 대치 상태를 해소하기 위하여 군사적 신뢰 구축과 군비 통제를 실현해 나갈 수 있을 것입니다. 또한 현재의 휴전협정 체제를 평화체제로 바꿔 나가는 것도 가능할 것입니다.

'남북평의회'는 100명 내외로 쌍방을 대표하는 동수의 남북 국회의원으로 구성하되 통일헌법의 기초와 통일을 실현할 방법과 그 구체적 절차를 마련하고 남북각료회의의 자문에 응할 수 있을 것입니다. '남북평의회'는 통일헌법의 기초 과정에서 통일국가의 정치이념·국호·국가 형태 등을 논의하고 대내외 정책의 기본 방향이나 정부 형태는 물론 국회 구성을 위한 총선거의 방법·시기·절차 등을 토의하여 합의해야 할 것입니다. 남북은 각기 구상하는 통일헌법 초안을 '남북평의회'에 내놓고 합리적인 단일안을 만드는 데 노력해야 할 것입니다. 통일헌법안이 마련되면 민주적 방법과 절차를 거쳐 확정·

공포하고 이 헌법이 정하는 바에 따라 총선거를 실시하여 통일국회와 통일정부를 구성할 수 있습니다.

통일조국의 국회는 지역 대표성에 입각한 상원과 국민 대표성에 입각한 하원으로 구성되는 양원제로 할 수도 있을 것입니다. 이렇게 함으로써 우리는 마침내 통일 민주공화국을 수립하여 통일의 대업을 완수할 수 있을 것입니다.

의원 여러분. 저는 이 '한민족 공동체 통일 방안'이 우리 겨레의 이상과 의사에 맞고 남북의 현실에 부합하는 가장 합리적이고 현실적인 방안이라고 확신합니다. 새 공화국 출범 이후 저는 남북 간에 화해와 통일의 전기를 마련하는 데 가장 실효성 있는 방법이 남북의 정상이 서로 만나는 것임을 여러 차례 강조한 바 있습니다. 저는 남북정상회담이 가능한 한 빨리 열려 본격적인 남북 협력과 통일의 시대를 열 헌장에 합의하는 노력이 이루어지기를 희망합니다. 이 헌장에서는 평화와 통일을 위한 기본 방안, 상호 불가침에 관한 사항, 통일의 중간단계로서 남북이 연합하는 기구의 설치와 운영에 관한 포괄적인 합의가 담겨질 수 있을 것입니다. 저는 하루속히 이 같은 민족 공동체 헌장이 마련되어 온 겨레 앞에 공포되기를 기대합니다.

제1장 남북화해

제1조 남과 북은 서로 상대방의 체제를 인정하고 존중한다.

제2조 남과 북은 상대방의 내부 문제에 간섭하지 아니한다.

제3조 남과 북은 상대방에 대한 비방·중상을 하지 아니한다.

제4조 남과 북은 상대방을 파괴·전복하려는 일체 행위를 하지 아니한다.

제5조 남과 북은 현 정전 상태를 남북 사이의 공고한 평화 상태로 전환시키기 위하여 공동으로 노력하며 이러한 평화 상태가 이룩될 때까지 현 군사정전협정을 준수한다.

제6조 남과 북은 국제무대에서 대결과 경쟁을 중지하고 서로 협력하며 민족의 존엄과 이익을 위하여 공동으로 노력한다.

제7조 남과 북은 서로의 긴밀한 연락과 협의를 위하여 이 합의서 발효 후 3개월 안에 판문점에 남북 연락사무소를 설치·운영한다.

제8조 남과 북은 이 합의서 발효 후 1개월 안에 본 회담 테두리 안에서 남북 정치분과위원회를 구성하여 남북화해에 관한 합의의 이행

과 준수를 위한 구체적 대책을 협의한다.

제2장 남북불가침

제9조 남과 북은 상대방에 대하여 무력을 사용하지 않으며 상대방을 무력으로 침략하지 아니한다.

제10조 남과 북은 의견 대립과 분쟁 문제들을 대화와 협상을 통하여 평화적으로 해결한다.

제11조 남과 북의 불가침 경계선과 구역은 1953년 7월 27일자 군사정전에 관한 협정에 규정된 군사분계선과 지금까지 쌍방이 관할하여 온 구역으로 한다.

제12조 남과 북은 불가침의 이행과 보장을 위하여 이 합의서 발효후 3개월 안에 남북군사공동위원회를 구성·운영한다. 남북군사공동위원회에서는 대규모 부대 이동과 군사 연습의 통보 및 통제 문제, 비무장지대의 평화적 이용 문제, 군인사 교류 및 정보교환 문제, 대량살상무기와 공격능력의 제거를 비롯한 단계적 군축 실현 문제, 검증 문제 등 군사적 신뢰 조성과 군축을 실현하기 위한 문제를 협의·추진한다.

제13조 남과 북은 우발적인 무력 충돌과 그 확대를 방지하기 위하여 쌍방 군사 당국자 사이에 직통 전화를 설치·운영한다.

제14조 남과 북은 이 합의서 발효 후 1개월 안에 본 회담 테두리 안에서 남북군사분과위원회를 구성하여 불가침에 관한 합의의 이행과 준수 및 군사적 대결 상태를 해소하기 위한 구체적 대책을 협의한다.

제15조 남과 북은 민족경제의 통일적이며 균형적인 발전과 민족 전체의 복리 향상을 도모하기 위하여 자원의 공동 개발, 민족 내부 교류로서의 물자 교류, 합작투자 등 경제 교류와 협력을 실시한다.

제16조 남과 북은 과학·기술, 교육, 문화·예술, 보건, 체육, 환경과 신문, 라디오, 텔레비전 및 출판물을 비롯한 출판·보도 등 여러 분야에서 교류와 협력을 실시한다.

제17조 남과 북은 민족구성원들의 자유로운 왕래와 접촉을 실현한다.

제18조 남과 북은 흩어진 가족·친척들의 자유로운 서신 거래와 왕래와 상봉 및 방문을 실시하고 자유의사에 의한 재결합을 실현하며, 기타 인도적으로 해결할 문제에 대한 대책을 강구한다.

제19조 남과 북은 끊어진 철도와 도로를 연결하고 해로, 항로를 개설한다.

제20조 남과 북은 우편과 전기통신 교류에 필요한 시설을 설치·연결하며, 우편·전기통신 교류의 비밀을 보장한다.

제21조 남과 북은 국제무대에서 경제와 문화 등 여러 분야에서 서로 협력하며 대외에 공동으로 진출한다.

제22조 남과 북은 경제와 문화 등 각 분야의 교류와 협력을 실현하기 위한 합의의 이행을 위하여 이 합의서 발효 후 3개월 안에 남북경제 교류·협력공동위원회를 비롯한 부문별 공동위원회들을 구성·운영한다.

제23조 남과 북은 이 합의서 발효 후 1개월 안에 본 회담 테두리 안에서 남북교류·협력분과위원회를 구성하여 남북교류·협력에 관한

합의의 이행과 준수를 위한 구체적 대책을 협의한다.

제4장 수정 및 발효

제24조 이 합의서는 쌍방의 합의에 의하여 수정·보충할 수 있다.

제25조 이 합의서는 남과 북이 각기 발효에 필요한 절차를 거쳐 그 본문을 서로 교환한 날부터 효력을 발생한다.

조국의 평화적 통일을 염원하는 온 겨레의 숭고한 뜻에 따라 대한민국 김대중 대통령과 조선민주주의인민공화국 김정일 국방위원장은 2000년 6월 13일부터 6월 15일까지 평양에서 역사적인 상봉을 하였으며 정상회담을 가졌다. 남북 정상들은 분단 역사상 처음으로 열린 이번 상봉과 회담이 서로 이해를 증진시키고 남북관계를 발전시키며 평화통일을 실현하는 데 중대한 의의를 가진다고 평가하고 다음과 같이 선언한다.

1. 남과 북은 나라의 통일 문제를 그 주인인 우리 민족끼리 서로 힘을 합쳐 자주적으로 해결해 나가기로 하였다.
2. 남과 북은 나라의 통일을 위한 남측의 연합제 안과 북측의 낮은 단계의 연방제 안이 서로 공통성이 있다고 인정하고 앞으로 이 방향에서 통일을 지향시켜 나가기로 하였다.
3. 남과 북은 올해 8·15에 즈음하여 흩어진 가족, 친척 방문단을 교환하며, 비전향 장기수 문제를 해결하는 등 인도적 문제를 조속히 풀

어 나가기로 하였다.

4. 남과 북은 경제협력을 통하여 민족경제를 균형적으로 발전시키고, 사회·문화·체육·보건·환경 등 제반 분야의 협력과 교류를 활성화하여 서로의 신뢰를 다져 나가기로 하였다.

5. 남과 북은 이상과 같은 합의 사항을 조속히 실천에 옮기기 위하여 빠른 시일 안에 당국 사이의 대화를 개최하기로 하였다.

김대중 대통령은 김정일 국방위원장이 서울을 방문하도록 정중히 초청하였으며, 김정일 국방위원장은 앞으로 적절한 시기에 서울을 방문하기로 하였다.

2000년 6월 15일

대 한 민 국	조선민주주의인민공화국
대 통 령	국 방 위 원 장
김 대 중	김 정 일

대한민국 노무현 대통령과 조선민주주의인민공화국 김정일 국방위
원장 사이의 합의에 따라 노무현 대통령이 2007년 10월 2일부터 4일
까지 평양을 방문하였다. 방문 기간 중 역사적인 상봉과 회담들이 있
었다. 상봉과 회담에서는 6 · 15공동선언의 정신을 재확인하고 남북
관계 발전과 한반도 평화, 민족 공동의 번영과 통일을 실현하는 데
따른 제반 문제들을 허심탄회하게 협의하였다. 쌍방은 우리민족끼리
뜻과 힘을 합치면 민족 번영의 시대, 자주통일의 새 시대를 열어 나
갈 수 있다는 확신을 표명하면서 6 · 15공동선언에 기초하여 남북관
계를 확대 · 발전시켜 나가기 위하여 다음과 같이 선언한다.

1. 남과 북은 6 · 15공동선언을 고수하고 적극 구현해 나간다.
남과 북은 우리민족끼리 정신에 따라 통일 문제를 자주적으로 해결
해 나가며 민족의 존엄과 이익을 중시하고 모든 것을 이에 지향시켜
나가기로 하였다.
남과 북은 6 · 15공동선언을 변함없이 이행해 나가려는 의지를 반영

하여 6월 15일을 기념하는 방안을 강구하기로 하였다.

2. 남과 북은 사상과 제도의 차이를 초월하여 남북관계를 상호 존중과 신뢰 관계로 확고히 전환시켜 나가기로 하였다.

남과 북은 내부 문제에 간섭하지 않으며 남북관계 문제들을 화해와 협력, 통일에 부합되게 해결해 나가기로 하였다.

남과 북은 남북관계를 통일 지향적으로 발전시켜 나가기 위하여 각기 법률적 · 제도적 장치들을 정비해 나가기로 하였다.

남과 북은 남북관계 확대와 발전을 위한 문제들을 민족의 염원에 맞게 해결하기 위해 양측 의회 등 각 분야의 대화와 접촉을 적극 추진해 나가기로 하였다.

3. 남과 북은 군사적 적대관계를 종식시키고 한반도에서 긴장완화와 평화를 보장하기 위해 긴밀히 협력하기로 하였다.

남과 북은 서로 적대시하지 않고 군사적 긴장을 완화하며 분쟁 문제들을 대화와 협상을 통하여 해결하기로 하였다.

남과 북은 한반도에서 어떤 전쟁도 반대하며 불가침의무를 확고히 준수하기로 하였다.

남과 북은 서해에서의 우발적 충돌 방지를 위해 공동어로수역을 지정하고 이 수역을 평화수역으로 만들기 위한 방안과 각종 협력사업에 대한 군사적 보장 조치 문제 등 군사적 신뢰 구축 조치를 협의하기 위하여 남측 국방부장관과 북측 인민무력부 부장 간 회담을 금년 11월 중에 평양에서 개최하기로 하였다.

4. 남과 북은 현 정전체제를 종식시키고 항구적인 평화체제를 구축해 나가야 한다는 데 인식을 같이하고 직접 관련된 3자 또는 4자 정상들이 한반도 지역에서 만나 종전을 선언하는 문제를 추진하기 위해 협력해 나가기로 하였다.

남과 북은 한반도 핵문제 해결을 위해 6자회담 9·19공동성명과 2·13 합의가 순조롭게 이행되도록 공동으로 노력하기로 하였다.

5. 남과 북은 민족경제의 균형적 발전과 공동의 번영을 위해 경제협력 사업을 공리공영과 유무상통의 원칙에서 적극 활성화하고 지속적으로 확대 발전시켜 나가기로 하였다.

남과 북은 경제협력을 위한 투자를 장려하고 기반 시설 확충과 자원개발을 적극 추진하며 민족 내부 협력사업의 특수성에 맞게 각종 우대조건과 특혜를 우선적으로 부여하기로 하였다.

남과 북은 해주 지역과 주변 해역을 포괄하는 서해평화협력특별지대를 설치하고 공동어로구역과 평화수역 설정, 경제특구 건설과 해주항 활용, 민간 선박의 해주 직항로 통과, 한강 하구 공동 이용 등을 적극 추진해 나가기로 하였다.

남과 북은 개성공업지구 1단계 건설을 빠른 시일 안에 완공하고 2단계 개발에 착수하며 문산-봉동 간 철도화물수송을 시작하고, 통행·통신·통관 문제를 비롯한 제반 제도적 보장 조치들을 조속히 완비해 나가기로 하였다.

남과 북은 개성-신의주 철도와 개성-평양 고속도로를 공동으로 이용하기 위해 개·보수 문제를 협의·추진해 가기로 하였다.

남과 북은 안변과 남포에 조선협력단지를 건설하며 농업, 보건의료,

환경보호 등 여러 분야에서의 협력 사업을 진행해 나가기로 하였다.
남과 북은 남북 경제협력 사업의 원활한 추진을 위해 현재의 '남북
경제협력추진위원회'를 부총리급 '남북경제협력공동위원회'로 격상
하기로 하였다.

6. 남과 북은 민족의 유구한 역사와 우수한 문화를 빛내기 위해 역사,
언어, 교육, 과학기술, 문화예술, 체육 등 사회문화 분야의 교류와 협
력을 발전시켜 나가기로 하였다.
남과 북은 백두산 관광을 실시하며 이를 위해 백두산-서울 직항로를
개설하기로 하였다.
남과 북은 2008년 북경올림픽 경기대회에 남북응원단이 경의선 열차
를 처음으로 이용하여 참가하기로 하였다.

7. 남과 북은 인도주의 협력 사업을 적극 추진해 나가기로 하였다. 남
과 북은 흩어진 가족과 친척들의 상봉을 확대하며 영상 편지 교환
사업을 추진하기로 하였다. 이를 위해 금강산면회소가 완공되는 데
따라 쌍방 대표를 상주시키고 흩어진 가족과 친척의 상봉을 상시적
으로 진행하기로 하였다.
남과 북은 자연재해를 비롯하여 재난이 발생하는 경우 동포애와 인
도주의, 상부상조의 원칙에 따라 적극 협력해 나가기로 하였다.

8. 남과 북은 국제무대에서 민족의 이익과 해외 동포들의 권리와 이
익을 위한 협력을 강화해 나가기로 하였다.
남과 북은 이 선언의 이행을 위하여 남북총리회담을 개최하기로 하

고, 제1차 회의를 금년 11월 중 서울에서 갖기로 하였다.

남과 북은 남북관계 발전을 위해 정상들이 수시로 만나 현안 문제들을 협의하기로 하였다.

북한반환 청구소송

초판 1쇄 발행 | 2015년 9월 30일

지은이	강정민
책임편집	여미숙
디자인	정진혁

펴낸곳	바다출판사
발행인	김인호
주소	서울시 마포구 어울마당로 5길 17 (서교동, 5층)
전화	322-3885(편집), 322-3575(마케팅부)
팩스	322-3858
E-mail	badabooks@daum.net
홈페이지	www.badabooks.co.kr
출판등록일	1996년 5월 8일
등록번호	제10-1288호

ISBN 978-89-5561-796-2 03810